湖北省公益学术著作出版专项资金

何存中
何启明
——
著

第二部

如火如荼

长江出版传媒 | 长江文艺出版社

目　录

向梦而生

第一章

一

　　何括是十九岁那年高中毕业，作为回乡知识青年，带着青春和梦想回到燕儿山下老屋垸，在那广阔天地里炼红心，接受贫下中农再教育的。

　　回乡的就他一个，住在山下老屋垸里。下乡的有许多，住在山上燕儿山腰的林场里。那儿是知青点。那里风景好，遍山的马尾松，郁郁葱葱，只要风来，林涛阵阵。有梨园、橘园和瓜园相伴，成熟季节，瓜果飘香。一排新建的红砖房子，开着高大的门和明亮的窗子，宽阔的走廊对开着门，这是"下乡知识青年"的新家。他们是武汉汽车发动机厂工人的子弟，比何括年纪都小。有专人负责他们的吃喝和劳动，不用他们操心。十几个清一色青头后生，没有姑娘。据说是接受前几年的教训，男女分开安置的，免生麻烦。他们像一阵清新的风吹到燕儿山上，带来了城市文明气息，让土著的燕儿山人，有景可观。

　　白天那些青头小子由场长带着，到山下田畈里学习劳动，洋相百出。林场里有田地，种稻谷，也种小麦，需要插秧和收割。他们不会插，也不会割，除了流汗，还要流血。插秧时他们不会退脚，手忙脚乱，稍有不慎，倒在田里，糊一身泥巴，像浴泥的狗，看得同畈插秧的老屋垸人哈哈大笑，但他们并不悲哀，跟着众人哈哈笑。场长骂他们死脸肉。割谷时手中的镰刀割破自己的手，他们弃了镰刀，扬着流血的手，洒着血说："为有牺牲多壮志，敢教日月换新天！"苦了场长，赶紧上前包扎。挑稻子捆时，他们怎么也学不会双手轮流打稻捆上肩，于是有人双手提着杀着稻捆的冲担，猛地发力，猫腰上肩，让老垸人大开眼界。老屋垸人不懂那招式，何括懂。

那叫"抓举"，从举重运动员那里学来的，你不得不服。你做不到，需要过人的爆发力才行。他们像一盘虾，浇上酒，生猛活鲜哩。

青春无价。他们到了"只问耕耘，不问收获"的境界。那个姓夏的，知青点人称大夏，一米八的个头，蓄一头浓密的长发，有的是力气，却不愿下田。场长问他："你适合做什么？"他说："我适合巡山。"场长问他："为什么？"他说："吾不如老圃。"显然他是看过《论语》的。场长气不过骂："你娘个头！"他说："恐吓和辱骂决不是战斗！"他也是看过鲁迅的。场长没有法子，只有派他去巡山。林场需要一个人看山，防着垸人上来砍树当柴烧和小孩子牵牛上来啃草。这是个好营生，只是每天只计五个工分，连女人都不如。他不计较这些利益，每天开着收音机，戴着两个耳塞儿，沿着收集雨水的盘山涧巡视山林，看风景。一年下来年终分配时，别的知青除去吃喝，略有盈余，春节前有路费回城同父母团聚，他却超支了，无钱回家。腊月二十四，场长问："你为什么还不走？"他说："无脸见爹娘。"场长问："到我家过年吗？"他说："君子不吃嗟来之食，我自力更生。"腊月二十八，场长不放心，带何括一同上山来看他，只见他烧泉水泡茶，嚼炒松子。茶叶和松子是他平常巡山时采集的，以备不时之需。他见场长和何括来，每人抓了一大把，说："尝尝，色香味齐全，营养丰富，吃一把一天不饿。"然后拿出他的手风琴，给场长和何括演奏《莫斯科郊外的晚上》。这家伙并不潦倒。

何括佩服这个大夏。记得知青刚下乡的那天晚上，何括到林场去看他们。宽阔的走廊上贴着他们办的墙报，头条就是大夏写的叙事抒情诗。题目叫作《燕儿山上安新家》，诗云："春风浪漫思无涯，红墙黄瓦新篱笆，朵朵山花爱不够，燕儿山上安新家。我爱山上清泉水，伴随延河翻浪花。我爱风中林涛响，宝塔灯火飞彩霞。别了我的爸！别了我的妈！儿知道，花盆难养万年松，猪圈岂生千里马？"站在诗前何括心潮澎湃，这个大夏确实有才。

垸中的白话二哥，见大夏不合群，成天戴着耳机在山上转，像电影《无声电波》中的情报工作者，给他取了个绰号，叫"特务"，垸人觉得形象，跟着叫。没想到恢复高考那年，大夏考取了中央音乐学院，白话二哥才恍然大悟，说："这个'特务'深藏不露哩。"场长说："什么'特务'？他是带着'特殊任务'来的。"场长以为是他的功劳。

那个抓杀稻子捆的冲担像举重运动员抓举上肩的后生，也姓夏，知青点的人叫他二夏。二夏也是一米八的个头，比大夏稍瘦，身材匀称，肌肉发达，是打篮球的好手。大队组织篮球队，节假日到公社同别的大队篮球队比赛，下乡的知青担任主力，回乡的知青何括也在其中。二夏打中锋，何括打后卫。二夏训练有素，传球带球，三大步上篮，有声有色，叫何括望尘莫及。二夏脑子灵活，文笔不错，会写通讯报道，也写诗歌。公社举办通讯员训练班，二夏和何括一同参加，写的通讯报道不时被县广播站采用，挂在垸头的广播箱儿里能听到。所以何括与二夏友谊很深。二夏还会吹笛子，能将《扬鞭跃马运粮忙》吹得同收音机播的一样好听。

何括也吹笛子，那管很长的笛子，尾巴上系着红丝缨，是父亲苦中作乐时吹的。盛夏有月光的晚上，垸人聚在长塘边上乘凉，父亲坐在竹床上，吹笛子给儿子听。父亲吹雅曲儿，也吹俗曲儿。雅曲儿是《苏武牧羊》，气儿灌到筒子里，慢慢地发出来的，凄切悲壮，伴着蛙鸣。俗曲儿是瞎子游垸算命用胡琴拉的："嗦嗦咪瑞，嗦嗦咪瑞，哆啦哆咪瑞。"这曲儿垸中的小孩耳熟能详，应声而唱："二卖 B 的，二卖 B 的，有钱不算命。"是骂娘的。大人就笑，欢乐随风而起，流萤点点。父亲吹笛子是小时候结拜杨庄庙里的和尚，做干儿时学的，功夫不深，只能吹这两曲。但父亲对何括说："千日胡琴百日箫，喇叭笛子当时教。"要儿跟他学，说："吹笛子能解忧愁。"何括跟父亲学会了吹笛子。父亲见儿子学会了，不再吹了，将那管笛子交给了儿子。何括很快不满足父亲那点传统手法。

山上还有个叫"旦子"的，因为是元旦生的。知青点的人都这么叫他。这个小子会唱歌，会运气，使用全身共鸣。高的高得上去，低的低得下来。只要开口唱，人听人爱。他长得修长肤白，老屋垸的姑娘没有人比得上。

农忙夏天的下午，他们的工比老屋的人放得早。场长晓得爱惜他们。落日黄昏时，燕儿山下的深水池塘，成了他们表演的天地。他们换上从城里带来的泳衣，头上戴着泳帽儿，结队来到柳杉塘游泳。老屋垸的人还没收工，还在畈里死做。他们穿的泳衣老屋垸人从来没见过。红的，红得耀眼，像天上的晚霞；蓝的，蓝得明润，像无云的天空。他们毫不难为情，将他们的胴体展露在青草茂盛的塘岸上。匀称的身材和青春勃发的肌肉，明亮耀眼，看得在畈中做活的老屋垸的姑娘和嫂子们脸红心跳。他们从青青的塘岸上，双手向天举起来，然后鱼跃入水，溅起阵阵浪花，在塘里你追我赶，摆开各种姿势游一阵，尽兴后爬上岸来，用带来的香皂，红的或绿的，涂满全身，尽情地搓揉，风中清香四溢。然后跃入水中接着洗。那时老屋垸的人谁舍得用香皂？他们全不顾老屋垸人的感受。他们戏水哩。浪遏飞舟！叫何括情何以堪，自惭形秽。

入夜明月当空，凉风送爽。他们搬出椅子摆在门前旷坪上，在山上开音乐会。吹的吹，奏的奏，唱的唱。吹什么呢？吹《扬鞭跃马运粮忙》和《苗岭的早晨》，运用技巧，"单吐""双吐"和"花舌"，将马蹄场和各种鸟叫的声音，尽情发挥，活灵活现。奏什么呢？奏《莫斯科郊外的晚上》和《红莓花儿开》。这是俄罗斯名曲。他们结伴就手风琴的曲子跳舞，闹到深夜不肯歇。

场长住场，守他们，吵不过，起床出屋同他们商量，说："你们送什么公粮？种的顾不到吃，不送算了。天亮还要下畈做活，留点气力行不行？"二夏是组长，二夏抽纸烟给场长点火吸，说："场长，你若是给我们唱一曲巴河情歌就收场。"场长就唱巴河情歌《姐在房中纺棉纱》，唱完他们鼓掌喝彩，要场长再来一曲。场长知道拗不过他们，骂一声："臭没得味！"回屋塞着耳朵睡觉。

他们知道不能再闹了。山下劳苦大众在睡觉，再闹会遇众怨。二夏就指挥他们合唱压轴。合唱什么呢？合唱《远飞的大雁》。这首歌据说是当时下乡知青创作的，在下乡知青中传唱开来。大夏拉手风琴，二夏吹笛子伴奏，旦子领唱："远飞的大雁，请你快快飞呀，飞呀飞！捎封信儿到北京呀！翻身的农奴，想念您呀毛主席！"这首歌的词极简单，就这么几句，他们反复深情地唱，唱得眼泪流出来才收场。

原来这首歌中的"大雁"别有深意。不是下乡知青不会知道，是他们共同的秘密。唱累了，歇气了，噤声了。场长出来说："够了吧？算了吧！"

松林寂静，月暗星明。

二

那棵花树长在知青点那排红砖屋下面古老的堘埂子上头，夹杂着一些极瘦的黄荆条儿，荒凉、稀疏，并不起眼。春节过后阳光暖了，它在风中开出淡淡的花儿，同早春阳光一道，弱弱的。何括同许多老屋坬人一样，认为它是一棵野李树。那花白中带红，与山腰梨园人工栽培的、满树的、大朵的白色梨花不能比，却奇香，引起了写诗的何括的注意。这野李树的花为什么这样香呢？他从来没有闻过。

那时巴水河畔作为观赏的梅花，早已被后人遗忘，诗中有，但诗中的梅花没有香味，比方说："墙角数枝梅，凌寒独自开。遥知不是雪，为有暗香来。"那"暗香"是什么香味？叫何括无从判断。日子里的花在人们的眼里，早已缺乏浪漫情怀，与吃相连了。稻花、小麦花、油菜花、高粱花，是作物的。花开得如何，与收成有关。花盛，丰收；花瘦，减产。桃花、梨花、李花是果树的，分大年小年。大年花开得茂盛，果子结得多而大；小年花开得稀疏，果子结得少而小。长辈给后辈传授这些经验，实际而且管用。坬中的娘们，也养闲花，闲花与吃无关。房前屋后的菜园边上，随心所欲地种一些。有草本的，也有木本的。指甲花是草本，学名好听，叫作凤仙花，染指甲的。栀子花是木本，带香的。平时没有闲心思，只有端午节到来，娘教女儿谙风情：摘凤仙花，捣汁调着染指甲，手指伸出来，鲜红美丽；摘树上新开的栀子花，戴在情窦初开的胸前，结伴到公社去看会演。演出的是公社宣传队，以创作节目为主，有对口词、快板书、三句半戏和表演唱；也唱样板戏《红灯记》《沙家浜》《龙江颂》的片段，都是女角为主的。

那树花香，闻着了真好，叫写诗的何括兴奋激动，浮想联翩。那时的日子，何括激情满怀，思绪如风，成天随着"大雁"飞。他没有想到家乡的野李树不同凡响，能开出如此芳香的花，借花自喻自慰的心情，溢于言表，这瞒不过白话二哥。白话二哥露出白牙笑他："麻雀随着雁鹅飞。"白话二哥的意思他明白，麻雀是屋檐下的留鸟，一生飞不高，飞不远，飞来飞去落旧窠，与雁鹅不能相比。雁鹅是候鸟，秋天随着秋风迁徙，度过冬天，春风一吹，它们会随风飞到出生的地方。一只麻雀能与雁鹅相比吗？何括陪着白话二哥笑，心里不服，认为自己是安徒生童话里的丑小鸭，有朝一日会变成白天鹅。他坚信自己与雁鹅是同类的，都是知识青年哩，有远大的梦，有飞翔的翅膀，一样不缺，一样不少，还有八爹给他的信念做支撑。

八爹不像白话二哥这样说话，专拣人的痛脚捏。何括记得他从会龙山毕业背着行李回乡的那天，怅然若失，心情不好。埫东头不能弯腰、坐在马扎上招鸡的八爹，见他回来了，挂着系着号旗招鸡的竿子，直着腰板撑起来，问他："毕业了？"他说："是的，书读完了。"八爹说："读书是一辈子的事，哪能说丧志的话！毕业后，你想走哪条路？"他说："陈老师叫我从事业余文学创作和写通讯报道。"八爹说："陈老师的话没有错，条条大路通罗马。你知道那副古联的意思吗？'有志者事竟成，破釜沉舟，百二秦关终属楚；苦心人天不负，卧薪尝胆，三千越甲可吞吴。'"何括点头说："知道。"八爹说："这就对了。你不是高中毕业了吗？只有走错路的，没有白读书的。'留得五湖明月在，不愁无处下金钩。'"何括心领神会。

父亲与八爹的精神有区别。农忙时懒龙队长把何括的父亲招回来，参加劳动。不招回来，贫下中农有意见。父亲回来与儿同做，喜忧参半。父亲看着他高中毕业的儿，长得比他还高，在埫中与同辈人相比，意气风发，鹤立鸡群，像一只林中斑鸠，呼风唤雨，劳心费力，精神可嘉。父亲见他的儿白天下畈累死累活，三餐吃饭时看书，晚上点灯熬夜写诗，心疼了，说："儿认命吧。"何括对父亲说："燕雀安知鸿鹄之志？"父亲读过老书，知道儿的意思，儿翅膀硬了，只得随儿。农忙结束了，父亲到黄石做泥工之前，到代销店买了一盏罩子灯，多打些煤油回来，给些钱让儿买书看。好在自己做了泥工，农闲时可以出外做活，不像农家手头紧，有些活钱，能让他的儿继续做梦。

何括每天沉浸在梦里，脑子里诗歌的韵脚，像马雅可夫斯基所说的，哗哗作响。那时何括能读到马雅可夫斯基的，叫作"阶梯式"的长诗，歌颂伟人和新时代的。那火山喷发的形式和韵脚，让何括入迷："是时候了，让我来讲述，列宁的一生。并不是因为，我们的哀悼，已经告终；是时候了，因为，揪心的痛楚，已经变成了，清晰明朗的，自居的哀痛。是时候了……"那时何括还能读到郭沫若的长诗《女神》，不能自已的激情，轰轰烈烈，让何括神魂颠倒："我是个无产阶级者：因为我除个赤条条的我外，什么私有财产也没有。《女神》是我自己产生出来的，或许可以说是我的私有，但是，我愿意成个共产主义者，所以我把她公开了。《女神》哟！你去，去寻那与我的振动数相同的人；你去，去寻那与我的燃烧点相等的人。你去，去在我可爱的青年的兄弟姊妹胸中，把他们的心弦拨动，把他们的智光点燃吧！"那时何括还能读到他同乡前辈闻一多先生的《大暑》："今天是大暑节，我要回家了。今天的日历他劝我回家了。他说家乡的大暑节，是斑鸠唤雨的时候。大暑到了，湖上漂满紫鸡头。大暑正是我回家的时候。我要回家了，今天是大暑。我们园里的丝瓜爬上了树，几多银丝的小葫芦，吊在藤须上巍巍颤，初结实的黄瓜儿小得像橄榄……"先生笔下望天湖的浓浓乡情，着实打动了何括，唯美的格调，影响何括至今。那是个红色诗歌的时代，赤子之心，如火如荼，日日夜夜煮沸着何括的心，使他忘记了出身的痛苦，诗情画意，夜以继日，飞翔在辽阔的天空。

何括是正月十五元宵节那天黄昏，攀上堑埂上那棵树，折下的一枝花，走在路上，遇到从街上卖花灯回来的十爷的。十爷家儿女多，家大口阔，生活困难，每年正月十五需要糊花灯，用木架系着，掮到街上去卖点钱，维持家用。十爷心灵手巧，劈竹做骨架，捻皮纸做条缠灯架，用白纸糊花灯。六方形的，八方形的，上头用红绿水彩作画：鲤鱼跳龙门，蝴蝶闹花，岁寒三友松竹梅——这是高档的。高档的卖的钱多，但买的人少。低档的，不画花草，直接写红字。这些花灯是正月十五闹元宵，小孩子们点上蜡烛，提着游坑的。天上的星星，地上的人。一盏灯代表一个孩子。

十爷见何括折一枝花在手，说："种，你折花呀！"何括说："十爷，这野李花好香。"十爷说："种哇，你不晓得，这不是野李树，是春梅哩。"何括拿着花，怔住了。十爷说："这棵春梅是祖上明代从江西迁到老屋时栽下的。祖上迁来时并不住现在的老屋坑，而是住这里。这里才是真正的老屋坑。历朝历代，这棵春梅活了死，死了活，老树发新枝，只要活过来，春风一吹，就会开花。"十爷熟读唐诗，顺口四句："世事苍茫漫无涯，春风唤醒发新芽。遗在路边无人识，时人误作野李花。"

啊！原来不是野李树，是唤春的梅花哩！怪不得花蕊吐得出如此的芬芳。十爷将卖剩的花灯送一盏给何括。何括说："十爷，我长大了。"十爷说："种哩，心中有诗的人，常怀赤子之心。在我面前，你永远是个孩子。"何括接过花灯，与花枝并在一起拿回家。红灯挂在床头的帐钩上，不点蜡烛也亮堂。花用玻璃瓶子灌水养着，放在土窗前的案板上，日子就芬芳。

三

案板前的那方小窗向东开着。窗外无屋，任人眺望和遐想。考古学家说，人类学会在屋子上开窗是文明史上的一大进步。几千年来窗户给了人类多么美好的寄托。窗户是房屋的眼睛，聚敛着日子里人的精气神。老屋坑像一个家族的大胎盘，剥离成碎片，残存着何括父子赖以生存的家。一连土砖屋分前后两间。前间无窗，是做饭、吃饭的地方。后间有窗，是吹笛、看书、写诗和累了睡觉的地方，与穴居人类居住的屋子相比，强不了多少，强的是有窗。

那窗小而简陋，半米见方，剥皮的树枝，取单数，五根作楗。巴水河边传统民居的窗楗取奇数，小窗五根，中窗七根，大窗九根。五根楗的小窗，配窗门两扇，整块木板的，无漆可做，本色的，经风见雨，开裂，因为厚实，却不见散，是做泥工的父亲从垸中架子叔家讨来木板，因陋就简制作的。父亲安了小窗后，并不悲哀，对何括炫耀，说："窗子无须大，花香不在多。你晓得不？窗外过去是何三相家的后花园。"意思说这地方不同凡响，曾经繁华过，有加强认识和理解的必要。经父亲的提醒，小窗外的景色，让何括眼里生出诗意来。

花园废弃了，却有花木遗活。水竹和丛竹，长在小池的水岸边。桂花树和槐花树，杂在园中长，虽然没人打理，但到了季节，该开花时也开花。小池圆圆的，岸边残落着白色或青色的石条。四周水浅，长满水草，泥淤得厚，格外青葱。池心水深，细细的一圈，映着天光，微风吹来，也起涟漪，像人眯起的眼，是人所向往的福荫之地。风好，荫好，垸中的狗们和鸡们，爱在里边歇荫、享受，避着人交配，默默地繁殖后代，同时不忘各自的职责。狗看见生人，弓起身子，吠几声。公鸡见熟人，对着东方喊太阳。

小窗联系着何括和白话二哥的日子。白话二哥的家在园子前，有后门开到园子里。日子里白话二哥的动静，何括听得见，也看得见。何括长大了，高中毕业有了独立的意识，夜里不需要白话二哥做伴，白话二哥的日子就俗了。后门的园子，成了他同老婆吵嘴发泄愤怒的地方。童养媳玉霞姐跟他接连生了两个女儿，他脾气变粗了。那天午饭后，不知为什么，他把小女儿提起来丢到后园的水塘里，扑通一声响，水花四溅。小女儿快呛断气，他才奔到水里提起来，明白他是人，不是畜生。白话二哥的父母骂他畜生不如，气得他咬牙切齿，恨恨不休。

白话二哥到姑父家，再不拿书回来，无心给何括提供精神食粮了。何括隔着窗子，问在后园提水抹澡的他："为什么不拿书回来？"他将抹澡桶里的水泼在地上，摇头苦笑，说："人过三十万事休，摒除丝竹过中年。"这也是他从古书上学来的。白话二哥喜书，厌书，一生离不开书。五十岁后，遇上改革开放，他开始游村串户给人看相算命，凭三寸不烂之舌，赚点活钱，补贴家用，靠的是《易经》和《梅花易数》。如今他中风了，半边身子不方便，说出的话，人听不清楚了。何括清明回乡祭祀，隔窗再也见不到他了，垸人说他住在哈尔滨做水暖生意小女儿的家。还是小女儿有出息，有孝心，赚了钱，有财力精心照看他。何括将老宅翻建了，取名"书屋"，窗子依然向东开。何括带儿孙回老家过年，站在窗前，窗外那方园子没了人气，荒芜冷落了。园子里种的橘子，挂在绿叶之间，红红的像灯笼，无人采摘。何括触景生情，写下了："隔篱橘红去岁果，凭窗水绿旧烟痕。难忘青春说词话，爱看高谈阔论人。"那方小窗是他联系白话二哥情感的眼睛，此消彼长，见证着青春燃烧的岁月，长歌夜读的情景。

白话二哥无心提供精神粮食时，何括有心买书读了。买书的钱由父亲提供。父亲临到黄石做泥工之前，总要给儿留下一些零用钱。钱虽不多，两元或三元，买书足够。那时竹瓦街上的供销合作社里有图书专柜，卖当时钦定的畅销图书。鲁迅的著作很齐全，人民文学出版社出版的，单行本，每本封面上印着鲁迅的浮雕头像，便宜，每本定价角把两角钱搞定。小说集有《彷徨》《呐喊》《故事新编》，散文集《野草》，杂文集有《热风》《坟》《华盖集》《华盖集续编》《而已集》《三闲集》《二心集》《南腔北调集》《伪自由书》《准风月谈》《花边文学》《且介亭杂文》《且介亭杂文二集》《且介亭杂文末编》《集外集》《集外集拾遗》。何括买齐了，看得认真。还有《中国小说史略》何括也买来看了。所以何括是吃鲁迅先生的奶长大的。当然还有当时钦定的畅销长篇小说，浩然的《艳阳天》和《金光大道》，柳青的《创业史》第一部和姚雪垠的《李自成》第一部。何括都买来看了，汲取新时代文学的营养。在后来的文学创作的道路上，何括有意或无意地受到了影响。这是叙事著作。当时何括学写诗，买得更多的是那时出版的诗歌集子。其中有本省的工人作者和长阳农民作家的"赶五句"，还有本县农民作家王老师和张老师的"民歌体"。这些歌诗都是押韵的，所以何括对于韵脚非常敏感，就是那时练成的。叙事呀！抒情呀！押韵呀！歌颂呀！

每日每夜，只要睁开眼睛，都在做梦，美好的诗句和韵脚，浮在脑子里哗哗作响，燃烧着，喷发着，不能自已。那时候何括那些激情奔放的诗歌，就是在家乡的夜里，在那方小窗下的案板上写成的。

那时家乡的夜静了，静在何括的耳边、心中。老屋垸劳累一天的父老乡亲们，喝了夜粥，洗了，睡了。只有何括仍为诗歌激情燃烧，久久不能睡去。夜风从东方小窗外吹进来，罩子灯红红的，亮在窗前的案板上。那罩子灯是父亲特地花钱给儿买的。为了儿父亲舍得。那时的农家不点罩子灯，点墨水瓶做的灯。点墨水瓶做的灯，不需要煤油，灌柴油就行。柴油便宜，只要九分钱一斤，用棉花搓条捻子塞进去，点着就满屋飞着黑烬地亮。那飞烬游在空气中，一条条如虫似蚁。时间短可以，时间长了，黑烬吸进鼻孔，飞到眼睛里，人就受不了，鼻孔熏成黑窟窿，眼睛辣得眼泪流。夜里老屋垸人不爱点长灯，一是节约钱，二是为了健康。天彻黑时，才点会儿。你就会听到娘对儿女们说："快点，就亮洗了睡。"儿女们洗了，节约的娘就把灯吹熄了，赶儿女们上床睡。夜晚十家九黑是常事，没有人家愿意浪费灯油。只有婴儿啼哭，娘给孩子端尿喂奶时，才有灯亮一会儿。其余皆为夜色，静如深水。只有何括家的灯亮到深夜，而且点的是罩子灯。父亲买罩子灯是为儿准备熬夜的。点罩子灯不能点柴油，点柴油，罩子马上熏黑了。点罩子灯要用煤油，煤油贵，一角六分钱一斤，比柴油快贵一倍。父亲给儿买罩子灯点煤油熬夜，是为儿看书写诗时，鼻孔不熏黑，眼睛不流泪。父亲不知道儿写诗有没有用，但知道儿的健康对他来说很重要。父亲叹口气对儿说："种嘞！你愿意做梦，老子随你，给你点罩子灯！古人说，三更灯火五更鸡，正是男儿立志时。窗前花柳年年发，世事如棋局局新。有朝一日时运转，有梦总比无梦利。"这话儿爱听。于是那盏父亲买的罩子灯，夜夜亮在老屋垸的小窗前，让儿的理想放飞在梦儿里。

不要以为小窗前有供人伏案写诗的桌子，简陋的后房除了睡觉的床，就没有多余的东西了。床头小窗下还放了一个装粮食的陶缸，大而圆，齐腰高，上面盖着一块长形的父亲用木条做框、用篾片钉成的案板。轻薄，中间有缝隙，于是用一层透明的尼龙纸蒙着，结体成块。下面盖缸口，上面放东西。一条短凳放到案板前，坐下来，双腿夹着缸体，就成了何括写诗的案板。何括为了改造学习环境，有的是办法。从街上买来几张红纸，钉在临窗的土砖墙面上，这样才不掉沙，然后用红布糊着案板，于是黑乎乎的屋子，夜里点上罩子灯通红透亮，写起诗来，精神面貌焕然一新。

那时日子里的何括有座右铭的。座右铭是两句，用黑笔写在当窗红纸钉的墙面上："长歌夜读五更天，高吟肺腑走风雷。"并不对偶的两句，是那个时代文化的结晶。那时何括白天不能学知青的大夏择轻活做，作为出身不好的回乡知识青年，他要在田畈表现突出，冲锋陷阵，事事当先，不让垸人说三道四。他是同辈人中插秧割谷的能手，包括挑草头。他牢记父亲的教导："气是争出来的，劲是练出来的。年轻人做气力有气力。"好在母系的基因好，他又在学校打篮球，尽管瘦，还是有劲头。白天做好了，夜里才可以放心大胆地做梦。

何括夜里读兴奋了，诗情涌上来，就要写。写之前必得酝酿诗情，吹一通笛子。吹什么呢？凭着一本从街上买的《笛子吹奏法》，吹《战地新歌》上的《扬鞭跃马运粮忙》和《山丹丹开花红艳艳》。没有师传，照着书本学，也用"单吐""双吐"和"三吐"，也用"花舌"和"泛音"。兴之所至，随心所欲，与山上林场下乡知青二夏吹的，不可"同夜而听"。人家专业，他是业余的。但吹得过瘾就好！那是酝酿诗情的必要手段呀！诗情充分酝酿起来了，他就伏案铺稿纸疾书。写什么？写诗呀！抒情叙事的，叙事抒情的，受当时诗风的影响，都是歌颂光明的。何括展开想象的翅膀，在理想的天地飞翔，选择美好的句子，只要隔行押韵就行。比如写茶山。取个诗题《放眼茶山情满怀》，诗就来了："上茶山，踏云彩。茶叶随风绿，茶花含露开。蜜蜂把路引，彩蝶展翅来。毛主席指引幸福路，放眼茶山情满怀。"燕儿山有茶场，但面积小，构不成气象，通过想象，并不妨碍写诗。比如写修水库。当地最大的水库是梅山水库。山不高，水面也不大，与大别山里的白莲水库相比，只能算一个小水湾，但豪情上来了，运用夸张，口气就大："生在高山爱斗山，搬山巧锁万顷泉。云端有田皆灌水，渠花冲垮银河岸。渠在九霄飞瀑布，落地迸开万朵莲。公社一支青荷藕，一节更比一节甜。"一气呵成，取个题目冠上去，《公社一支青荷藕》，好的，成了，符合那时伟人关于写诗的教导，是形象思维。那时伟大领袖日理万机，关心诗歌创作，为青年人如何写古体诗作过专门指示，其中强调要运用形象思维。这些列举的是那时何括所写的，形象思维运用比较好的，差的比这多得多。

那时坐在罩子灯前的何括激情燃烧，一夜要写好几首。写完，精心修改，用稿纸抄正，拿信封装好，附短信一封，剪去信封的一角，写上稿件二字，这样就不用贴邮票，投到县文化馆编辑部，那时候新闻和文学投稿，全国统一邮资免费。写完封装后，心情久久还不能平静，怎么办？于是又吹笛子，吹得眼花缭乱，金星乱坠，终于累了，该睡了。何括不知道那时候的老屋垸人，为什么能容忍他夜夜疯狂的行为？从来没人埋怨过。若有人埋怨或出面干涉，你能恣意妄为吗？家乡就是家乡，那时就是那时。那时的家乡，叫何括这辈子，感恩不尽。

东方的小窗，现出鱼肚白，小窗外的园子里的麻雀开始噪林时，何括就醒了，爬起来，揣着装诗稿的信封，出门翻过燕儿山坳口，走三华里露水淋湿的小路，将诗稿投到镇上的邮电所那个墨绿的邮筒里。听到信封落底的声音，他心里才踏实，然后奔动两条浸湿的裤腿朝回赶，赶回老屋垸，在懒龙队长的口哨声中，同垸人一道出早工。

那时霞光万道，旭日东升。遍地青禾，神清气爽，又是新一天的早晨。

四

何括与那个乡邮员，从此结下了不解之缘。投到镇邮所邮筒里的诗歌，当然希望发表。长天野日，望眼欲穿的何括，将希望寄托在邮递员"快马"身上。"故乡一望里，梦里车铃声。柳丝春消息，岁月留诗痕。"是那时内心的真实写照。

"快马"姓占，比何括年纪大几岁，人瘦，结实，雷厉风行，传说是区委周书记老婆占干事娘家的侄儿。占干事是什么人呢？占干事是区公所的文化干事。那时重视群众文化，区里专设文化干事，与教育干事平级。还设扫盲干事，也与教育干事平级。占干事作为区委周书记的夫人，在该地区享有名声。据说她乐于助人，特别是沾亲带故的。为了证实，某一天白话二哥当着垸人的面，将"快马"拦在垸岗头路上，问："你是不是占干事娘家的侄儿？"他说："不是的。"白话二哥问他："那你为什么姓占？"他笑着说："我就姓占，不准姓占吗？"白话二哥说："我要姓占就好！"他说："那你改姓吧。是跟我姓，还是跟我父亲姓？"这是占白话二哥便宜的，白话二哥的脸红了。他不跟白话二哥多说，踩着风走。垸人就坚信他是占干事娘家的侄儿。如果他不姓占，能进区邮电所那么好的地方吗？一只野鸡要护三个山头哩。"不吃草，不喝油，一天到晚扶龙头。风火轮子用脚踩，上面坐个大马猴。"儿童们见他走了，追着在后面唱。这是白话二哥创作教给垸中小儿们唱的。顺口溜时代，读了几句书，只要脑子灵活，都会来几句。不要小看白话二哥的创作水平，其中结合了诸多传统文化的因素。"风火轮"是《封神榜》中哪吒脚下踩的，而"大马猴"则是《红楼梦》中花花公子薛蟠口占歪诗出来的。

邮递员该是几好的差事！你看占快马穿着绿色制服，戴着大檐帽，骑着上海制造的永久牌自行车，车子的后座驮着两个绿色的邮包，多威风。他骑术高超，遇沟过缺，将车头一提，不用下车，一路畅行，不招人骂，反而交口称赞。下乡的干部们就不能这样。下乡干部们骑术再高，遇沟过缺，不敢不下车，不下车会招群众骂，骂他们发飙，脱离群众。聚在垸头路上的垸人，一致认为邮递员是世上最好的职业，像警察一样，不但衣食无忧，而且见官大一级。

白话二哥最羡慕邮递员，做梦也想当邮递员。他认为他不比占快马认的字少，只是不姓占。拿竿子招鸡的八爹，见多识广，杂在人群中，从历史的角度，印证垸人的想法是对的。八爹说："那当然。邮差不仅衣食无忧，而且生命有保证。绿色象征和平、青春、茂盛和繁荣。烽火连三月，家书抵万金。古往今来，两国交兵，不斩来使。邮差是和平使者，连希特勒和拿破仑都不敢杀。"微风拂面，八爹的话使何括对占快马的景仰之情更进一层。这是对职业崇拜，与占干事娘家的侄儿无关。

燕儿山的信件归占快马送。那时区公所设邮电所，公社小，是不设的。乡间邮路将公社打散，就近分片，配几个固定的邮递员。一个邮递员管几个大队的投递，送报纸和信件，也有汇票。也不是天天送，一般三到五天，一个轮回，送一次。占快马将报纸送到大队部隔壁的代销店，信件和汇票夹在其中。汇票由代销店的人，盖章子代领。这是大队指定的。出现失落，当然由盖章人负责。信件再由小队长到大队开会时，或者垸人到大队代销店买东西时带回去。那时的人们诚信度高，一般没有失落的。

何括心切，怕回复的信件失落了。日子里的何括，知道占快马的邮路，摸出了他送邮的时间，在畈中劳动，到了时间，总是瞄在路上。这时的大路上，会出现占快马的身影。这时占快马停车，双腿支在地上，摇响车铃。不紧不慢，连成一串，清脆悦耳，摇在大路上，响在风儿里，太阳出来照大路，风儿吹来动青禾，日子温暖，充满诗意。占快马摇着铃声，停留片刻，好让心情激动的何括，两脚泥水，从田里赶上去，来拿县文化编辑部的回信。占快马与何括相视一笑，拿着早已准备的信件，递给何括，往往不是一封，是一摞。这使何括欢喜若狂。信是正反两面印好了，折成条状的，用订书机订着。正面是信封，拆开是回复的内容。编辑们认真负责，每稿必复：某某同志，你某月某日投的诗歌，在括弧里填上题目，我们收到了，然后鼓励一番说优点，不拟采用说意见，希望你再接再厉，然后此致敬礼，写上年月，盖上编辑部的章子。那章子是长方形，用的是蓝色印泥。尽管不拟采用，但投石问到了正路，有再接再厉的希望，怎不叫人心潮澎湃？这样的信，几年的时间内，何括收到一百多封。占快马送出了感情，何括收出了感情。占快马收腿，蹬车继续赶路，摇响车铃，那是对何括痴心不改的祝福。

　　由于何括投得多，占快马送得多，引起了垸人注意。垸人知道何括在写诗，学林场的下乡知识青年，麻雀赶着雁鹅飞，志气不小。同时也引起在大队当书记七伯的警觉。那时回乡的何括青春奋发，写诗，也写通讯报道，还是大队篮球队的队员，经常参加区里公社举办的体育活动和学习班。区里来了通知，公社通知到大队，大队通知他去参加，七伯不得不批。何括去了，就抵水利工，按天计工分。那时公社每年都有水利义务工的任务，由各地分摊，年终时由公社统一结算。七伯以为那是玩的事。何括读了一场书，爱玩，会玩，让他玩去。再说上级的指示他又抵不住。七伯没想到这小子竟然玩出了名堂。

　　那次何括到公社参加七天的通讯员学习班，占快马将县文化馆寄来的邮件，让七伯带给何括，也引起了七伯的警觉。那回的邮件不是信，而是一本县刊和两本方格稿纸。那期县刊上发表了何括的四句诗，其实是顺口溜。四句中有两句是经过编辑改过的。何括知道，七伯并不知道。他只看上面有何括的名字。那两本稿纸洁白，厚实，一本有五十页，每一页都印着县刊编辑部的字样，是何括的心爱，如获至宝，那该要写多少诗！七伯将样刊和稿纸交给何括时，望着眼前的侄儿笑了，说实话那笑开始是慈祥的。他没有想到出身不好的侄儿，竟然惊动了县里，寄来书和稿纸，书上还有他写的诗。七伯问："是你写的吗？"何括说："是的。"七伯说："没想到你还有两下子！"何括听了很感动。一会儿，何括发现七伯的笑黯淡下来，脸阴了，像过云的天，不再说什么，背着手儿走了。

　　这瞒不过畈上招鸡的八爹。八爹是什么人？八爹是内行架子，知道那是寄来的样刊和鼓励继续写诗的稿纸。八爹在畈上笑，七伯问："你笑什么？"八爹说："仰天大笑出门去，此辈岂是蓬蒿人。"这是李白的诗，八爹只改一个字。八爹爹与七伯，日子里一向眼睛不对光。七伯不懂八爹说什么。何括知道八爹这样说，是气七伯的。八爹的话大有深意，让何括心潮澎湃。

第二天在畈里劳动的何括听到路上车铃响，赶了上去。这次没有邮件，而是问话。占快马用腿支着车子，问："何书记把邮件给你了吗？"何括说："给了。"占快马说："是我叫他给你的。兄弟，不简单。我姑妈知道你。"何括问："你姑妈是谁？"占快马笑了，说："你不知道吗？"何括说："我不知道。"占快马说："占干事呀！"说完，摇着车铃走了。

阳光迷离，路上的何括愣了半天，被风儿吹醒。这才明白那传说的关系，原来是真的。

五

占干事进入何括的视野是几天后的事。

岗地上的小麦，在阵阵季风中渐渐黄了。麦雀儿定在空中望地叫："熟了，熟了。"小麦熟，人不愁。青黄相接，是垸人盼望的日子。占快马骑着车子穿过大路两边的麦地，送来一份盖着区公所大红章的通知。那通知是抽何括到区里搞创作的。事后才知道这份"殊荣"，是占干事"钦点"的。

占快马将通知送到大队书记七伯的手上。占快马说："占干事要我送到你手上。她说约不过张飞不灵，抽人要你批。"七伯望着占快马，抽着烟，问："这忙，又抽人？"占快马说："是的。有紧急任务。"七伯问："抽谁？"占快马说："何括。"自从那次送刊物和稿纸引起七伯警觉后，七伯看何括的眼神就怪怪的。七伯将通知拿在手上看了，脸色不好，又不好发作，说："怎么又抽他？"占快马说："何书记，通知我送到了，还是你给他吧。"七伯说："小子，你拿我当邮差？"占快马笑了，说："哪能哩？你要是不同意，我就带回去。"一军把七伯将定了。七伯马上换脸笑，说："回去问占干事好。叫她放心，她说的事，我照办。"占快马说："何书记通情达理。"

占快马转去时摇车铃，将何括摇到大路上，对何括说："区里有个通知，我送到何书记的手上了。"何括问："什么通知？"占快马说："急什么？送到手上你就知道。"吃中饭时，七伯来到何括家门口，并不进屋，虎着脸叫何括出来。何括出来后，七伯将通知递给何括，说："占干事要'谋龙卵子'。你去吧！"巴水流域的"谋龙卵子"，可不是好话，骂人的，充满讽刺意味。龙生龙，凤生凤，老鼠生儿打地洞。一个家庭出身不好的儿，说你是"龙卵子"，叫人无地自容。可是"钦点"的通知送来了，捏在何括的手上，叫何括带换洗的衣裳，在规定的时间，到区公所报到，出乎意料，细想也在情理之中。

何括怀着激动的心情，拿着通知到镇上的区公所去报到。镇上的区公所，何括不陌生。初中就是在卫生院对面的中学毕业的。学校过了是区农机厂，农机厂过了是区公所，还保持着古镇的面貌。一条蚯蚓样的街，铺着青石板，石板上可见当年的车辙儿。许多的店面还是木板的样子。街中间分了个叉儿，叫作十字街。只是那街很短，南边叫南门，北边叫北门。南门有很阔的池塘。北门依山有戏台，可以唱戏，或者放电影，还可以开群众大会，搞运动。

区公所的大门，当街而设，是一幢三层楼房逢中开的，一楼空着一档做通道，二楼以上仍是房子。挂红牌子的大门，装着两片铁栅栏门，却不锁，只是象征。门底下装着铁漏栅，钢筋焊的，人进得去，猪就进不去。街上的住户像乡下的人家也养着猪。猪也像人一样爱闲逛，找食吃，如果进了区公所的院子拉粪，那就不成样子。大门没有门卫，人是可以随时进去的，进去也没人问。进去后是大院子，新旧交替的建筑，沿石级上去，新的是红砖建筑，右一排，左一排。上面旧的是古建筑，一进几重，有天井，光线不是很好。区公所的干部和家属都住在里面，所有的机构都设在里边。这里原来是父亲所说的何氏节孝祠。何括拿着通知走进去，感觉与常人不一样，与他的遗传基因和文化心理有关。

何括走进办公室。办公室设在进门的右边，一个门进去，里边是三间。办公室的秘书姓孔，胖胖的，人很随和。见了通知，就问："你就是何括？"何括说："我就是。"孔秘书朝石级上面喊："占干事，你谋的'龙卵子'来了。"他的说法与七伯一样。孔秘书是本地人，过去未来的事，他都清楚，瞒不过他。石级上面有人应,应的人是个女的。不多时那女的就下来了,随她下来的还有个男的。两个到了办公室,何括发现随着下来的竟是他初中的班主任夏老师。何括才知道夏老师是区里的扫盲干事,那女的就是区里的文化干事、区委周书记的爱人。占干事笑着问:"何括,你来了?"何括说:"我来了。"占干事问:"何书记没拦你吗?"何括说:"没拦。"夏老师对何括说:"周校长、雷校长、陈老师和县文化馆的老师都推荐你,说你会写。"占干事喝口水对何括说:"他们都爱才。"何括说:"是的。我是他们的学生。"原来何括能到区里来,是初中的、高中的和县文化馆的老师,共同推荐的结果。那时占干事身边有个业余创作组,创作节目为县里会演服务。

占干事说:"何括,你能到区里来写节目不容易。"何括当然知道不容易。占干事右眉心有一颗黑痣,不笑时就严厉,那严厉是出了名的。占干事笑的时候就和蔼,说:"你看孔秘书叫你'龙卵子'哩。"占干事对孔秘书说:"你怎样安排?"孔秘书说:"客室都住满了。"占干事说:"就是没住满,那条件也不行。"孔秘书望着占干事笑,说:"那怎么办?"占干事说:"你把饭票发给他,跟他配套碗。"孔秘书说:"这好说。"孔秘书把办公桌的抽屉拉开,里面是一套碗和一双筷子,饭票和菜票放在碗里了。饭票是红的,菜票是绿的。原来都准备好了。

孔秘书说:"那他住哪里?"占干事笑着说:"住哪里?住我的寝室。"孔秘书笑,说:"那怎么行?"占干事说:"怎么不行?他比我的儿跃进大不了多少。"她的儿跃进与何括是初中的同学,比他低一个年级。原来占干事与周书记为了工作的需要,各有各的寝室,可以分开住,也可以合起来住。那时,一个无名的作者,又是地主的儿,能住区委书记爱人的寝室里搞创作,是破天荒的事,重视到这种程度,真叫何括感动。

何括领了碗,占干事领着他到她的寝室。占干事的寝室在后面的楼上,是何氏节孝祠古建筑的厢屋,木楼梯上去,进门就是木地板,漆着红油漆,人踩上去,悠悠地颤。桌子和椅子都是老的,窗子大,桌子也大,椅子是靠背的。寝室内有床,挂着帐子,井井有条,还有香味儿。占干事说:"你就在食堂吃,在这里写,在这里睡。"占干事叫通讯员来,让通讯员到街上去买洗澡和洗脸用的毛巾。何括说:"我带了。"占干事问:"几条?"何括说:"一条。"那时何括同乡人一样,出门带一条就行,洗澡洗脸都可以。占干事说:"那怎么行?洗脸和洗澡的得分开。"出门就是店,通讯员将毛巾买来了。占干事吩咐通讯员,每天清早送两瓶开水来。占干事对孔秘书说:"稿纸、墨水和笔备着没有?"孔秘书说:"备着了。"将手里拿的稿纸、墨水和笔放在临窗的桌子上。占干事拿出茶叶,说:"这是好茶。双塘大队茶场送来的雨前茶。你泡着喝,保证你的思路畅通。"占干事说:"这次你的任务,就是跟我写一台女支书的小戏,长度三十分钟。"占干事不说党交给的任务,说她交给的任务,可见她与众不同。占干事说完,把钥匙从裤带上解下来,交给何括。那系钥匙的绳,是她从派出所所长那里要来的系手枪的绳,草绿色的。那串钥匙在空气中哗哗儿响。占干事说:"有什么不方便的,你跟孔秘书说,让孔秘书告诉我。"占干事对孔秘书说:"听见没有?"孔秘书一脸笑,说:"姑奶奶,我听见了。"占干事对孔秘书说:"你莫好玩。戏要是没写好,我唯你是问。"孔秘书笑着说:"那是的,那是的。"

那时各大区都有宣传队,全称叫作"毛泽东思想业余文艺宣传队",设在水利民工团,水利民工团是常设组织,这宣传队说是业余的,其实是专业的。占干事将全区下乡和回乡的知识青年中有文艺专长的,以民工的名义抽调到民工团,抽了四十多人的队伍,各种人才都有,集中在一起排节目,一是为了节假日和重大活动演出,二是为了一年一度县里举行的大会演。会演是比脸的事,要评奖,得红旗。只要是会演,本区毛泽东思想宣传队的成绩就好,得奖,得红旗。干部和群众喜气洋洋,说是占干事抓得好,领导有方。那时,本区的毛泽东思想宣传队在鄂西搞"三线"建设,占干事让何括把小戏写好,送到鄂西去排,到时候把队伍拉回来参加会演。

何括在占干事的寝室里关了十几天写小戏。那时全国是"八个样板戏"的天下,还有电影《春苗》和《决裂》,题材都是正派与反派对立的,创作方法是"三突出"，全国的创作只有在这样的前提下进行，不然不符合潮流，你写得再好也没有用。题材是指定的，创作方法也是规定的，需要绞尽脑汁，挖空心思。何括首先想写什么？何括的生活只有那么大的天地，在他的天地里没有新鲜事物，更没有惊天地泣鬼神的事件，只有瞄秧下种，插秧割谷，好在那时农村开始建温室搞无土育秧，这事物还新。于是何括选了一个题目叫作《根深苗壮》，这题目好，有诗意。然后想当然地设置了一个十八岁的女书记，领导人们搞无土育秧的实验，坏人反对新鲜事物，暗中搞破坏。那时全国都在实行新鲜事物，都在培养女书记，何括所在大队也培养了一个，但可惜不是正的是副的。再就是围绕正面人物设置反面人物，这叫何括为难，一点生活都没有。何括就把队长的女儿金莲幻想成女书记，把七伯幻想成隐藏的坏人。有什么办法？垸中"坏人"多，但他们都不搞破坏。只有拿七伯代替。设置场景，写对话制造矛盾，写唱词抒情，写中心唱段达到高潮。何括面壁虚构，风云四起，居然把那戏写成了，写得火药味十足，那唱词儿也好，韵押得好，有文采，叫何括热血沸腾。

戏写成了，何括拿给占干事看。占干事先不看，叫夏老师和区教育组的老师看。夏老师和区教育组的老师看了，都说好，因为是占干事亲自抓的，只是建议占干事送给县文化馆的老师看一下。占干事这才戴着眼镜看，看一遍后，又翻着看一遍，并不说话。那些人的眼睛看着她。何括的心悬着。夏老师问："您觉得怎样？"占干事说："好是好，我怎么觉得都是假的。"众人无话可说。占干事笑了，翻着稿纸的页子，指着说："就这两段唱词还可以。"何括的眼睛瞄过去，知道是哪段唱词。那是何括原来写的一首诗，为了应急搬到戏里来的，作为唱词。为了舞台美，何括把温室选在燕儿山的茶山上，让金莲清晨上山育秧，那时朝霞满天，茶山青青，金莲，不对，是新上任的十八岁的女书记，触景生情，豪情满怀唱的那两段，其实那两段与无土育秧一点关系没得。那段搬作唱词的诗，当然是何括的得意之作，用在戏里就不怕重复。那就是："上茶山，踏云彩。茶叶随风绿，茶花含露开。蜜蜂把路引，彩蝶展翅来。毛主席指引幸福路，放眼茶山情满怀。"

下面的一段格式是一样的，只是词的内容变化了。

占干事说："戏就算了，把这两段当歌词，搞个表演唱。"占干事一锤定音，把那事搞定了。占干事叫何括用稿纸把那两段唱词抄一遍，加个题目。何括就用稿纸把那两段唱词抄了一遍，加上题目，叫作《放眼茶山情满怀》。占干事把那词拿着叫人谱曲子。这歌后来在县里会演时，得了个一等奖。县广播站还在全县播了，何括和垸里的人都从广播箱儿里听到了那歌声。

这都是占干事的功劳。人们称赞她内行，领导有方。

何括如释重负，完成任务回到老屋垸时，湖塘水满风荷举，黄口燕子漫天飞。队长在稻场分小麦，没耽误吃新麦面。

七伯见了何括问："怎么回来了？"何括说："戏写完了。"七伯没好气地问："没留在宫中？"白话二哥说："要割卵子才能收。他有野心，舍不得卵子。"这叫什么话？故乡沉积的厚土里有鲜花，也有荆棘。七伯与白话二哥一唱一和，当众羞辱何括。

何括隐忍着，日子里八爹的教导像潮水一样，涌上心来。八爹说："咬定青山不放松，立根原在破岩中。千磨万击还坚劲，任尔东西南北风。"八爹说："不畏浮云遮望眼，自缘身在最高层。"八爹说："浩然之气平日养，腹有诗书气自华。"八爹说："燕雀安知鸿鹄志？莫与俗人论短长。"

第二章

一

一点不错，那时沉浸在梦儿中、不知死活、写诗的那青年，是有野心的，而且不小。何以见得？有笔名为证。那时那个全国走红的作家不是叫浩然吗？他的《艳阳天》，他的《金光大道》。那青年心有所动，于是给自己取了个笔名，叫"浩荡"。一个叫"浩然"，一个叫"浩荡"。"浩然"与气相关，"浩荡"与风有关，风气相生。诗言志，名也言志。浩然既然全国出名，"浩荡"就不能吗？他渴望有朝一日通过写诗，走向全国。你不要笑，这是曾经的事实。

于是他用笔名投稿，勇气可嘉。原来投稿用的都是真名，忽然改用笔名投稿，鱼目混珠。那天县文化馆编辑部有两个人值班，一个是全国有名的农民诗人王英，一个是某师范学校毕业分来的彭老师。二人都是写诗的。王老彭小，王瘦彭胖，瘦的矮，胖的长，形成鲜明对比。二人共一张桌子，对面坐着。彭负责收稿登记，初审，然后递给王看。二人关系默契，互为师生。那时重视工农作家，编辑部王当家，彭当助手。人前，彭对王恭敬尊重，必称老师，人后就不这样。两个都是放达之人，不拘小节，人后小的管老的叫"老东西"，老的称小的"死杂种"，互相打趣，找乐子。彭给王当助手，那助手是真的，因为王写出诗来，润色修改归彭。发表时署名当然不是彭。组织上指定的，二人心照不宣。

彭接到那青年用笔名投来的诗歌，一时搞不清楚是谁了。彭把署笔名的诗稿递给王看，说："老东西，又发现了一个新人。诗写得不错。"王说："死杂种！快念出来给老夫听。"王就要那个味。于是彭将那用笔名投的诗，抽一首出来。彭说："听好！诗的题目叫《打夜工》，只有四句：'月亮天上走，扁担天上走。亮沙酿出蜜，石头捏出油。'"彭念完后问王："怎么样？"王将桌子一拍，说："好！"彭说："你知道是谁写的吗？"王说："是谁写的？"彭说："浩荡写的。"王问："浩荡是谁？"彭笑着说："浩荡你不知道吗？浩然的兄弟。"王跳将起来说："快查地址！"彭不查，要王查。王看信封上的投稿地址，还是原来的，知道是那青年，指着彭说："狂徒！人家'浩然'了，你再'浩荡'什么？"彭说："你指我干什么？"王说："都是一代狂徒！"那时反对成名成家，也不提倡用笔名。王说："这苗头不健康，需要及时纠正。死杂种，不懂事，乱取笔名，哗众取宠！"彭说："老东西，这你就不懂了，此笔名有出处。"王说："什么出处？快快说来，莫跟老夫卖关子。"彭说："请问，您读过苏轼当年黄州快哉亭赠张偓佺的诗吗？'落日绣帘卷，亭下水连空。知君为我新作，窗户湿青红。长记平山堂上，欹枕江南烟雨，杳杳没孤鸿。认得醉翁语，山色有无中。一千顷，都镜净，倒碧峰。忽然浪起，掀舞一叶白头翁。堪笑兰台公子，未解庄生天籁，刚道有雌雄。一点浩荡气，千里快哉风。'"王听完后，愣了半天，才回过神来，说："死杂种，是'一点浩荡气'吗？我记得是'一点浩然气'呀！你敢骗我？"彭哈哈大笑，说："老东西，有什么区别？'浩荡'与'浩然'风气相通呀！"王才知上了当，说："死杂种！我饶不了你。"于是一个后面追，一个前头跑，绕着桌子转。

笑够了，言归正传。二位老师爱才心切，研究半天，一致认为，这个"浩荡"需要下乡走访，了解情况，当面辅导，送去快哉风，扶他走正路。

于是二人向馆长汇报，按地址开好介绍信，带上钱和粮票，到县车站搭长途客车，到竹瓦镇下车，然后步行到燕山。那时辅导老师发现好苗子，下乡辅导作者是常事。上级重视工农作者，提倡上山下乡面对面辅导，发现典型，培养作者。本县出了全国闻名的四位农民作家，被命名"全省业余创作之乡"，都是及时发现与辅导提高的结果。薪火相传，是有传统的。

二位老师下车问路，走在通往燕山的机耕路上，头戴草帽，那是遮阳的，肩搭毛巾，那是揩汗的。秋阳在天，湖塘水瘦，干风扑面，野菊花开在路两边的堑埂子，清香扑鼻，二人兴致很高。于是科班出身的彭，就想心思出难题，考农民出身的王。彭问："王诗人，这次下乡，是我领导你，还是你领导我？"王说："你把介绍信拿出来看看，你的名字在前，还是我的名字在前？"彭把介绍信拿出来看，上面写着："兹介绍我馆王英等同志，前往你处联系作者辅导事宜，请予以接洽为盼。"王说："死杂种，这还不清楚吗？我是王英，你是'等同志'呀。'等同志'是什么意思？你不知道？"开介绍信是管业务的朱滨副馆长，他的名字语出"胜日寻芳泗水滨，无边光景一时新"，他家庭出身不好，通过名字可以看出。一是重视工农作家，二是因为彭有点狂，朱副馆长有意在介绍信这样写的。彭笑了，说："这个朱蚌乱搞。"那时候样板戏《沙家浜》演得正红，人们把"滨"字认成了"浜"，叫他"朱蚌"。"蚌"与"浜"同音。"蚌"在浠水土话中是贬义，骂女人的。王说："你莫狂。"彭说："我不服他，服您。我是您的学生。过去是，现在是，将来永远是。"这是伟大领袖对他的老师徐特立写信说的。这态度王满意，说："这就对了。"彭说："但您千万不要小瞧了'等同志'！"王问："此话怎讲？"彭上前拍着王的肩膀，说："等闲识得东风面，万紫千红总是春。"王又钻到彭设的圈套里了。王骂："你这个死杂种！"

彭说："听说四位农民作家中，您读过几年私塾，古文基础最好。"王说："这是当然的。"彭说："这样好不好？今天我俩做个游戏。我说您答。您要是答对了，我服从您。您要答不上，您就服从我。"王说："你个死杂种！又在老夫面前卖弄？"王又不甘心，说："你说呀！"彭说："'一路秋山红叶，老圃黄花。颇不寂寞'是谁写的？"王没读过《老残游记》，当然不知道。彭说："隔壁老残写的。您认识他吗？"王说："告诉他不准用笔名。"彭说："'时无英雄，使竖子成名'是谁说的？"王没读过《晋书·阮籍传》，当然不知道。彭拿这些考王，可见之狂。彭哈哈大笑，说："没听说吧？姓阮的后生说的。"王问："哪里的？"彭说："他不让我告诉您。"王骂："狂徒一个。我不收他。"彭说："他要您收吗？"彭的狂劲上来了，敞开胸怀，说："'我爱燕山秋色好，遍地黄花入胸怀。荫里黄狗追蝴蝶，钻进刺<u>丛</u>出不来。'您知道是谁写的？"王想了半天，还是不知道。彭指着自己的鼻子说："不知道吗？就是彭某呀！"彭逞才触景生情，顺口来的四句。王说："你狂徒一个！"彭说："怎么样？甘拜下风吧？今天您得听我的。"

二人说够了，笑够了，走到了大队部。大队部门敞着，有人，是那青年的七伯。何书记坐在里边喝茶。彭见那架势，知道是当家的，问："你是书记吧？"何书记问："你怎么知道？我就是。"彭说："秀才进了屋，能知天下事。"何书记问："你是秀才？"彭说："不是。我是'等同志'，县里派下来的。"何书记问："你姓等？"彭说："是的。"何书记问："没听说过，有姓等的吗？"彭说："有。你看介绍信，我是'等同志'。"何书记看介绍信，上面果真有，问："等同志，有什么事？"彭说："你们大队有个叫浩荡的吗？"何书记说："没有呀！他是做什么的？"彭说："写诗的。"何书记马上警觉起来，说："我们大队没有这个人。"王对彭说："你还说浩荡做什么？他叫何括。"彭问何书记："有这个人吗？"何书记说："有这个人。你们找他做什么？"彭说："他的诗写得很好，我们想走访一下。"何书记说："是不是招工？"彭笑着说："不是，是培养作者。"何书记说："我家二儿也会写字，我把他叫来好吗？"彭说："那不行。不是会写字的都要，要会写诗的。"王说："能不能同何括见见面？"何书记说："那不行！贫下中农不答应。"

不欢而散，王彭二人愤然而归。野心"浩荡"的那青年，也失掉了那次沐浴快哉风的机会。如果那次两位老师同他见了面，当面点拨，会带来崭新的精神面貌，对他的诗歌创作会有极大的提升。"晴空一鹤排云上，便引诗情到碧霄。"但是那时的他蒙在鼓里，并不知情。

过了几天，那青年收到县刊编辑部的来信。这次来信是用信封装的，是一封亲笔信，没有署名，方格稿纸中，一丝不苟，字字工整，语重心长教导他："出身不由人，道路可选择，希望好好做人，平时注意与当地干部群众处理好关系。切记！笔名不能用，用实名吧。坚持不懈，多写多投，我们会一如既往关注你的！"

几年后那青年进入县业余创作界后，通过那笔迹，才知道那封信是王老师写的。一生的创作路上，那青年遇到多少良师益友？王老师是其中一个。王老师对他恩重如山，此生难忘。王老师孤人一个，一生以诗为命，如今魂归故里，埋在梅梓山上。"一为孤客望梅山，曳笑童歌点盛年。遥看己魂松下冷，留人炉火也生寒。"这是他晚年写的诗。王老师啊！"曾经风雨雁折翅，拨开迷雾见青天。心香一炷人记得，梅山风月不孤单。"后辈泣血遥拜了。

二

那青年对王老师念念不忘，除了创作辅导之外，还有更深层次至今对人没能说清楚的原因。

岁月静好，当年写诗写到疯狂地步的那青年，如今快步入圣人所说的"随心所欲不逾矩"的年纪，日子里无大喜亦无大忧。日有所思，夜有所梦。隔夜入梦，那梦境剪不断理还乱。梦中父亲对他说："天有不测风云，人有旦夕祸福。"这是沉积在故乡传统文化中的精髓。梦中八爹对他说："君子德风，小民德草。"此话出自《论语》。一个劝你处险莫惊，默默忍受。一个教你乱世察人，格物致知。坐在电脑前，回忆此生走过的业余创作道路，写到痛心疾首的"劫点"上了。心中仍是纠结，忐忑不安。能跳过去吗？不能。能洗白吗？不能。跳过去容易，洗白也容易。若是跳过去或者洗白，那这个世界还有什么是真的？

那个"劫点"，是一个关于"风流"的故事。是那时那个日子里自诩清高的青年，后来鬼使神差犯下的事，是他的创作道路上的"劫点"，也是他人生道路上的"污点"，涉及人格和人品。天不变道亦不变，至今他认为还是如此。那个"风流"故事伴随他的成名，在本地创作界流传多年，众人道听途说，背后拿它说事，闹得沸沸扬扬。在相当长的时间内，让那青年备感耻辱，百口莫辩。众口铄金，他不想扬汤止沸。那时对作者的品行要求很严，何况他家庭出身不好，就是这个"污点"，差一点断送他创作的前程。那"污点"拿到现在不算什么？酒桌上只要你厚颜无耻，可以当笑话拿出来讲，作顺口溜念呀！"当年不谙世间事，误入花丛不识花。花容一怒无颜色，从此诗人费踌躇。"时过境迁，一笑而过。但临渊而敬，他还是不能做到。

那关于"风流"的故事，发生在冬天。那是一个绝对寒冷的冬天，寒霜遍地，燕儿山上的松林一片白，风也吹不动。那青年接到县委宣传部关于参加全县业余会演的通知，那通知是经过区委占干事批到公社，再由公社转到大队来的，所以极具权威，何书记不敢不让那青年去。那时参加会演的，除了演员之外，还有参加节目创作的业余作者。那青年喜出望外，起大早，拿着通知赶到竹瓦镇上搭车到县里。那时镇上到县的班车少，那青年就在路边等过路车。等了一会儿，只见一辆东风大货车，从汪岗十字路口拐过来，上了到县城的路。那青年心急，就招手拦住，让车停下来。司机心好，将车停住了。那青年像猴子一样，急忙从后车厢攀上了车。与此同时，一个本地后生也眼疾手快攀上车来。这是顺风车，不需要买票。

那青年上车之后，发现车是空的。偌大的车厢里，只有四个人，除了他和那个本地后生之外，还有两个人。那两个人是女的。准确地说是姑娘，因为浑身散发着香味儿，那是高档化妆品的，不是乡下姑娘用的俗香。后来证实，果然是真的。那两个姑娘的装扮与乡下姑娘绝对不同，她俩头裹丝巾，那丝巾是素色的，不见红绿，戴着口罩，那口罩之大，大到那青年从来没见过，遮住整张脸，只露两只眼睛。她们目不斜视，旁若无人，这装扮与当时提倡的与工农打成一片的风气不合，让那青年心生反感，认为她俩娇生惯养。

偌大的车厢，空荡荡的。天太冷了，车厢的铁板上，寒霜一层，结成花儿，很滑脚。那时的公路不平，货车颠簸不止。人只有攀住车厢帮子，才能稳住。开始那青年与那后生，晓得自觉远离两姑娘，是攀货车旁边帮子的，但发现离心力很大，脚乱弹，站不稳。于是在艰难中选择，趔趄到前面，攀住前面驾驶室门楼上的栅栏，觉得这样最好。这样的选择之后，就与两个姑娘站成了一排。车厢阔，四个人站成一排，倒也宽余。但是货车朝前开，路不平，免不了颠簸晃荡，于是不可避免的"悲剧"发生了。

晃荡中，那后生脚乱弹，踩中了其中一个戴大口罩姑娘的脚。肯定踩得不轻，但这不是大事。如果那后生能及时说声对不起，事情也就过去了。但是那后生认为他不是故意的，不肯认错。那个戴大口罩姑娘就骂他："耍流氓！"那后生说："我耍什么流氓？在车上能耍流氓吗？"那姑娘说："不要脸！"那后生说："你要脸，所以把脸包起来，怕见人。"那后生自恃本地人，扯着门环欺生，不肯服软。那姑娘与那后生唇枪舌剑，争执不休。那青年见争得不可开交，就帮腔，笑着对那后生说了句"罪恶滔天"的话："你踩了她的脚，润了味儿，还争什么呢？"这话比较恶毒。"踩脚"与"润味儿"，在巴河方言中，充满性意识。

好了，惹祸上身了。那个戴大口罩的姑娘不与那踩脚的后生争了，把一腔怒火转到那青年身上了，气得不行，望着那青年，语无伦次。货车开到县城，停车之后，那青年与那后生跳了下去，各自散开。本来就不熟，相忘于江湖了。那青年拿着通知找县文化馆，大会演分组，写节目的业余作者，是到文化馆报到的。那青年初到县城，路不熟，找了半天，才找到设在新华正街上的文化馆。

设在正街上的文化馆很热闹，进大门是一方小院。左边是鼓书场，右边是展览馆，中间是图书馆，人很多，都是来听书、看展览和借书的。那青年拿着通知从小院右边进去，进去是大院，大院是办公区和住宿区。那青年拿着通知问到了设在一楼的县刊编辑部，门敞着，里面坐着四个男的，站着两个女的。坐着的是什么人呢？其中两个分别是王老师和彭老师，那青年认识他俩。他在会龙山读高中时，两位曾经到学校辅导过。另两个一个是胡同志，胡是他高中的同学，从县师范毕业后分到了文化局，一个后来才知道是南同志。胡和南是当时文化局创作组的，他们到文化馆来是代表文化局接待业余作者的。站着的是什么人呢？冤家路窄，就是车上戴大口罩的两个姑娘。她们路熟，比那青年先到。后来那青年才知道她俩一个姓陈，一个姓郭，被踩脚的是郭。她俩是艺术辅导组的，那时都未结婚，清纯高洁，多才多艺。那天她们在汪岗区辅导之后，搭顺风车赶回来，为会演做准备。陈不是受害者，不作声，陪着站。郭花容失色，正在义愤填膺地控诉。控诉什么呢？控诉使她在车上备受屈辱的人。当然她作为姑娘，羞于启齿，不可能说出原汤原汁的话，所以听的人没能搞清楚原委，至今没人弄清楚。她只能愤怒地说："那真不叫个东西！比流氓还流氓，还假装斯文！"

就在这时候那青年拿着通知进门问："作者是这里报到吗？"郭听见声音转过身来，认出他来，杏眼圆睁，指着他对众人说："就是他！"猝不及防，那青年脸红到脖子，恨不能找个窟窿钻到地下。彼时彭指着那青年说："这样的作者要什么？你回去吧！"就这么简单，就这么坚决，天旋地转，梦断琴弦，用现在的话说，那青年彻底"蒙圈"了。

三

于是县文化馆那方小院，留下了那青年深深的忏悔和无比的屈辱。忏悔来自内心，解释是没有必要的，事情彻底弄错了，你能说是一场误会吗？能说"不知道是她，如果知道是她，打死也不会那样说"吗？这样的错误能犯吗？犯了那不更叫人恶心，更让人瞧不起？狡辩是没有用的，你能说"鹰志在蓝天，但有比鸡飞得低的时候"吗？那不是火上浇油？那青年面对众人，只能反复地说："我错了。我检讨。"像祥林嫂对人诉说冬天儿被狼叼走那样，垂头丧气，可怜巴巴。一失足成千古恨，落水之人，关键时候，希望捞到一根救命的稻草。

小院里有北风，一阵接一阵地吹，扫着地上的落叶。落叶是法国梧桐树的，那树叶一片片像巴掌乱拍，翻滚着，乱成一堆麻。地上有蒿草，凋零了，裸着身子，在风中瑟瑟发抖。彭首先起身拂袖离去。他是馆里的文学辅导老师，才高气傲，在这个领域具有权威，对于一个初出茅庐的业余作者，握有"生杀大权"。既然一锤定音，叫那青年回去，众人无语，陆续走出编辑部，散场。意思那青年明白，留下空间，好让他知趣自觉离去，留点面子，免得难堪。

但是那青年既然来了，怎么会甘心离去呢？向梦而生之人，初登文学殿堂，如果甘心离去，那不是前功尽弃，梦断路尽，自毁前程吗？回去之后，怎样解释？有何颜面见"江东父老"？想当年垓下之战，项羽"四面楚歌""霸王别姬""自刎乌江"，何其英烈？但是他无姬可别，无剑可刎呀！他不甘心，"出师未捷身先死，长使英雄泪满巾"。

脑子里一片绝响，他别无选择，于是像现在参加电视台娱乐节目的人，开始卖惨，希望唤起评委的同情心。一个办法，跟着"评委"走。由于场面难堪，众人不欢而散，还没到下班的时候，胡同学随南同志到宿舍，他紧跟着。那时文化馆没有楼房，一律的平房，大院套小院。南同志的宿舍在文化馆北边院子的尽头，拐角是文化馆的食堂，阴暗潮湿，地上长满苔藓，阴沟里充满潲水的馊味。南同志拿锁匙开门，胡同学跟着进去，那青年尾随而进。两人不好意思阻止。"落难"之人哩。

南同志的宿舍只有前后两间。隔墙是县机械厂，车床和冲床的声音不绝于耳。南同志的宿舍，前间是厅，摆着椅子和茶几，是吃饭接待客人的地方。作为单身汉，应该算得宽绰。那时南同志不认识那青年，出于礼貌，叫那青年坐。那青年哪里敢坐？于是南同志和胡同学也不坐，陪那青年站着。那青年心想说话，口难开。三人站了一会儿，觉得极不自然。胡说："站客难当，还是坐会儿吧。"南说："对，坐会儿。"二人先坐下，指着椅子叫那青年坐。于是那青年双手夹在胯子间，坐在二人的对面，那可怜和虔诚的样子，让人动容。那青年对胡说："老同学，你要帮帮我。"因为那青年得知他俩是文化局创作组的，应该可以帮忙说说话。胡参加工作不久，性格谨慎，为难地看着他，不作声，急得那青年满面通红，那场面极尴尬。南聪明，晓得出来救场。南问胡："他是你的同学？"胡说："是的。"南问："什么时候的？"胡说："高中的。成绩不错，诗写得很好。"南"啊"了一声，同情心上来了，开始打趣，笑着对胡说："你的老同学，摸到女厕所里去了。"这个比喻，相当不错，紧张的弦松了下来。胡笑了，顺着南说："老同学，你这么聪明的人，怎么不看看门上写的字？"那青年说："怪我一时糊涂。"南说："摸错了不要紧，主要是遇到里边有人，而且是得理不饶人的人。守门人岂能饶过你？世界上没有无缘无故的爱，也没有无缘无故的恨。"二人相视一笑。那笑挂在嘴角，有点暧昧。那时那青年不在圈子里，不明就里。但通过那戏谑，使那青年觉出他俩认为彭的做法有点过。二人对那青年的际遇深表同情，但爱莫能助。一是彭比他们年长，二是彭才高气傲，他的领域不容人染指，没有办法。

胡对那青年说："老同学，我无能为力。你去找找王老师吧。王老师是爱才的人。"胡带那青年出来，拐过墙角，忽有洞天，大院里又是一方小院。胡指着敞开的门，对那青年说："王老师就住那里。"那时一个孤人的王老师，住在文化馆那方小院一间屋子里，养老写诗，同时配合文学辅导干部，辅导全县的业余作者。魏老师也是单人，也住小院里，魏老师年事高了，平时不爱管事，独自写他的东西，开创作会请他讲课，他才出面。两位老师是当时文化馆的"镇馆之宝"。

那青年怀着惴惴不安的心情，进了王老师住的小屋。小屋只有一间。小屋井井有条，窗明几净，满屋墨香。王老师正在朝自己装订的小本上，抄他写的、反复改正过后的诗。本子是用白纸裁成的，巴掌大，用红笔和尺子打成红格，一个格一个字，相当工整。这样的本子有许多本，是他一生"宁求一字稳，拧断数根须"的心血结晶。那青年走近王老师看那诗，王老师并不避他，让他看。那是一首配画诗，诗云："红写枝头绿画江，蘸阳描雨醉春光。风流也有我卿卿，一使梅花扑海棠。"

王老师问："你没走？"那青年说："王老师，我能走吗？"王老师说：

"我想你不会走。我等着你来呀！小子！做人不易，写诗更难。你知道吗？"那青年说："我知道。"王老师说："你知道吗？我和彭到你的家乡走访过的。何书记说你表现不好，不准我们见你，我们转来了。"那青年听后，呆住了。那青年动了感情说："王老师，事到如此，你叫我怎么办？我能这样回去吗？你救救我！"王老师叹了一口气，说："你惹她干什么？我们都不敢随便惹她。你知道彭与她是什么关系吗？"

于是王老师给那青年透露彭与郭的关系。那关系全在胡与南的暧昧一笑之中。原来彭与郭正在热恋之中。这关系不能明说。彭是有妇之夫。郭没结过婚，是大龄女。彭和郭分到县文化馆，一个搞文学辅导，一个搞艺术辅导，一个才华横溢，一个卓尔不凡，互相欣赏，日久生情。这在当时众人的眼里，也是"大逆不道"，院子里都是文化人，不去挑破。所以那天郭回来，彭闻讯色变，护花之情愤然而生，彼时将那青年"清除出境"，尽在情理之中。后来他们俩冲破重重障碍，彭与前妻离婚得以实现，二人终成眷属，但也伤痕累累。

王老师左右为难。能让那青年就这样回去吗？不能。王老师是饱经磨难之人，深知让那青年就这样回去，打击大太了，会断送一个有梦青年的写作前途。事情到了这种地步，该怎么办呢？王老师爱才心切，起身踱步，在斗室里转，拧着头上的短发，冥思苦想，然后想到解决的办法。王老师坐下来说："这样好不好？我给你以编辑部的名义，写个说明，就说会演因故推迟，时间另行通知。"于是用公用稿纸写好，瞒着彭到编辑部盖上章子，让那青年拿回去交差。

说明写好了，天色已晚。王老师不要那青年走，留那青年在他的斗室歇一夜，天亮后再走。那天晚上王老师的斗室灯亮一夜。王老师爱才心切，尤其对年轻写诗的，待那青年格外亲，像自己的儿。让那青年看他写的诗，通过诗，给那青年讲他一生不幸的经历，让那青年走进他孤独的内心。他对创作不懈的追求，让那青年深深震撼，高山仰止。那青年就是从那天夜晚起，与王老师结下此生不解之缘。那天晚上，窗外一轮皓月照在天上，文化馆的院子里洒满银辉。王老师与那青年同盆净脸，倚床而谈，那才叫："转换歌喉新且奇，冬春秋夏四时宜。知音自有知音听，何患无人唤画眉？"

天亮了，那青年要走了。王老师送那青年到车站搭车，上车时王老师问："说明装好了吗？"那青年伤感地说："装好了。"这叫什么事？不得已而为之。掩耳盗铃哩。会演这么大的事情瞒得过去吗？但退路只能如此。没想到那青年回去后，因为周恩来总理逝世，举国哀悼，全国停止一切娱乐活动，那次会演确实取消了，让那青年侥幸过关。

好在日子里的那青年，以王老师为榜样，更加勤奋创作，投稿不断，而且越写越像那回事儿，县文化馆编辑老师们不计前嫌，一如既往地关注他，难关也就过去了。但那伤疤留在那青年心中，成为此生不可磨灭的隐痛。他经常告诫自己，天有不测风云。修身养性是一辈子的事，小处不可随便。一生创作道路漫长得很，与王老师的人生际遇相比，你这算什么事呢？

四

现在的那青年，需要翻检王老师一生创作道路上，所遇到的不幸和所取得的成就了。"农民作家"作为一个时代的神话，已经成为历史。如今闻名全国的浠水四位农民作家，已经全部殒天，如果盖棺定论，需要后辈们通过回忆他们生前所说的话和他们留下的文章，仔细辨别，去伪存真了。

王老师是浠水四个农民作家中年纪最小的一个，也是他们中读书最多的一个，由于各种原因，生前约定俗成，上报和出镜排名最后。为此他晚年在不同场合多次表示过他的愤懑之情。因为与其他三位相比，他的创作时间最长，除了公开发表的新诗之外，晚年他以他的人生际遇写下很多首七言绝句，通俗易懂，朗朗上口，开创了一代诗风，被评论家们定位为"民歌体"。他一生中的许多"本事"，随情感蕴含在这些七言绝句之中，供人咀嚼，是留给后人宝贵的精神财富。

他在《六十回望》中写道："一从醒事爱诗乡，挂角横吹访殿堂。巴水河边红烛亮，点来梅梓照书郎。"他儿时的家乡在大别山南麓本县汪岗境内的梅梓山。那里松竹郁郁，岩白泉清，梅红梓白。春天到了，野蜡梅漫山遍野开放了，紫燕东来，风流雅香。秋天来了，大雁北去，木梓树叶红籽白，在村头和田埂上，如火如霞，撑着蓝天。在灯油稀缺的年代，木梓油可以用在夜晚点灯照明读书。他在那里读了几年私塾，度过他无忧无虑的童年。夜风吹来，松涛竹语，鸟语虫鸣，梓油下坐着那个如饥似渴的少年郎。小山环抱，一口池塘，映着天光，竹影摇曳，沙沙絮语的竹林屋，是他儿时的梦乡。此家姓王，祖籍是长江对岸鄂城细王和村的。光绪年间逃水荒来到此地落户。父母带着他和一个姐姐过日子，和和美美的一个小家庭，他是其中不可或缺的一员，父母视他为掌上明珠。那时他稚子一个，成天做着读书进学的梦，以为他是这家名正言顺的儿子，其实并不是他想的那回事。懂事后才听人说他是野种，并不是这家亲生的。梦破了，失望之情可想而知。一个不知从哪来的儿，使他痛苦终生。那么他是从哪里来的呢？这是一个隐在日子里的谜。于是他四处打听，苦苦追寻，终其一生，直到晚年，终于弄清楚关于他身世的来龙去脉。

他的出身与鄂东一首情歌分不开。那首情歌叫作《送郎当红军》。那青年走上业余创作之路后，在不同场合，不止一次听王老师唱过。王老师从小民歌唱得好。"黄鸡公儿，尾巴拖嘞，三岁伢儿会唱歌嘞，不要爷娘教给我，自己聪明咬来的歌。"梅梓山是巴水河畔远近闻名的歌乡，婚丧喜庆，逢年过节，日子里吹拉弹唱的人多。说大鼓书的，拍鱼鼓的，拉胡琴算命的，走村串户，大有人在。唱花车的，划彩莲船的人，垸垸不缺。每到新年，人们需要欢乐的时候，锣鼓打得团团转，各种"玩故事"，从正月初一玩到二月龙抬头。四时畈里做农活时，禾青青，风涣涣，水盈盈，喉咙痒了，也有赛歌唱戏的。戏是楚剧，歌是情歌，一人起腔众人帮。"上垸的姐妹下垸的哥，上畈唱来下畈和。"其乐融融。王老师从小是"玩故事"的高手，歌乡人唱的歌谣，男腔女调，他都会唱，尤擅女调。比方说《四季相思》《白牡丹》《美貌娇容》《新卖花》《八仙图》《九连环》《十把扇子》《砍柴调》等近百种民歌小调，他烂熟于心，记得调儿和词儿。他除了会唱之外，还会"挂签"。"玩故事"通常要人"挂签"。"挂签"的人相当于现代节目的主持人。"挂签"的词，通常需要押韵，朗朗上口。能说陈词，比方说古诗，比方说贤文和俚语，串起来就行。但这不能算真本领。有真本领的人，观眼前景抒心中情，现编现唱。或诙谐有趣，或形象生动，引起观众的共鸣。现编现唱需要捷才，出口成章。这本领王老师从小就有。他的"捷才"，是一九四六年春节被歌乡姓张的老辈戏曲艺人发现并及时推出的。那年春节姓张的到竹林屋走亲戚，帮垸子里玩花车，发现王老师聪明会唱，就拉他出来"挂签"。那时候王老师盛情难却，当着垸人满脸通红地站出来，亮开喉咙唱："锣鼓一打闹哄哄，特在此地拜师兄。师兄好比一棵韭，师弟就是一棵葱。韭菜割了年年长，葱儿好看腹中空。"现编的四句张口就来，垸人的敬佩之情，溢于言表，得到了张的夸奖，张当即收他为徒。从此每到春节，他就带着乡人"玩故事"，十乡八里，乐而忘归。于是他的名声在歌乡唱开了，人们都说竹林屋的望秋儿会唱，一直唱到了百万雄师过大江，迎来全中国解放。后来因为他会唱会编，社里让他搞宣传队，他带领的宣传队有声有色，引起县里有关领导的重视，他从此走上了诗歌创作的道路，被誉为"农民诗人"。实话实说，王老师一生鞋袜穿惯了，人瘦一生做不了力气活，卷腰扎裤，赤脚下田，扶犁打耙，并不是他的长项，农民是农民，但算不得地道的农民，只能算那个时代农民之中"贵族精神"的代表。此代表有个特征，就是多愁善感，会编会唱，唤醒众人，陶醉自己。

《送郎当红军》是王老师生前饱含深情多次传唱的一首。只要作者聚会，只要喝点小酒，只要有人怂恿，他必然咧着没牙的嘴，声情并茂地唱将起来。他唱："姐在房中闷沉沉，忽听门外在调兵，不知调哪营？"调兵哩，是当兵的哥与房中姐的故事。掌声响起来。他唱："送郎送到窗子边，打开窗子望青天，月亮未团圆。"感情上来了，作者们不敢喝彩。他唱："送郎送到堂中间，手搭手儿肩并肩，舍不得抽门闩！"幽会哩，情意绵绵，不忍离别。作者们不笑了。他唱："送郎送到黄土坡，再送不为多，情姐送情哥。"他眼泪涌上来，闪着泪光。他只要一唱《送郎当红军》，就勾起心中蛰伏的情感，必定热泪盈眶。知道"本事"的编辑老师们，此歌并不让他多唱，怕他伤心过度，这歌儿流传在圈子内，属于保留节目。

《送郎当红军》这首民歌，经他传唱开来，现在录入鄂东非物质遗产名录，这民歌与江西版的《十送红军》有得一比。

唱起民歌，想起娘。娘啊娘，您在哪里？怎不叫他热泪盈眶？他在世事沧桑中咧嘴唱，门牙掉了，空洞之中，舌头是婉转鲜红的。

那婉转，那鲜红，神圣辉煌，让那青年向而往之，见贤思齐哩。

五

盛夏当前，窗外风好，白云飘天，绿荫遍地，如今的那青年坐在空调室里写小说，真乃洞天福地，明知有汉，还论魏晋哩。回想那日子那青年的心态，禁不住哑然失笑。笑是苦笑，挂在嘴角，稍纵即逝，犹如昙花一现。

那时那青年心怀文学之梦，拼命活在"广阔天地"里真的不容易，忧心忡忡，如履薄冰，惶惶然不可终日。论说他一点不比别人差，好脚好手，做力气有力气，是割谷插秧的能手，又是读了高中的，识事明理，在老屋垸的同辈中，免不了鹤立鸡群，自诩高洁，但就是不能与贫下中农的儿相比。什么原因呢？因为家庭出身不好，原罪在身，自身难保，犹如泥牛入海，往往事与愿违，压得你喘不过气来。

那儿年那青年的日子，过得真的不顺，到了喝口凉水也塞牙的地步。圣人说，人生两件大事，一是成家，二是立业。先说成家吧。眼见得人也大了，性也长了，垸中同类的伙伴，男的找了媳妇，结婚生子，举家欢喜。女的嫁了，牵着大的儿细的女，逢年过节回娘家，热热闹闹。他父亲看在眼里，急得不行。急也没用，他的儿仍然孤傲地单着。父亲暗地里托人给他的儿做媒，许诺事成之后，如何给好处。垸中好心人不少，动用关系给那青年做媒，也见面，也上门，只是到头来都黄了，泥牛入海无消息。女方家人说伢儿可得，只是家庭成分差，这事儿不好办。让你哭笑不得，无话可说。这还不是痛心的。

痛心的是他与队长陈叔的女儿金莲的关系，半途而废。两人暗恋三年，同畈种田，朝夕相处，到了顾盼生风、心领神会的地步。垸人心知肚明，只是不敢说破。金莲是许了婆家的。一个地主的儿，暗恋许了婆家的队长之女，垸人看在眼里，笑在心头，认为那是癞蛤蟆想吃天鹅肉。三年时间不算短，斗转星移，熬到金莲下决心把与婆家的婚约退了，与他的关系好像到了水到渠成，只需媒人上门挑明的地步，但是"临门一脚"出了问题。金莲在与家庭抗争中妥协了，问题还是出在那青年的家庭出身上。

正月十五那天空中飘着雪花，那青年眼睁睁，看见心爱的人，退婚之后，迅速嫁到了河对岸的樊家大垸"填房"。那男的比她大好几岁，先前结过婚，那女的死了，留下一个儿。巴河流域把这种情况，叫作"填房"。做媒的是金莲姨娘，姨娘早嫁在那个垸。河那边的条件比河这边好。男家又答应金莲学裁缝，保证穿鞋着袜，干脚干手不下田。这有什么不好？是人都有选择的权利，他充分理解，尽管心如刀割，还要装作若无其事。

关于那事，架子叔同那青年，在垸中换陈壁砖作肥料盖瓦时，高屋建瓴，用一句巴河俗话做过总结，叫作"烂板子搭桥"。这话不难理解，意思是桥看起来搭好了，但就是不能过人，走到中间，板子断了，桥断人伤。这话有点刺耳，是好心的架子叔见大势已去，劝他死心的。事实证明，死心不是一件容易事。人没死，心能死吗？他像一条受伤的狗，隐在无人处舔伤口。

雪花纷飞，燕儿山上一片白。垸人成群结队送姑娘。送姑娘的路边，那棵春梅开放了，它总是到了季节，开出美丽的花儿，给人带来春的消息。那青年站在燕儿山上，望着心爱的人在雪花中远去的背影，含着眼泪，唱那首歌儿："红岩上红梅开，千里冰霜脚下踩。三九严寒何所惧，一片丹心向阳开，向阳开。红梅花儿开，朵朵放光彩，昂首怒放花万朵，香飘云天外……"唱了心中就开朗，雪花飞在阳光里，原来下的是太阳雪。好在理想在胸，大气在喘，并不气馁。缓口气儿吧。缓过气来再说。缓缓是治疗心病的良药。

故乡地上的风缓缓地吹，天上的云朵缓缓地白，燕子飞来寻旧家，杨花柳絮漫天飘，又是春天。春天里的那青年，在稻场边温室里搞水土育秧，忽然垸中姓罗的婶子，人称"罗呱子"，伙同娘家姓林的媒婆，来给那青年做媒，说的是东方红大队余家垸队长的大姑娘，也是陈姓。那青年一生与陈姓有缘。这陈家大姑娘就是现在那青年的妻子。那青年与她的婚姻，也是一波三折，步步惊心。

罗呱子会说，对那青年的父亲说："那家成分好，姑娘入了团，只是不识字，家大口阔，三儿两女，年年'超支'，日子过得艰难，正在打'科班'，想找一个家庭负担轻点的人家。"巴水河畔将家里儿女多，日子艰难，形容成科举考试，十年寒窗。罗呱子带回一张照片，黑白的，是五六个小姑娘的合影。罗呱子指着中间一个将刘海儿剪到齐眼睛的姑娘，对何家父子说："就是她。"照片上的陈家大姑娘，家穷穿着旧衣裳，并无起色，只是身体好，脸盘子大，不能与金莲比。那青年并不上心。罗呱子说："人家答应看人，这是好事。"那青年的父亲说："人家不嫌弃你，你有什么权利挑？找个传宗接代的就可以。"是的。你有什么权利挑？"不孝有三，无后为大。"找个媳妇传宗接代。那就"看人"吧。

"看人"约定第二天上午，在王祠合作社熟食部见面。父子俩就精心准备。父亲给些钱儿，到时候买烟买糖，买吃食。那青年有一件小圆毛领的袄子，这是父亲在黄石市从下乡知青那里，为儿子买来的二手货，那青年穿了几年，仍是现身穿，现身穿就与下乡知青没有什么区别。那青年到林场知青点向旦子借了一条牛仔裤，配在下身，穿着雪白的篮球鞋，将自己装扮成知识青年。这样做能满足自己的虚荣心，同时震慑对方，以示不凡。

罗呱子和林媒婆带着那青年如约去了。来的是一群妇女，女方的祖母、娘、婶娘和舅娘，并不见"本姑娘"。问其原因，姑娘的娘说："女儿出去做水利去了，要腊月二十四才能放假。"这叫什么"看人"哩？这叫隔代观花，望梅止渴。那青年只有行礼数，买糖包子，用盘子装出来吃。众妇女围着桌子，看着那青年，默默无言地吃。不说行，也不说不行。吃完散场。那青年心有不甘，问姑娘的祖母："怎么样？"祖母说："孙女腊月二十四水利下马，你再来。"那青年问："你家住在哪里？"祖母说："余家垸，我家门口有棵树。"这也是笑话。那青年说："谁家门口不栽树？"罗呱子对那青年说："苕东西，祖母不是发话了吗？"

从春天到冬天，日子缓得很，需要足够的耐心。等到腊月二十四下午，那青年问父亲："去吗？"父亲说："去吧。"那青年背着黄挎包，里面装着买的烟和糖块儿，还有一把手电筒，问路找到余家垸"本姑娘"祖母的家。她家门前果然有棵树，是枣树，光零零的，只有枝丫，不见叶子。寒冬岁暮，天朝下黑，下着小雨，雨雾如烟。那青年进门，"本姑娘"的祖母马上迎出来，将那青年带到垸上头，指着垸后面一排黑屋中间的门，说："就是那家。"转去了，并不带，让他自己去。那青年朝垸上走，那家门口也有一棵树，是槐树。冬天的槐树，同样没有叶子，在寒风中瑟瑟发抖。那青年进门后，见一个穿着现身花袄子的姑娘，从里屋出来倒垃圾。那就是"本姑娘"。原来那天她家正在换屋上的杉树，还队里的"超支"，刚收拾打扫完。"本姑娘"不认识那青年。那青年问"本姑娘"："你娘在家吗？""本姑娘"走到厨房，对娘说："娘，有人找你。"那青年走到厨房门口，只见那娘正在烧灶，灶火很旺。那娘瞧着了那青年，小声对"本姑娘"说："就是他，那回我没答应，他又来了。"这话让那青年听见了，装在心中。

于是吃晚饭，晚饭是菜煮的粥，一家老小围着桌子喝。吃完晚饭，忽然来了许多垸中人。后来才知道那些人是来打听消息的。一家有女千家求，来的人希望"本姑娘"嫁到他们所说的婆家，来看热闹探听虚实。于是那青年按照惯例，给来的人递烟发糖。"本姑娘"气笑了，问："哪里来的客？

把钱用了？"那娘就说："我家女儿不同意。大队书记要培养她入党。"那青年就使出了本色，对那娘说："你刚才说你那回没同意，我又来了？你不同意我知道你家门朝哪里开，树朝哪里栽？笑话哩。你家姑娘能找婆家，我就找不到媳妇吗？放心。我做了准备的。你们不同意我马上走，你看我带着手电筒了。"那青年从黄挎包里拿出手电筒，推亮了，就要出门。这时候"本姑娘"的父亲，拦住了那青年，说："垸大口杂，要走明天天亮再走好吗？"这话说得诚恳，那青年心软了，于是留了下来。

"本姑娘"的父亲开队委会去了，留下那青年心潮起伏。那天晚上那青年是同"本姑娘"的父亲同床睡的。上下两间房，大床小铺，睡的都是人。那青年早早地睡了，但哪里睡得着？躺在被窝里前思后想，心如刀绞。那青年记得被窝是洒了花露水的。那娘因为他在她家睡才洒的。那娘是极爱面子的人。夜深"本姑娘"的父亲散会回来，脱衣上床睡。那青年对他说："我既然上了你家的门，我从小无娘，就结拜干娘走好吗？"那青年说这话时泪如泉涌。"本姑娘"的父亲说："你不嫌弃，可得。"

本来这是句随话答话的话，并当不得真。但是因为这句话使事情有了转机。开年正月初一，闲着无事，那青年心血来潮，约本房的同年生的叔爷到干娘家拜年。叔爷的姐嫁在那个垸。这是不死心的表现。那青年去了，父亲包了一个糖包儿，给五元钱让那青年带着，说："你见了姑娘，给五元试试，若是收了，说明有心。"去了，给干娘拜年。也放爆竹，也当客待。"本姑娘"见了他问："你来做什么？"他说："我来给干娘拜年。"这理由堂而皇之。于是就坐了会儿，并不见外。那青年拿出五元钱，叫本垸的叔爷给"本姑娘"。"本姑娘"推了半天，还是收下了，同时拿出一张照片的底片，叫那青年帮忙洗三张。这就有戏，叫那青年喜出望外。

哪晓得正月初六，余垸的外甥给叔爷回年，将糖包和五元退回来了，同时带来了一封信。信是"本姑娘"托本垸闺蜜写的。语句虽然不通，但意思很清楚："无人回年，请原谅。钱和糖包托人带来，照片的底片请带回来，请原谅。"那青年回信说："不要紧。照片已交竹瓦镇照像馆在洗，正月十五到竹瓦镇上来拿。"正月十五，那青年与本垸同年生的叔爷一道到镇上取照片。那青年的父亲尾随其后来到镇上，因为走岔了，并没有见到"本姑娘"。"本姑娘"带着妹妹，如约来拿照片。见面后，那青年与叔爷送"本姑娘"和她的妹妹。四人沿着柳界公路走了七八里，说些不关痛痒的话。那青年并不怨天尤人，高风亮节，散淡得很。走到羊儿过港，要分手，不能再送了。那青年将洗好的三张照片，交给了"本姑娘"。"本姑娘"要给钱。那青年淡然一笑说："不要钱。""本姑娘"从相袋里取出一张送给那青年。那青年不要，说："算了。有什么用？""本姑娘"坚决要给。那青年没有办法，只好收下，权当留个纪念吧。那青年现在想起来就笑，结婚后问"本姑娘"："你为什么要那样做？""本姑娘"笑着说："你是个苕。"你才知道人心有多么复杂。

过了几个月，嫁到余垸的老姑娘五爷，那天傍晚急急地赶回娘家，告之那青年，"本姑娘"的娘松口了，随女儿，婚事有希望。那天夜里，那青年急急地赶到了余家垸，陈家人容纳了。一切顺理成章。对于女儿的婚姻，"本姑娘"的娘，还是走了过场的，她装着收鸡毛，到老屋垸访了人家。五爷通风报信，家里什么都没有，那青年的父亲从八爹家借一张条桌，从架子叔家借来两张靠椅充门面，涉险过关。"本姑娘"的娘回去后，"本姑娘"的父亲问她："怎么样？""本姑娘"的娘说："一块石头丢下去，打作罄空。这个婆娘是受苦的命。"

婚事确定之后，那青年叫岳母不能容忍的事发生了。那就是认亲之后，那青年接受教训，痛定思痛，不失时机，胆大包天，让"本姑娘"未婚先孕了，"生米煮成熟饭"，于是匆忙出嫁，生下大女儿，给她丢了脸。读书之人，哪能不按常理出牌呢？不按常理出牌，那书不读到牛屁眼里去了？她可是给你洒了花露水，让你入睡的人啦。她是周姓《爱莲说》的后人，尽管没有读书，但骨子里那点精神还有。生了外孙，她也不上门，依然硬气得很。后来"本姑娘"生了二胎小儿子，经人劝说，她才回心转意。在气节方面，岳母是那青年的榜样。

六

现在有理由相信，那青年的小说处女作《谜》，是受王老师化实为虚的精神和伤痕文学影响下完成的，属于二十世纪七十年代末到八十年代初的精神产物。

那时伤痕文学风行，全国出现了不少关于伤痕文学的小说，脍炙人口，争相传阅，一时洛阳纸贵。有卢新华的《伤痕》，刘心武的《班主任》和冯骥才的《献身》等。伤痕文学的出现，起因于上山下乡，主要描述了知青、知识分子以及官员们，在那个年代悲剧性的遭遇。这是评论家们对伤痕文学的定义，现在看来有点以偏概全，忽视了一批出身不好的回乡知青从事业余文学创作的成果和心路历程。那青年就在其中。那青年的小说处女作《谜》的创作，是受了王老师的直接影响的。

那时那青年成家不易，立业更难。那青年到大队小学教书，先后经过两次刻骨铭心的磨难，才修成正果。那时区的教育组陈干事爱才，以区教育组的名义，提名让那青年到大队小学当老师，"教育回潮"期，国家正是用人之时，大队小学缺教语文的老师。

正是"双抢"时，那天下午大队党支部支委们开会研究后通过了。当时大队小学的校长是那青年的同学，听到通过的消息后，爱才心切，怕生变故，赶到田边通知正在插秧的那青年，到大队小学报到。那青年喜出望外，正要上田洗脚，准备跟着校长去报到时，大队团支书急了，他是本队人，姓李，是那青年叔姐英子的男人，大队何书记的大女婿。日子里那青年叫他李哥。李哥平时说话有点结巴，急了更结巴，人称"是吧"。他对校长说："急、急什么？是吧？明天、明天再去不行吗？是吧？明天、明天不天光吗？是吧？"这话似乎有点道理。校长就走了。那青年仍然在田里插秧，同伴们祝贺他，明天天亮了，就可以穿鞋袜上学当老师，为人师表。这当然是好事。

第二天五更扯秧，那青年知道这工不能缺，队长的哨子一响，他起床同垸人在水竹园田里扯秧。那青年心情好，奋力扯，一人一厢秧，他比谁都扯得快，心想天亮他就可以上岸。谁知道天亮时，听到包队的大队管组织的张继勋副书记，在岸上问："何括来了没有？"他以为那青年掉以轻心，没来上早工，这样就可以借题发挥来个"现场定罪"。哪晓得那青年早有防范。那青年坐在秧厢里答："我来了。"姓张的副书记大失所望，但不影响他发号施令。姓张的副书记说："你上大队教书贫雇代表有意见，说你表现不好，不要去了。"这叫什么事？那青年强忍着屈辱和悲哀。

你才知道什么叫夜长梦多。原来那天夜里李姓的女婿找何姓的岳父开后门，说肥水不流外人田。于是何书记与陈副书记连夜达成共识，让李哥的弟弟替代了那青年。第二天，天是亮了，但是到大队教书的不是那青年，而是李哥的弟弟。你有什么办法？回家吃早饭时，那青年失态了，抱着妻子，在屋里痛哭了一场。恢复高考没考上，认命结婚，屈辱的眼泪只能面对妻子流，让人记忆犹新。

过了一年，李家弟弟到底不是教书之人，自动离开了。大队小学又缺教语文的老师。区教育组陈干事心急如焚，急令招收那青年。这次为了让人无话可说，采取了公开考试、择优录取的方式进行。区教育组制定政策，凡是本大队初高中毕业的都是考试对象，由区教育组出题，管民师辅导的陈水荫老师下来主持考试，张副书记监考，当场改卷，按成绩排名录取。全大队七个符合条件的，报名参加考试。

陈老师是区业余创作组的，会演时创作节目，与那青年熟，考试之前，同情那青年，面授"机宜"。其实完全用不着，因为考题非常简单。考场设在大队小学教室里。上午考语文，基础知识加一篇作文。这难不倒那青年，得心应手。下午考数学，说好两点开始，想不到大队姓张的副书记，见六个来早了，只那青年没来，宣布提前半个小时开考，有原因的，因为他妻子娘家高中毕业的侄儿，也在考试之列。下午两点那青年按时来了，迟了半个小时，进考场，急急地做，按时交卷。数学考题并不难，都是学过了的。当场改卷评分，成绩出来了，那六个人两门总分加起来一百七十三分，那青年独得一百八十六分。他排名第一，张副书记妻子娘家侄儿排名第二。似乎大局已定。但张副书记在支委会上，又以那青年平时表现不好为由，提出让第二名取代第一名，弄得何书记不好说话。因为第一次是何书记的女婿的兄弟取代了那青年，这次他妻子娘家的侄儿为什么取代不得？这叫"换手抓痒"。你做得初一，我做得初二。

好在大队管意识形态的不是他。管意识形态的是老三届下乡知青姓裴的女副书记。她与饶家社屋同班同学姓饶的，徒步"大串联"时结下革命友谊，自愿随丈夫嫁到了燕山。那时全国提倡女知青当干部，她顺理成章，当上大队管意识形态的副书记。惺惺相惜，会上裴副书记据理力争。那青年才顺利过关，到大队小学教了一年多的书。她的担当精神，让那青年感激不尽。

历史终于迎来了转机，那青年的命运发生了变化。一九七九年中共中央作出了相关决定，让那青年再不用在意他的出身。

那时那青年开始学写小说，深受感动，欢欣鼓舞，于是成了制"谜"人。他运用文学基本原理，开始幻想他不是父亲的儿，他与给地主做"小"的娘，一起过日子。日子里娘说，她不是他的亲娘。他问娘，亲娘是谁？娘让在日子里猜。于是日子里逢凶化吉，苦尽甜来，悲观与希望，眼泪与欢笑，所有的恩情故事，全化作了谜面，直到吃斋念佛的娘坐化之后，才明白谁是他的亲娘。亲娘到底是谁呢？当然是"摘帽"之后，党的恩情。但小说中并不明说，将谜底留在心中，让读者感受叙事抒情的力量。

这个短篇处女作，发表在县刊一九七九年第二期上。那是一本三十二开的小刊物，铅印的，很薄，如今珍藏着。小说中夹杂着一些简化字，现在拿出来看，像出土文物。那时候全国试行第二次简化字运动，后来并没有通行。小说发表后，引起了县内业余创作界的反响，好评如潮，如火如荼，让那青年尝到了甜头，从此走上了小说创作之路，一直走到今天。

这篇小说那青年当年投到了某家有名的杂志社，差一点发表了。退稿信上说，因为伤痕文学退潮了，进入了寻根文学。如果赶得早一点会被发表的，那就青年得志，让那"竖子成名"。或许，也不是好事，盛名之下，其实难副，能不能写到今天？谁也说不定。白居易说："赠君一法决狐疑，不用钻龟与祝蓍。试玉要烧三日满，辨材须待七年期。"幸亏，幸亏。

第三章

一

　　父亲悲喜交加，饭饱之后，对他的儿何括叹喟人生："运退黄金失色，时来铁也生光。时势造英雄，英雄造时势。识时务者为俊杰。"这是《古今贤文》上劝人的话。父亲的文化到底属于"草根"，难登大雅之堂，比不上垸东头坐地招鸡、饱读诗书的八爹。

　　而八爹，日子里聚光芒于一身，何等风雅。他正襟危坐在田塍之上，挥着号旗，赶鸡驱猪，正气凛然。他让何括将发表的小说拿给他看，看过之后，高度夸奖，说："这就是梦啊！曹公当年增删十载，举家食粥酒常赊，为的不就是红楼一梦吗？孺子可教！看来陈老师给你指的路是对的。"然后以手击胯，对何括念唐代杜甫的《奉简高三十五使君》中的诗句："'骅骝开道路，鹰隼出风尘。'是该出世的时候了。"田塍之上，有风徐来，一个有心说，一个用心听，其乐融融。"长藤阔叶衬青瓜，家家门口落彩霞，春雨过后笋出土，清风徐来蕾现花。"这是何括的外孙女念初中时写的四句咏物诗，正好形容那时的心情。读外孙女写的四句诗，叫何括激动得半夜睡不着，那心情与八爹当年读他的小说一样。燕儿山下老屋垸之所以修竹满园，那是因为土地肥沃，笋子挨着竹子长。

　　一九七九年秋天来到了。燕儿山下，稻谷黄了，棉花白了，与郭小川笔下团泊洼的秋天无异，冥冥之中的机会来了。何括就是那年秋天，义无反顾离开大队小学来到竹瓦文化站，奠定此生必走业余文学创作之路的。

　　那时百废待兴，文化部决定在全国恢复基层文化站。该县像全国一样，基层文化站新中国成立后就有，是"文革"时中止活动的。何括为什么义无反顾呢？其中有个潜在的原因。四位农民作家都是本县各个文化站的骨干，都是在辅导和被辅导中，写出名的。他们先后参加全国青年创作会和文代会，受到当时党和国家领导人的亲切接见，有同领导人握手合影的巨幅照片。他们成为闻名全国的农民作家典型，家喻户晓。这就是榜样的力量，叫新一代从事业余文学创作的后辈们，怎不倾心向往呢？

他们在成为典型的过程中，除了各级领导有方之外，离不开一个人。这个人就是当时县文教局的江局长。此人平时不苟言笑，严肃得很，人称"江大人"。创作开会时，业余作者们见了他，就像老鼠见了猫，谁也不敢再狂，一律变乖，俯首帖耳，足以证明他在本县业余创作界的地位和威望。他比四位农民作家小不了几岁，在不同的历史阶段，只要介绍本县业余文学创作的典型经验，必定是他。他对四位农民作家的成长、成名过程以及如何保持农民身份，了如指掌，如数家珍，作为他此生的政绩和本县特有的骄傲，至死不忘。几十年来，为了解决四位农民作家日子里的实际生活困难，他也是想方设法，竭尽全力，可歌可泣，令文学后辈们没齿难忘。

要恢复基层文化站，理所当然是江大人说了算。风华正茂的江大人喜气洋洋，在文教局会议室，召来文化馆各位同志开会，共商繁荣文艺大计。他亲自摸底，雨循旧路，因地定人，指示同志们将全县第一代出了名的作家和第二代有培养前途的业余作者一网打尽，动员到全县九个公社任文化站长，开展如火如荼的工作。那时县以下区划变动频繁，原来的大区改成了大公社，原来的小公社改成管理区。全县第一代四位农民作家中，除了魏老师年事已高，王老师孤人一个，每月给生活费，安排住在文化馆之外，另外的两位，张老师安排在绿杨公社文化站，徐老师安排到团陂公社文化站。第二代农民作者的名单，何括赫然在列，安排在竹瓦公社文化站，那时他是那批人中最年轻的一个。那年秋天江大人坐镇指挥，招的全是文学人才，为的是薪火相传，发扬光大该县全国"业余创作之乡"的优良传统。江大人布置完毕，问："同志们有什么意见？"同志们能有什么意见？江大人说："那就这么定了，大家分头行动，迅速落实吧！"

秋高气爽，空中雁阵排排。那天上午文化馆一行三人，郑重其事，到燕儿山老屋垸，动员何括到文化站。得知消息，何括急忙从学校请假赶回来。来的人分别是社文组长严老师、文艺辅导组的朱老师，加上创作辅导组的王老师。通过名字你就可以看出，他们都不是凡人。严和朱都历练成为国家干部，只有王老师是编外的。三人中严年长一些，写调研报告的出身。朱原来是剧团的鼓师，转到文化馆辅导乡剧团打鼓。王老师才是搞文学创作的。因为身份的问题，对外给他一个称谓，叫作"文学辅导员"。

文化馆有老师来，轰动了一垸人。况且来了三个，大张旗鼓，那就更令人羡慕。有贵客到，岂能无酒？何括的老婆于是杀鸡采菜办酒。太阳中天，酒过三巡，严组长这才说明来意。何括喜出望外。严组长问："你愿不愿意？"何括说："我愿意。"严组长说："江大人指示，让我们先说清楚，到文化站工作，不转户口，不是国家干部，属于背米袋子的，以农代干，每个文化站一年国家给五百元，一个月三十七元五角，余下一百六十元作为活动经费。你愿意吗？"那时以工代干、以农代干身份大有人在，每月就拿这么多。这些钱还要向生产队交钱买粮。何括说："我愿意。"朱说："你要好好地想一想。"还有什么可想的呢？实现梦想的时候到来了。

于是何括就轮番敬酒，一口一杯。严和王不胜酒力，而朱是剧团出身，酒量大得出奇。何括想劝醉他，朱按住何括的手，说："你不能这样喝。我是老溜子，肚子装得住，醉了还是醒的。你年轻肚子装不住，醉了就天地不醒。"此乃真言。朱是过来人，得过余师爷的真传，何括岂能与他相比？

何括那天喝醉了，醉得天地不醒。苦了老婆，守在床前，小心翼翼地照料他，端茶倒水，清理秽物。何括吐得猛烈，一塌糊涂。害苦他家养的那条狗，它吃了秽物后，不见出来，在床底下醉了两天。

何括吐尽苦胆汁，夜里醒来时，睁开眼睛，发现他睡在父亲的床上。父亲到黄石做泥工去了，床空着，老婆铺了被褥，将他安置在此，好与王老师同睡。何括结婚后父子共同努力，又建了一连屋，使日子宽敞一些。床前一灯如豆。严和朱不知什么时候走了，留下了王老师。王老师走到房里，问何括："醒来了？"何括说："醒来了。"王老师说："这就好。你知道我为什么留下来吗？"何括摇着头。王老师说："我留下来，是有些话想对你说。我俩熟了，形同父子。你不介意吧？"何括点点头。那一夜长谈，让何括惊心动魄。

王老师是一九六〇年春天，到宜昌参加全省工农骨干作者创作会，在家的妻儿被雷击中，家破人亡，惨遇不幸的。那时他结婚不久，有了心爱的妻子和儿子，三口人是幸福美满的一家。由于当时拆小垸并大垸村，他的家临时安排在大畈之中，作为过渡。那一夜狂风暴雨，天上的闪电落到水塘环绕的大畈上，击中他家临时居住的茅屋，妻子东云当场丧命，幼小的儿子烧成重伤。他是接电报赶回来的。赶回来后，含悲忍痛将妻子埋在山上，烧伤的儿子经过转院抢救，也没保住性命。"从此，三只饭碗，空了两个，剩下一只，盛满泪滴。"这是当时在省话剧团的诗人瞿刚先生，为他写的。之后他试图组建家庭，到人家做上门女婿，因为他热爱诗歌，到底走不进世俗生活，被人家抛弃了，只好孑然一身，孤苦伶仃，以诗为伴，以诗为命，终其一生。

如今翻检王老师留下的绝句，有三首是关于那时的。"参加笔会六〇年，如女初妆羞且惭。郭老题词牵红线，与诗结下一生缘。""只希翰墨写图腾，谁料挥成血泪屏。雷雨倾家妻子丧，杖藜独步祭荒坟。""漏船又遇打头风，免职回家四壁空。三不脱离奇巧梦，农民骄子苦吟翁。"这需要加注。第一首诗中的"郭老"是郭沫若，王老师一九六〇年参加全国青年工农作者创作会，郭老给他题过词。第三首中"三不脱离"，指为了保持农民身份，组织上决定让他离开汪岗文化站，回到老家务农。

那一夜与王老师的长谈，结合现在翻检他写的诗，说明一个意思，那就是农民作者或农民作家，只有可能一辈子是农民，不要幻想改变身份，需要做好为文学献身一辈子的思想准备。现在的何括当然明白，但那时还心存侥幸。

第二天清晨，窗外霞光万道。王老师要离开了。王老师问何括："你还愿意吗？"何括说："我还是愿意。"王老师说："你不能这样回答我。这需要神圣。望着我的眼睛，然后回答。"王老师目光如炬。何括望着那如炬的眼睛，意志坚定，神色庄严，只差没举拳头，说："何括还是愿意！"

何括的大女儿摸进来玩，被那样子吓哭了。何括的妻子赶紧跑进来，将女儿护在怀中，说："莫吓着了我的孩子！"

王老师咧着没牙的嘴笑了，说："小子，这就对了。"于是将他写的诗，唱读起来："诸君莫笑老须眉，我爱诗河问汛期。大浪淘沙寻奥秘，真金属于弄潮倪。"于是跨门而出，踏风而走。

何括将王老师送到大路之上，果然见到燕儿山的上空，有个影子扶风翻飞，翅幅很小，并不是鹰。隼吧？对了，是只隼。那时巴水河畔草木稀疏，没有鹰击长空的。

二

就像生铁渴望投向洪炉，那时何括到文化站从文的心情，是何等地急切。他同意到公社文化站，县里给公社来电话说明，这事就算定了。至于未来怎么样，他根本没去多想。

正在此时，地区文教局在白潭湖举办全地区重点业余作者学习班，何括向何校长请假。因为何括带的是五年级毕业班，那时小学是五年制，何校长面露难色，没有表态，他就去了。何校长觉得何括有点反常，就打电话向公社教育组陈干事反映。陈干事把这事压在心中，对何校长说："人各有志，不能勉强。"

现在想来，在这件事上，何括觉得有点对不住陈干事和何校长。他们共同努力把你"提"到大队小学教书，颇费了一番周折，你不能不尽仁义，说走就走。以至于几年后民师们经过考试纷纷转正，何括还是背米袋子的。何括与陈干事同在公社食堂吃饭，说到此事时，陈干事笑着对何括说："你不是想当农民作家吗？要是不想当农民作家早就转正了。"陈干事的心是好的，绝无恶意。何括虽然心有不甘，但没有后悔。后悔是没有用的。既然是自己选择的，用巴河流域一句俗话说，那叫："愿吃狗屎甘甜。"话糙理不糙。

那是何括第一次参加地区级的业余创作学习班。平时参加的都是县一级的。何括兴奋激动，觉得上了档次。白潭湖地处古城黄州之郊，真大，水面开阔，烟波浩渺，鸥鸟翔飞，秋水共长天一色。渔场的招待所二楼的走廊上，居然铺着红地毯。那是何括第一次见到红地毯，脚踩在上面，自豪感油然而生。

在那次白潭湖地区级的业余创作学习班上，何括见到了当时地区级文坛的各位领导和大家，他们对何括的作品纷纷指导，面授机宜，希望新苗破土而出。同时见到了后来两位鄂东籍、获得"茅奖"的作家。那时他们虽然同为业余作者，但意气何其风发。后来他们一路高歌猛进，先后从县里调到地区，从地区调到省里，修成正果。抚今追昔，都是那次在白潭湖发现的。

谈到当年，其中一位还记得何括第一次参加白潭湖业余创作学习班的情景。因为何括下车时，受宠若惊，身上穿的褂子，被车门撕开一条大口子，走起来像旗帜一样，在风中飘扬。他记住了何括当时的狼狈相。除此之外，交集不多。另一位调到地区群众艺术馆后，何括调到了县文化馆，同时办刊，同为文学创作辅导干部，同道多年，文心相通，互相促进，相濡以沫，感情非同一般。因为年龄原因，何括始终没有称他为老师。风清气正。他认为这样才是对的。后来何括对他恭敬有加，此举引起了他的警惕，于是打电话对何括说："你不要这样。你这样让我受不了。我对你看重，是因为你所取得的文学成果，绝不是因为其他。我们是四十年前，一起参加白潭湖业余创作学习班，走上文学创作道路的。只有你和我一直走到今天，莫忘初心。"肝胆相照，惺惺相惜，感人至深。

创作学习班结束，何括到公社找占干事报到。占干事格外欢喜，对何括说："好好干吧！"怎么干呢？公社房紧，实在挤不出办站的地方。那就白手起家，一切从零开始。没有站址，那就找。恰好巴驿公社文化干事的老家在竹瓦镇上，屋空着无人住。那干事姓何，说起来也是何括的本族人。他出于对文化事业的热爱和对本族后生事业的关心，自荐他家的房子可以办站。租金好说，每年随便给点就行，屋要人撑，折算请人看家。这是天大的好事。

只是何干事的家，并不在正街上。在哪里呢？偏在上街头。一条岔道走进去，四五户人家，屋就尽了，是菜园子、稻田和池塘。平常过往的人不多，并不适合办站。但是"草创"阶段，讲得了那么多吗？占干事对何括说："办起来再说。"于是何干事从巴驿赶回来，将大门打开，三连瓦屋锁一连，那是他家的核心部位，逢年过节回来住的。其余两连，连同桌子、板凳和床，一应俱全，交给何括办站。不像文化站，倒像文化之家。何括将两连屋子，洒水打扫干净了，何干事将大门钥匙从裤带上解下来，交给何括，说："侄儿，屋交给你了。"何干事叫何括侄儿，其实不止。依辈派下来，何括是他的玄孙。

站址落实了。何括借架木梯，搭在门头，用排笔写字。字是美术字：竹瓦公社文化站。开张了，没有领导讲话，也没有揭牌仪式那一套。羞答答的玫瑰静悄悄地开。过路的人问："这是什么单位？"何括答："公社文化站。"过路的人就笑，说："这也叫站？"何括指着门头上的字，说："是的。"何括心里不是个滋味儿。

王老师听说何括的站址落实了，从县里赶来祝贺，见状并不悲观，写了一首诗给何括壮胆，诗云："春光一望盼多姿，街头风景梦里诗。画眉入林先唱雅，何人不识竹枝词？"意思何括明白，笨鸟入丛林，开风化气，有志之人办振兴之事，需要"咬定青山不放松"的精神。

师徒之间，这就需要喝点酒。何括敬了三杯，王老师细品一杯就有醉意，咧着没牙的嘴，忘情地唱读起来。那是苏轼的《江城子·密州出猎》："老夫聊发少年狂，左牵黄，右擎苍。锦帽貂裘，千骑卷平冈。为报倾城随太守，亲射虎，看孙郎。酒酣胸胆尚开张，鬓微霜，又何妨！持节云中，何日遣冯唐？会挽雕弓如满月，西北望，射天狼。"

那是英雄气概，老将出马定"军心"，酒中气神相通。

三

算起来何括在本家干事的家，办了四年多的文化站，后来搬到公社下面的三连土砖房子，又办了五年。那是公社的屋，不要租金的。只是危房，天阴下雨，要特别小心才是。

九年之间，何括搞活动想尽办法创收，发展文化事业，从无到有，用尽心思。那时提倡"以文补文"。想什么办法"补"呢？首先成立鼓书艺人分会，带领鼓书艺人下乡说书，让鼓书艺人们缴纳管理费。这举措很有效，那时文化复苏，鼓书艺人们正盼着成立组织，渴望人来领导。

鼓书艺人其实很好管理，他们师徒相承，从古到今吃的是开口饭。吃开口饭的人，走的是江湖，行的是规矩，讲的是义气，你重他，他就重你。但是你要他们真正服你，他们还要探一下，看你肚子里有没有"货"，若是个"白鼻子"，那服从就不是心里的。

竹瓦地区的鼓书艺人的师爷，姓倪，大名敏文。有讲的。出自《论语》："君子讷于言，敏于行。"依何括看来，他的"言行"都敏捷。他家住在上巴河对面桥头窑上垸。他通文墨，高大雄伟，像庙里的一尊神；只是无后，与老妻过日子，代以人传，二人死了后，现在没有多少人知道他了，打听起来有点困难。他是鼓书艺人的鼻祖，其余人都是他的徒子徒孙。

每逢法定聚会日，他朝桌前一坐，"书归正传"，以书传艺，鼓板一响，徒子徒孙都得听他的，这叫规矩。他一袭蓝布长衫，当场示范，起板之后，三声静鼓，那叫"三请"，"三请"过后不得喧哗。你就是天王老子，也得听他"宣讲圣谕"。说鼓书虽说有程式，俗称"套路"，但在"套路"之中，说得火爆不火爆，那得看临场发挥。起承转合，靠的是说白，借景抒情靠的是唱，唱词讲究合辙押韵。十三辙难不倒他，日子里他练得炉火纯青，他的徒子徒孙，也练得滚瓜烂熟。他以身作则，要练他们押险韵的水平，看他能押多少句？先唱"火"字韵，他唱："张老三到隔壁去借火，卖瓜的王婆跑到竹林躲，竹林的鸡笑话着，她说不是我细嗦，谁叫他昨天晚里调戏我。两个老东瓜，一个正经货。"再唱"丁"字韵。他唱："张老三一听泪淋淋，你看我孤人一个苦零丁，出门一把锁，进门一盏灯，灯望着我的影，我望着灯的芯，冷火秋烟无人问，何不拢作一家人？暖共一灶火，亮就一盏灯。"这效果就好，生动传神。众徒弟哄堂大笑。

连本的书他就不说了，这是他的拿手戏。比方说《七侠五义》，比方说《杨家将》，当然还有《水浒》和《红楼梦》，他添油加醋，能说一个月，有时还不止。这要依承头人"集资"的钱数而定。他说大书并不照本宣科，将书中故事情节打乱，重新组合，编成提纲，聚精会神，他的师傅肉口传给他的，他加工后肉口朝下传，叫作"水本子"，概不外传。他说大书时，你不能对照原著看。如果你对照原著要求他，那就蠢到了家。据说他的肚子里装着"三十六大本，七十二小本"。笑话来哉，没点"压舱货"，能当师爷镇人吗？你看他那精气神，三尺讲台，神游八极，说山山到，说水水活，都为人物设置。风云际会之时，出生入死，或胜或败；花前柳月之下，悲欢离合，或喜或悲，全凭他的三寸之舌。说书的是"疯子"，听书的是"痴子"。那才叫魅力所在。

那时上级提倡说大书之前创作鼓书帽儿，结合新的形势，宣传新人新事新气象。这就需要创作。何括以身作则，创作鼓书帽儿，让他们说，同时鼓励他们自己创作，下乡宣传。

倪师爷开始有点瞧不起何括，以为何括毛头后生一个，学历不高，肚中能装多少墨水？有一次他装着不识"昊天不吊"的"昊"字，考何括，问："何站长，这是一个什么字？"何括脱口而出，说："昊，指苍天。"倪师爷一惊，因为那时能认这个字的人很少。倪师爷这才高看一眼，说："站座，有水平。""站座"是官称。走江湖的人，历朝历世，见官必称"座。"那时何括创作的鼓书帽儿，还是有档次的，只是有些字不适合唱，不是"开口呼"。倪师爷并不计较，换字再唱就是。那几年何括从他们身上学的东西不少。倪师爷原谅"何站座"，对徒子徒孙说："他毕竟不是吃开口饭的嘛。"

何括找占干事给各大队开介绍信，占干事开的介绍信，谁敢不买账？何站座带着众艺人下乡"打场子"——"打场子"也叫"打前站"，就是动用各种可以利用的关系联系演出场地——艺人们有书说，有钱赚，自然有威信，几场书说下来，那管理费自然好收。

下乡收乡剧团演出的管理费，这费不是好收的。本县乡剧团那时复苏了，活跃起来。他们"打场子"演出传统戏。演楚剧《四下河南》《哑女告状》还有《荞麦馍赶寿》等等。演出费可以给钱，也可以给米，事先商定，演出时由组织者出面到各家各户去收。这些乡剧团是草台班子，由名角担纲，各等角色，随时组合，招之即来。在一地演出之后，分账，按比例提留作"箱底钱"，以便添置服装道具。这钱就甘贵，来得辛苦。这些草台班子的经济效益，由担纲的名角知名度决定。比方说，梅山的"杨细六班"，班主杨细六，从小跟父亲在戏班饰花旦，六十多岁在台上还是演花旦，化妆之后，小巧玲珑，粉面含春，顾盼生风，迷倒了多少人？班主有名，"场子"自然就好"打"。

这样的剧团收它的管理费就比较难。你要她的钱，她要你的命。何括骑着自行车赶到那里，找到她。她问："你来做什么？"何括对她说："按规定收管理费。"她自恃名高，嘴角生讽，说："同是天涯沦落人，相逢何必苦相逼？"一句戏言出来，叫何括哭笑不得。她知道何站座的身份，与她一样都是做吃讨的人，并不是官。这是要了何括的命。这样的团剧你休想收它的管理费。也有收得起来的，那必定是外地来的班子。

创收来源之三，靠的是公社教育组长陈干事。当时监利小印刷厂的推销员来文化站，找何括推销小学生练习本。何括见有利可图，就去找教育组的陈干事帮忙。陈干事同情何括办站艰难，就答应了，然后向下面大队小学打招呼，定订数。何括收到练习本后，雇垸子里的架子叔和八伯，挑着本子向各地送。结账时按合同，有一定利润。这在当时很"解渴"。这叫"以文补文"吗？算呀！练习本也是文哩。

还有什么呢？还有父亲的管理费。父亲在黄石做泥工，工资如果单位开收据，也有管理费。本来可以直接签字拿的。父亲见儿子办站艰难，就同做工的工业学校达成一致，动用此举。一年也按比例，有一定的"银子"。

何括就用这些钱添置设施。添置乒乓球、桌球和象棋，开办娱乐室，让人来活动，每小时收一角钱。买木材打了两个书架和四乘图书柜，那图书柜是玻璃嵌的，光洁透明，内面开门，读者可以看见里面摆的书。里面摆的书是何括订的杂志，二十多种，比方说《人民文学》《青春》《萌芽》《长江文艺》《芳草》《读者文摘》《故事会》，等等。用四个书柜围在里面的两个书架，装着何括从新华书店买来的文学书籍。国内发行的，从国外翻译过来的，都是名著。何括叫人刻了一枚竹瓦文化站藏书章，方形的，用蓝色印泥盖在书上，中间有空格，可以分类，填数字。用一个本子，登记编号。

那时读者来看书，是有偿服务的，在站内看，每本收两分钱。借出去的书登记后，收两倍的押金，还书时每天也收两分钱。收的钱就去买书，有了书就可以创收。几年下来，藏书数量很可观，不包括杂志，达到了一千余册。那时书价便宜，几角钱就可以买到一本名著哩。那九年何括逢订必看，逢买必读，如饥似渴，看遍了文化站内的所有藏书。

何括那时白天看，晚上写，写了许多篇小说，少数发表了，多数没有发表，如今装在书柜里，很高的一摞，成了何括手稿。那是一笔一画，心血凝成的。现在用电脑写作了。基层作者的手稿，只有没有发表的作品。

何括那时开始编刊物、辅导作者哩。刊物是油印的。编好后，用钢板铁笔刻蜡纸，两张单面印，取个刊物名字，叫《笋乡》。竹瓦不是竹多，古时破竹为瓦吗？作为家乡的刊物，取《笋乡》，多么形象和温暖。上面发诗，也发小小说，当然也发鼓书帽和三句半。现在县文化馆的文学辅导干部胡副馆长，著作颇丰，就是那时在《笋乡》上发表诗歌起步的。说到《笋乡》，他饱含深情。那时他初中毕业，家境贫寒，与何括亲近，正做着文学梦儿哩。如今每到春节他必定到何括家拜年，都是竹乡之人，不是师徒，是兄弟。

那时背"米袋子"的何括，活跃在家乡的土地上，做着文学的梦儿，温暖自己的同时，也温暖着他人。他办的文化站，就像燕儿山下的那棵梅树，逢春开花，在家乡的小镇上，播送芬芳，成为一处风景。

"名花"有主，家乡忘不了他，因为他是文化站的创始人。他忘不了家乡，因为在文学业余创作的道路上，他初步取得的所谓辉煌，是在那期间奠定和造就的。

什么辉煌呢？过程比较复杂。且听慢慢分解。

四

那时县里对业余文学创作重视的程度，叫何括感动至今。你就是一块生铁，百炼成钢，也能化作"绕指柔"。"绕指柔"据说是古代一种剑，拿在手里轻盈透闪，百折不断，可以绕指。估计越王勾践剑和荆轲刺秦始皇的鱼肠剑，属于此种。一剑在手，就能胜券在握。

文化站办得有了起色，就有一个退休老人不要工钱，自愿给何括守站，收发图书，开展活动，收费记账。这个老人是在公社经管站退休的，与何括同大队同姓，名字很雅，光明磊落的人。他不需要钱，只图在文化站里戴上老花眼镜有书看。他规矩得很，每天按时开门，按时锁门，骑着自行车下班。现在这样的人哪里去找？这样一来，何括就有足够的时间，参加县里的创作会，只需要跟占干事说一声就行。

那时县里的创作会是经常开的。一年开多次，一次开十天或者半月。住招待所，发餐票儿，在招待所食堂里吃，不限量。农民作者报销车票，还按天开工钱。规模有大有小。大的是全县会演过后的点评会，县里分管的副书记和宣传部部长坐镇，各门类的专家齐聚，"指点江山，激扬文字，挥斥方遒"。或者是"延座讲话"纪念会和成果表彰会，论功行赏，披红挂彩。小的是专题创作会，来的都是重点作者，这由江大人坐镇，他不要讲稿，也不抽烟，只喝白开水，就近期作者们所取得的成绩，如数家珍，表扬一番，被点到名的，心里自然很受用。这就是动力。江大人领导有方，并不轻易批评。何括就是在他不断表扬之中，健康成长起来的。表扬过后，江大人根据新的形势，对作者提出更高的要求，相信青出于蓝胜于蓝，作者鼓掌通过。他听完掌声，然后点名让文学前辈给后辈们谈创作经验，传经送宝。

何括是在那次"延座讲话"纪念会上，一起见到了本县的四位农民作家的。那次四位大家同时与会，这在平时不多见。四位大家安排在江大人左右。江大人坐中间，他的两边，一边坐两个。"位"有左右之分，右为"大手"，坐的是魏老师和徐老师。左为"小手"，坐的是张老师和王老师。这论的是年龄、出道的时间和创作所取得的成绩。那时魏老师已经很老了，七十多岁，他是四位之中出道最早的，虽然不再创作了，但几十年来业余创作，有一肚子经验。

江大人说："魏老，您先说一说吧。"魏老师头戴黑色老人帽，身穿黑色棉袄，结着传统的布扣儿，习惯性地双手插在袖子里，抱在胸前。要他说，他就说，在后辈面前那是大将风度。他说："篾劈千层有屎，文改百遍有疵。"通俗易懂，教导后辈们对文章修改要有耐心，上得了桌面。然后就说起了顺口溜儿。他说什么呢？他说："前生作了恶，今生搞创作。写又写不倒，推又推不脱。"完全是他晚年对于创作的心境。流传开后，成了本县作者们集会时自嘲的经典。这叫什么经验？江大人笑了，说："魏老，您说跑了题哇。"他起身双手抱拳一揖，说："对不起！叫各位看官见笑了。"他是说鼓书出身的，把握得了场面。众人鼓掌，让他见好就收。

魏老说过之后，按照惯例，江大人点名让徐老师说。徐老师口吃，越激动越急，一句说半天，并没听清楚。徐过后江大人让张老师说。张善说，但是说半天主题不集中，你领会不到他说什么。最后才轮到王老师。江大人说："王同志，也说说吧。"江大人对他并不称"老师"，而是叫"同志"。

王说："要说的他们都说了，我不说算了。"显然对江大人习惯的安排有意见。只要开会，江大人总是让他压轴。有什么办法？无可奈何，又心有不甘。遥望当年，他只能屈居老四。魏老师是本县业余创作界的鼻祖，英雄排座次，当然位居第一。

当年是文化馆的徐同志发现魏老师的。魏当年是县文化馆鼓书艺人协会的主席，徐当年是协会的秘书长。徐老师家庭出身不好，他从前是安徽大学政治经济系毕业的。

解放初魏老师年近五十，是位长者。文化馆的人见面总是习惯地称呼他老魏，他总是笑脸相迎地点头答应。他为人豁达，性情温和，与人交谈，一开口总带几分风趣，逗人发笑，意味深长。他的中篇小说《春桃》于一九五八年在《人民文学》上发表后，他先后被省作家协会、省曲艺家协会吸收为会员，因此经常到省里开会学习，一些作家、艺术家特别喜欢听他的发言，会前会后总要求他讲些民间故事、笑话，欣赏他的语言艺术风格。

当年，省作协在本省著名的风景胜地玉泉山举办创作座谈会，邀请本省一些知名专业作家前去参加，魏老师作为农民作家代表，应邀到会。会上，魏老师多次即兴发言，引起与会专业作家浓厚的兴趣，其中有创作长篇历史小说《李自成》的著名作家姚雪垠。他高度评价魏老师的语言艺术，赞其具有典型的鄂东民间口头文学的特色，生动形象，幽默风趣，俗中有雅，说他是位俏皮的语言大师。从此老魏的声名传遍全省文坛，名噪一时。

一九六三年，省文化厅曲艺工作组举办曲艺创作座谈会，邀请著名作家徐迟和碧野等前来讲课。徐老师和魏老师都参加了这次座谈会。有一天，会上几位作家要魏老师讲民间笑话故事，是想试试他那幽默的语言风格。魏老师兴致大发，一口气讲了《一砣糖》《大姑娘哭嫁》《巧媳妇逗老公》三个民间故事，讲得绘声绘色，妙趣横生，引得与会同志笑声不断。作家碧野笑得连声叫绝，夸奖说："老魏真是名不虚传的语言大师，今天真叫我大饱耳福！"在一片赞扬声中，魏老师俏皮地回敬道："俗话说的好，'满罐水不荡，半罐子水荡'。今天，我这个半罐子被诸位捧得快要荡光了。"话语通俗，寓意明了，又博得大家的一阵笑声和掌声。

徐老师是一九四九年九月间发现魏老师的。一天，徐老师从县城土门粮食仓库门前经过，只见前来送粮支援前线的农民，排成一条长龙等待过秤。队伍旁边，站着一位敲竹板、打鼓说书的人，徐老师站在那里听。魏老师说的是现编现唱的鼓词《送粮到前方》，合辙押韵，通俗易懂，又饱含感情。送粮的农民深受感动，不住地点头。徐老师一打听，才知道此人姓魏，为了支援前线，天天主动到这儿来义务说唱鼓书。魏老师给徐老师留下了深刻印象。那时徐老师在文化馆从事文化宣传工作，觉得说唱鼓书是一种重要的宣传形式，便建议县文化馆组织鼓书艺人说唱新书，充分发挥他们的作用。后来县文联成立时，就设立了民间艺人小组，选举魏为组长。徐老师开始同他交往，了解了他的身世。魏老师一九〇二年出生在汪岗一个贫苦农民家庭，早年父母双亡，无田少地，后来无力务农，便从师学剃头。娶妻生子后，生活更是艰难异常，他便带着妻儿到处流浪，从麻桥、云路、洗马、官塘、新铺，直到浠水。解放前夕，才在白石山脚下定居。虽说是学剃头的，但很少有人找他剃头。于是，他从民间艺人学说书，背着鼓板跑江湖，长期过着流浪生活，与人民群众有着广泛的接触，汲取了民间语言活泼风趣、通俗易懂的丰富营养，加上他说唱鼓书注意提炼情节、组织故事，并且性情豁达、心胸开阔，能接纳新事物，不保守，憎恨旧社会，向往新生活，所以与旧时说书人有着不同的性格和天赋。

当时县文联马主席，发现了魏老师的这些特点后，便想培养他从事写作，但魏是一字不识的文盲，而且已经是快五十岁的人了，培养他写作肯定有难度。于是，文联马主席耐心地从识字开始教他，先是给他买了一本《同音字典》，教他先记一个字，再记相同读音的字。通过这种以少记多的快速识字法，魏老师在近两年的时间里，终于能识能用常用的五百多个汉字，不再是文盲，在创作道路上，开始蹒跚学步。在文联马主席耐心细致的辅导下，他开始写作鼓词。遇到不会写的字，就打框，或是空起来，然后找人问明白再补上。或者利用《同音字典》查找同音字，凭这种办法，魏老师妙笔生花，先后创作了《吴善甫送公粮》等短篇鼓词，提供给说书艺人说唱。其中的《春姐劝娘》鼓词在《湖北文艺》上发表后，被湖北人民出版社出版了单行本，向全省艺人们推荐。从这以后，魏老师尝到了创作的甜头，更加努力学习文化，发奋创作。他先后创作了《浠河搏浪记》《田香莲舍身救塘岸》《抽闸》《奖章》等中篇鼓词，有的在《湖北文艺》上发表，有的被湖北人民出版社出版。

一九五八年，魏老师和老伴商量，带头饲养良种猪，得到老伴的大力支持。他和老伴两人一起来到县城兽医站，购买了一头约克夏良种小白猪。可这小白猪性情急躁，不好用绳子牵，于是，他和老伴就像抱孩子一样轮流往回抱。路上，老伴要他给猪取个好听的名字，此时他们正好经过一处桃树林，魏老师不假思索地脱口而出："就叫春桃吧。"从此，他和老伴把春桃视作掌上明珠，当作儿女一般来养，整天"春桃""春桃"地叫上叫下。后来春桃长大了，长到两百多斤，被公社放了"卫星"，夸张过千斤。拍成照片放大后，参加县里举办的展览，春桃成了展览会上的特大新闻。于是一年多来饲养春桃的甜酸苦辣，一齐涌上老魏的心头，他现场敲起鼓板，演唱起鼓书来，吸引了群众前来参观。这事被省里的记者和作家知道了，纷纷下来采访老魏。有人给他出点子，建议他把这事写成小说，并帮他构思情节。于是，在大家的帮助下，题为《春桃》的小说写成了，在《人民文学》上发表后，被评为那时全国优秀小说。经过十年的艰辛，魏老师终于从农民发展成为全省优秀的作家。

一九六二年，魏老师已过花甲之年，但他并不言老。为了满足四年三灾之后的农民群众对文化生活的需求，当时鼓励民间艺人在农村多说唱新书。魏老师响应"出人出书，走正路"的号召，组织说书艺人，学习说新书，带头改编《红岩》《林海雪原》《野火春风斗古城》，深入群众，走村串户，说唱只收取合理报酬，不讲吃喝，深受群众喜欢。此举受到中央文化部的重视，派专人来本县调研视察，了解情况，总结典型经验。魏老师因此参加了一九六三年在北京召开的全国曲艺工作会议，受到表彰。在此期间，他还多次出席省文化厅召开的曲艺创作会议，交流了他的创作经验，极受曲艺界专家的重视。

这之后，他计划创作长篇小说《农哥传》，并拟定了提纲，遗憾的是那场关于文化的运动风暴来临了，一耽搁就是十年。十一届三中全会后，他重新拿起笔，想完成这个创作计划，可惜的是这时他年事已高，精力不济，几度辍笔，直到辞世，仍未能完成。

农民作家的头牌人物，可不是浪得虚名的。

当年魏老师在开始计划创作《农哥传》时，得到省作协的特别重视。省作协当年在当阳玉泉寺召开为期三个月的工农兵作者重点作品攻关会，为魏老师配了秘书的。秘书是谁呢？是后来全国有名的大作家，那时那个大作家还未"出水"。为了早日出成果，组织上指定他为老师代笔。让魏老师口述，他执笔。那个大作家对于长篇小说创作经验何其丰富，哪晓得在创作过程中，他们意见不合。那个大作家说："魏同志，不能这样写，我要对你负责。"魏说："某同志，我要你对我负责吗？我要对党负责。"于是合作达不到预期的效果，搁浅了。现在也成了文坛上的经典笑话。

五

何括见识张老师的风采，也是在那次专题创作会上。张在四位农民作家中名声最响，他是中国作家协会会员，其余三位都是省级的。中国作家协会会员，当时在县里是凤毛麟角。他一九五八年和一九六〇年，分别参加全国民间文学工作者会议和全国文学艺术工作者会议，两次受到国家领导人的亲切接见，是一生之中两次与毛泽东主席握过手的人。

那次会算不上真正意义的创作会。全国进行第三次人口普查，上级指定各公社文化站的同志，配合宣传发动工作。依照惯例，县里召集重点作者们上来创作节目，编印演唱材料，发放到基层，供宣传队演唱。会议在县大礼堂的小会议室里召开，住在县招待所里。本县的大礼堂那时是全地区最好的礼堂，人民大会堂的缩小版，本着三十年不落后的设计理念修建而成的，富丽堂皇，有大会议厅，有小会议室，正面嵌着金光闪闪的国徽。三十年过去了，现在仍在使用，可见达到了设计要求。坐在里面开会，幸福感油然而生。有资格进去开会的人很少。

那次专题创作会规格非常高。为什么呢？因为县人口普查的组长由县长担任。此人姓王，南下干部，兼着县委副书记。专题创作会由他主持，其余"一龙带九蛟"都是配角儿。在招待所吃过中饭，各位"站长"，其实都是奉命而来的作者，早早来到大礼堂指定的小会议室，分座次围桌坐下。江大人说："王县长正在开别的会，大家耐心等待。"于是就有时间闹腾，这也是惯例。

张老师戴着当兵的绒帽子，坐在桌子前，抽烟，打呵欠，精神不是很好。文化馆搞文学的辅导老师，彭同志和南同志瞧着张老师那样子，互相对了一下眼，就心领神会。二人一唱一和，"戏"就来了。江大人知道有"戏"，并不反对。彭说："张老师，您的《头上升起红太阳》，写得真好！您还记得吗？"张说："怎么不记得？那是代表作。"南说："您背得下来吗？"张说："怎么背不下来？"彭从口袋里掏出三支烟，彭不抽烟，这烟是从业余作者姓严的那里讨来的。彭对张说："您要是能背下来，奖您三支烟。"张从口袋里掏出一包烟，说："我要你的烟？我这不是烟吗？"南对彭说："算了，时间太长了，他肯定背不下来。"江大人说："老张，谦虚什么？谦虚过度等于骄傲。用普通话来一遍。"张的精神上来了，红光满面，站起来就背："只听鼓掌如鞭炮，只见满园闪红光，只看人人都在望，头上升起红太阳。这个太阳更红火，这个太阳光更亮，就是来了毛主席，会见来到怀仁堂。今天见到毛主席，回到生产战线上，勇气能伏南山虎，志能北海把龙降。上天能扳玉帝倒，入地能捉五阎王，为了粮食能增产，天塌下来能顶上。"张背完，众人鼓掌，一起叫好。这首诗是张在北京开会期间写的，原载于一九五八年的《北京日报》。

南和彭又演双簧。南说:"听说张老师写的《错把水库当龙宫》更好。"彭说:"那当然。你不晓得吗?"南说:"我年轻,初入门。"其实他们都知道。彭说:"张老师,您背一遍,让小子们长长见识。"张正在兴头上,收不住,接着又背:"绿杨有个涂家垃,共青水库修当中。龙女探亲回东海,错把水库当龙宫。"彭问:"怎么样?"南竖起拇指,说:"好!"众人又是鼓掌欢呼。这诗原载一九五八年《全国跃进诗选》。

江大人开口了,说:"老张,听说你最近写的一首《毛主席就是掌舵人》不错?"彭对张说:"啊,这大的事,您还未向局长汇报?"张说:"刊物我送了的。他不在办公室,我从门缝塞进去的。"江大人说:"我看到了,你给大家背一遍。"张说:"那诗好长。江大人说:"好诗不怕长。"张又兴奋起来,开口背:"山石多,占地多,快快给我滚下坡。不!滚也先听我发落。我要把你锤成链,我要把你锤成锁,锁住江,锁住河,锁住肥土不下坡。山洪多,毁田多,这里不准你落脚,不,且慢着,你不能轻易流下河。我要把你鼻子拴,我要把你牵上坡,快给我灌田,快给我发电,快跟我一道去干活。"

彭说:"打住,不要背了。"张说:"还没背完。"彭说:"下面不是你的。"张问:"谁的?"彭笑着问:"啊,您搞忘记了?不是彭某改后,跟你加的吗?"江大人不高兴了,对彭说:"你加的?你背出来。"彭没有办法,只好背:"同志啊,山区变了样,山里如今喜事多。那层层梯田搭上天,粮车飞从云里过,这弯弯渠道盘山转,是我们开田改了河。你看,山,听我们使唤!水,听我们吆喝!我们力量从何来,定音只有一锤锣。山里鸟儿靠翅飞,鱼儿有水才能跃,大江轮船跑得快,要靠船头好掌舵。毛主席就是掌舵人,光辉思想照山窝。"众人又要鼓掌,江大人及时制止了,对彭说:"你谦虚点好不好?浠水三个半狂人,你算一整个。"彭不怕别个,就怕江大人,他是江从下面学校调上来的。彭脸红了,低眉落眼,说:"都是您领导有方。"这诗发表在《湖北文艺》上。现在本县的作者们都不承认彭加的部分,笑他画蛇添足,都记得张的原作,题目叫《山石多》。《山石多》

以起句为题，得《诗经》之遗风。这对彭的"一世英名"有一定程度的影响。好在，彭有他的作品存世，质量自有公论。

王县长来了，闹腾声刀切水断。众人鼓掌，欢迎他的到来。王县长坐下，指示众人坐下，然后开会。王县长做批示，说人口普查的重要性，强调宣传阶段的必要性。王县长不是啰唆之人，不喜欢长篇大论。几句话就把要说的说清楚了。其实大家心里明白，那时运动多，参加多了，对于上级要求做的事心知肚明，无非是配合精神，创作节目，表演唱，对口词，快板书，三句半也行。有小戏更好，时间恐怕来不及，因为小戏有难度。

这时候就需要响应号召表决心。王县长问张老师："老张，您是'老作手'，带个头，您打算搞个什么节目？"这也是惯例，领导点将表态，典型开路，其余人跟上，摇旗呐喊。张老师脱口而出，说："我搞个表演唱《十八抓》。"王县长说："好！大家要向老张学习。榜样的力量是无穷的。"于是大家跟着表态，也不是所有都说到，重点几个说就行。王县长见效果达到了，就做总结，对江大人说："大家说得好，相信做得更好。江局长，时间不等人，安排好，连夜创造节目，明天编排印出来发下去。"这也太急了。江大人不好说什么。只说："按县长的指示办。八仙过海，各显神通。材料发给大家了。大家发挥聪明才智吧！"于是散会，到了夕阳西下鸟归林的时候。大家回招待所吃晚饭，准备挑灯夜战。

吃过晚饭，招待所里灯火通明。两个人一个房间，两张桌子一人一张坐着写。泡浓茶，将烟放在手边抽，激发灵感。发的一本方格稿纸，相当白，墨水一个房间放一瓶，保证供应。其他人拣开口小的东西，想个题目，按文件精神编几段，送到彭和南那里润色后，也就通过了。彭和南都是聪明的角色，知道这不能严要求，大家皆大欢喜。作者们很辛苦，领导指示招待所安排了宵夜，两个肉包子，一碗汤。左等右等，不见张老师来。

这回张老师遇到大难题。什么难题呢？他报的不是《十八抓》吗？写了各行各业，九抓过后，再也凑不起词儿来，不晓得怎样朝下抓。

张顾不上吃宵夜，来找郭作者和何括求救，老作家遇到新问题。郭和何来到张房间，郭对张说："张老师，不是我说您，您报个八抓或者十抓不蛮好，何苦报个十八抓？"张说："我以为越多越好。"郭说："我晓得您为什么报十八抓？受了《十八摸》的影响，一时冲动，随口一说。"张说："是的呀！鬼东西！你说么样办？"

《十八摸》是什么歌呢？《十八摸》是浠水民歌，少儿不宜。郭说："您唱得全吗？"张说："我唱得全。"郭说："您唱一遍听听。"郭将房门关上。张就唱起来。

郭与何大开眼界。平时他俩只听说过《十八摸》，没听过完整版的。郭说："张老师，您的记性真好。"张老师趁势将郭按在椅子上，说："天下没有免费的宵夜，老夫抓了九抓，剩下的九抓由你俩来抓。"张老师开门去吃宵夜，留下郭和何替他完成任务。吃完夜宵后，张老师伸脚睡觉，吹嘘打鼾，说梦话。

郭和何费了不少脑筋，熬到天亮，麻雀噪林，《十八抓》终于完成了，交上去，顺利过关。

哈哈，都是一些活宝哩，一个比一个狡猾，生动有趣。

六

作为两次握过毛主席手的人，张庆和老师一生神龙见首不见尾，活在头顶的光环下，到晚年才返璞归真。他在四位农民作家中活得最长。他是从一个放牛娃成长为一个作家的。

那是一个关于时代的神话。

他一九二八年出生在绿杨山村一个贫苦农家，有父母、哥嫂和他共五口人。十二岁时，他随父母住进周氏祠堂两间破屋里。父亲给地主打长工，母亲帮地主家干零活，哥哥在当地资本家开办的铸造厂当炉前工。有一天，高大的铸铁锅炉突然倒下，打断了哥哥的一只脚，全身烧焦，从此卧病在床，一年后终身残疾。嫂嫂天天在外帮人干些做饭、洗衣等杂活，天蒙蒙亮就出门，晚上很晚才回来。因此，白天就只有他一个人看屋，外带放两头牛。

周氏祠堂正殿一进三重，每重殿都是能容百余人的大厅。这里办了三个教学班的私塾。每班有三十多名学生。老师和远地的学生就在祠堂吃午饭。每天到了吃午饭的时候，就是他最痛苦的时候，放牛的他，只好远远地躲着不敢看他们，他受不了老师吃白米饭和学生啃白馍馍，因为他的肚子饿得咕咕叫，鼻子闻到饭特别香，嘴角的涎水直往外涌，那白馍馍更是有一股诱人的力量，想躲也躲不了。而更诱人的是读书声，还有学生下课后做各种各样的游戏，这比白米饭更具有诱惑力。他就在墙壁上打了一个小洞，用一只眼睛对着洞口，偷偷地望着老师给学生上课。

那时私塾的先生和现在的老师上课不同。现在的老师是给一个班的学生上统一的课，那时的先生则是给学生一个一个地讲课。因此，一个教室里的学生，有的念《三字经》，有的学《论语》，有的读《幼学》或《诗经》。他从墙壁的洞中看到老师在给一个学生上课，他认得这个学生，是岗背湾谢财主的儿子，外号叫"泥狗儿"，跟他是同年。泥狗儿在学校最爱打架闹事，什么书他都读不进去，老先生只好教他读《百家姓》，而一篇《百家姓》读了三四天，第一句"赵钱孙李"，他还没读熟，先生只得再教。老先生教："赵钱孙李。"泥狗儿读："赵钱生我。"老先生教："赵钱孙李。"泥狗儿读："赵钱生先生。"泥狗儿不认真学，弄得先生哭笑不得。泥狗儿是大财主的儿子，老先生又不能把他怎么样，若是得罪了大财主，也就教不成了。他听了他们师生的对话，失声地哈哈大笑起来，这哪里是上课？完全就像是在唱庙戏。

他正看得入神，身后扑上来几个学生，将他按倒在地，幸亏老先生及时赶来制止住了。母亲回家看到他的脸上青一块，紫一块，难过得抱住他痛哭。若干年后的一九五七年，他创作了八百多行的长篇说唱《赵桂香求学记》，发表在《布谷鸟》杂志上，其中的几个小情节就是这段童年生活的真实写照。

他的祖辈三代目不识丁，爸爸给地主"打青山"。"打青山"就是把大片的山林树砍倒，用锯锯成一筒筒的，然后再劈成一块块的木柴，三个月结算一次工钱。由于他爸爸不识字，柴的斤两有多少，时间长了自己也记不清，只好随管账先生算。后来他爸爸想了一个办法，用黄豆、蚕豆记账。比如说，一百斤柴就用一粒蚕豆，五十斤就用五十粒黄豆，数好豆子，投进一个泥巴罐子里，这样到了结账的时候，心里就有了底。后来，在二十世纪六十年代，他创作了小戏《三考鲜梅》，在本县会演得了一等奖，《布谷鸟》杂志也发表了，湖北人民出版社还出了单行本。那里面黄豆记账的情节就是以他父亲的故事为素材的。

私塾里的老先生在祠堂教书，由于没有钟，每天太阳偏西就放学，近地的两个先生放学后回家去了，外县先生在祠堂侧房寄宿，他就进去玩。那时有两个外地先生，见他悟性好，记忆力强，很喜欢他，每天晚上给他讲些故事，讲孔子姓孔名丘字仲尼，讲两个儿童争论太阳大小和离地远近的事。特别是在夏夜，给他讲了许多稀奇古怪的故事，他幼小的心灵感到他们确实有真才实学，特别是他们说的"儿童时代要善于思考，凡事都应该问一个为什么"的教诲，使他永远也忘不了。

他想："穷人为什么总是这样穷？富人为什么总是这样富裕？"这时他帮地主家放了一头黄牛，说定一头牛每月一斗大米。不久，母牛产了一头小牛，财主应该每月加一斗米。可财主说要等小牛鼻子长大才能加，他和财主争吵起来，赌气不放了，把两头牛都退了。忠厚老实的爸爸知道后，不但不帮他说话，还打他骂他，要他给财主赔不是，把牛牵回来。为这事，他气得哭了好几回，也因此更恨财主了。为了报复，在一个月夜，他摸到地主家的菜园里，用瓷片在大南瓜上刻下了自己的"佳作"："南瓜皮儿艳，地主黑心肝。一刀分两边，财主完了蛋。"为了刻这四句绝作，他先到老先生那儿请教，先学会认，然后学会写，总共花了大半个月的时间，才算完成这首报复的诗作。后来，地主到处追查，查来查去总也想不到是他，因为他从没进过学堂门，哪还会写字作诗？现在想起来，私塾的老先生心里是明白的，只是不说罢了。

一九四九年，家乡解放了，那时他是一个三十多岁的青年小伙子。土改工作一结束，就在各村开办起冬校，动员广大青年利用冬季农闲的时间学习文化知识，强调男女平等，不论老少，都要参加识字班，摘掉文盲帽子。冬校配备有专职的文化教师，乡里还抽调来扫除文盲的干部。村里来的扫盲干部是洗马镇的周样材老师，他除了负责全乡的扫盲工作外，还亲自到冬校来上课。

周老师是他终生难忘的一个好扫盲老师。他讲的课易懂、易学、易记。记得那时他总是将数字6和9记混，总分不清。周老师就对他说："6和9像一对小蝌蚪，都有一个小尾巴。记住，尾巴朝上是6，尾巴朝下是9。"他在班上讲起了汉字的象形性。比如讲"羊"有一对角，"马"有一条大尾巴，四点就像四只脚。还有音同字不同，如读"李"音的有九个字，读"程"音的有十三个字，这就是人们常说的"九李十三程"。他还说："谷怕进仓，草怕上树，字怕归类。把同音字归类就好学了。如'张'字，有'弓长张''立早章'，还有'樟树'的'樟'，有'獐子'的'獐'等等。"这种形象有趣的讲课，对于识字班的学员来说，真是受益匪浅。在扫盲班三个月，张老师就能认识一千多字，基本上能单独看懂课文、看报纸、读故事，只有少数的字挡眼睛，就记下来去找老师。

为了学写字，他想尽了办法。没笔，上山去砍野竹子，做一支。没墨水，捡个废瓶子，买一包"红品桃"化成水，能灌一大瓶，可写好长时间。没纸，就到处捡废纸，只要上面能写字就行了。刚开始写字，觉得很新鲜，也很有信心，谁知练了一段时间后就有些厌烦了，乏味得很，越写越没劲，越没劲越写不好。眼见坚持不下去了，怎么办呢？

不久，他找到了练字的新门路。他从小就爱听故事、笑话、传奇等，把听到的这些故事或笑话记下来，不是既满足了他的爱好，又练习了写字吗？而且写起来更有劲。于是，他先将记得的一些三五句的笑话、小故事写出来，一边回忆，一边练字。后来，有些民间传说和长篇故事写不下来，怎么办呢？就在动笔之前先写个提纲，如太平天国的故事、苏木娘娘逃难的故事，都很长，都是先写提纲，而黄鼠狼给鸡拜年、乌龟和兔子赛跑等小故事，就是一气呵成的。

在记这些故事的过程中，他常常为故事中的人物而悲喜。写到傻女婿过门拜见岳父母时呆头呆脑的表现，自己就会控制不住哈哈大笑起来。写到苏木娘娘逃难，前有高山挡路，后追兵赶杀，还怀有九个月的太子，娘娘又渴又饿又累，眼见走投无路了，他又会忍不住掉下眼泪。这些故事中有诗词、有对联、有俗语谚语、有历史、有传奇、有神话，古今中外，甜酸苦辣，样样都有。就这样，在短短两年的时间里，他用练字的方式记下了三百多个故事，好家伙，十二万多字。现在回想起来，这个办法不仅帮他练习了写字认字，更重要的是促使他走上了文学道路。如果遇到了难题就退缩，恐怕到现在他还是一个文盲！

他将这些故事合订成一个大本子，常常拿着它，给大家讲起"书"中的故事来，引得听众哈哈大笑。于是就有人借去看，可是看的人都说看不懂。这是什么原因？后来有比他水平高的同学告诉他："别人看不懂你写的故事，有三个原因：一是故事主线不清，下笔没轻重，该记的地方记少了，不该记的地方又多写了。有时后头写到前头，前后重复，有时又写到天外天去了，离题万里。二是错别字太多，病句太多。三是不吸引人，常常自己先把包袱抖开了，故事就全靠扣子扣得紧，包袱才甩得响。不像你讲的好。你讲故事时，常常以手势、神态来代替、补充语言，而且语调抑扬顿挫。所以，你讲的故事人们爱听，而你写出的故事没人能看懂。"

听了别人的宝贵意见，他又用一年多的时间，对所有的故事进行了修改。后来，有些还在报刊上发表了。这前后三年多的时间，他不仅字练熟了，而且笔练活了，头脑中的字词句章记得也多了；不仅完全摘掉了文盲帽子，而且对文学创作产生了浓厚的兴趣，有时常常情不自禁地把心里要说的话，编成歌词唱出来。比方说："养我是爹，生我是娘，救我是党。跳出火坑喜洋洋，人民作主把家当。办冬校，扫文盲，眼睛亮，写文章，编成词儿把歌唱，幸福生活万年长。"他开口唱，冬校的同学也跟着唱，唱遍了全村。不久，此歌在本县《演唱材料》刊物上发表了。这就是他的处女作。从此以后，他一发不可收拾，不编点唱点，心里就不舒服。

《演唱材料》是初学写作者的园地，由县文化馆朱副馆长负责主编。朱亲自来到他所在的村辅导创作，看了他记下来并修改过的三百多个故事后，当场鼓励他说："县文化馆过几天要召开一个文艺创作会，请你参加学习。"他高兴得心里乐开了花。在县里的文艺创作会议上，与会人员共学习了七天。县委赵副书记专门到会做了报告。会议还给每位到会人员发了一本毛泽东主席的《在延安文艺座谈会上的讲话》。

水有源，树有根，张老师就是这样爱上文学创作的。至于他成为全国有名农民作家的过程，需要接着朝下看。才能产生热核反应，焕发出夺目的光芒。

七

一九五二年张老师当互助组长时，光荣加入了中国共产党。此后，互助组转初级农业合作社，社员选他当社长。他一边带领大家搞生产，一边写自己喜欢的诗歌，一年下来，竟有一百多首。其中《孩子笑得酒窝红》是这时写的："早在家，晚在家。哭脸孩子望着妈，要想下地不能下，宝宝变成小冤家。早出工，晚出工，好比喜鹊飞天空。收工走进幼儿园，孩子笑得酒窝红。"这是写合作社办起了托儿所。这首歌词在县里得了一等奖后，省里《布谷鸟》杂志也发表了，编辑部马同志还约他写了创作体会。

当然，不是所有的诗，都像上面的《孩子笑得酒窝红》来得顺手。他写《错把水库当龙宫》一诗时，为了修改两个字花费了三个月的时间。他先写的是："绿杨有个涂家垅，共青水库修当中。龙女探亲回东海，认为这里是龙宫。"写出来后，觉得"认为"二字不妥，就将最后一句改为"她把水库当龙宫"。辅导老师看了后说："龙女是仙女，怎么可能认为这里是龙宫？龙女为什么这样傻？"他觉得说的有道理，可改来改去都不大对劲。直到三月后，一个偶然的机会启发了他。他将最后一句改为"错把水库当龙宫"。这"错把"二字使这首诗增加了色彩和生命力。发表后，郭沫若将这首诗收进他主编的诗集《红旗歌谣》里，并且亲自给他写信鼓励说："这首诗写得好。"

一九五七年，他在各级报刊上发表了诗歌二百多首、小剧本五个，还有小说、散文、故事等等，共有二十多万字。此时，辅导老师鼓励说："你现在不是小作者，而是大作家了。"

随着发表的作品一天天多起来，他开始在全省有些名气了。一九五七年，他参加了全省青年文学创作会，在会上向与会者介绍了他的写作经过和体会。这年，他还被评为省劳动模范。一九五八年，他被吸收为作协湖北分会会员，不久又成为中国作协会员。同年七月，他出席了全国民间文学工作者代表大会，并在会上作了《我是怎样学习文化和写作的》典型发言。八月二日，《文汇报》刊登了他的发言稿。一个大山沟里的普通农民，能到首都北京开会，并在会上发言，报纸还将他的发言登了出来，这对他来说，无疑是一生中的大喜事，因此，他精心地将这张报纸保管下来，至今还在他的箱子底下。就在这次大会期间，毛泽东主席以及党和国家其他领导人在中南海怀仁堂亲切接见了全体代表，并合影留念。这更是他一生中最幸福、最难忘的时刻。

一九六〇年七月，他再次来到北京，参加全国文学艺术工作者代表大会，七月二十三日，国家领导人再次在中南海怀仁堂接见了他们，并合影留念。

短短的三年时光，他一个放牛娃，两次进京，两次受到中央领导的接见，两次合影留念，这是多么荣耀、多么幸福的事情啊！他整天都沉浸在幸福和喜悦之中。那心情无法用语言来形容了，不是今天的人能理解的。那时候他激情无比，诗情不断。

那段时间，他写了十几首诗，发表在《人民日报》《北京日报》等刊物上。他从一个放牛娃当上了作家。

　　一九五九年秋的一天，他正在田间犁田，突然邮递员送来了华中师范学院给他寄来的聘书，聘请他为该校文学老师，让他有点丈二的和尚摸不着头脑，但他还是去了。与他同时接受聘请的还有本县农民王诗人和宜昌的工人黄诗人。此后不久，湖北省作家协会，把他调到湖北文艺编辑部，脱产学习一年。那时作协在汉口花桥办公，为了帮助他学习，作协安排他住在名作家碧同志的隔壁，与当时许多著名诗人作家住在同一楼。年后，又保送他到湖北日报社学习审稿改稿。经过锻炼和学习，他的文化知识和文艺理论知识都有很大的提高。从省城回来后，他准备大干一场，谁知"文革"开始了，他也放下笔，不再写作。

　　等到十一届三中全会之后，他才提笔写了《富从哪里来》的短歌，在《民间文学》上发表；又写了反映联产承包、分田到户的小戏《双比奖》，在县内演出后，被评为一等奖，获得奖旗一面和胡琴两把；同年改名为《团圆》，被《布谷鸟》月刊发表。同时，组织也给了他应有的荣誉。他心里稍微宽慰起来，又有了创作的信心。然而不幸的是，就在这时，他的贤内助与世长辞了，这对他又是当头一棒，刚刚燃起的创作激情一落千丈。此后随着岁数大了，思想也僵化了，老觉得自己跟不上时代，对于创作，便觉得是可望而不可即的事了。人老了不服也是不行的，有时就是想写也写不出什么来。

第四章

一

那时为了节约经费，人数少的重点作品攻关会，就在文化馆院子里举行。这样的会就不短，通常十天，或者半个月。作者们在馆内食堂吃，在馆里客房住。这样做方便领导开会，及时传达上级的精神，辅导老师们也好集中研究讨论作品，集思广益。现在想起来，这样的会，何括在文化馆院子里，不知开过多少次，数也数不过来。

文化馆大院套小院，办公区与生活区混为一体。有大人的喊叫，也有小孩的哭笑。小院成"品"字形，春花秋菊，松柏梧桐，芳草修竹，盈门遮窗，因人而异，都是自家的心情与情趣。只是泥土湿润，空气阴凉，宜生宜长。

布置和落实创作任务时，文化馆的两位馆长，朱和马，必定到会做指示。江大人有时也来，但一般不会来，好让两位馆长当家作主。两位馆长其实都是副的。上级也给文化馆配了个方书记。他是县师范的校长，文化馆的书记是兼的。此人管党务，至于业务工作，他尊重专业干部，一般不参加。有时也来坐坐，说几句就走了，给两位副馆长留下空间。

两位副馆长如何开展工作呢？上级有办法。宣布马主持日常工作，朱主持业务工作。朱也没有意见。

马心宽体胖，不抽烟，喜喝茶，一天到晚，抱个大茶缸子不离手。无事的时候，喜欢掇张藤椅，坐在高大的法国梧桐树下。只是那张藤椅是破的，一边一个洞，是办公室淘汰出来的，他认为不能浪费，收着供他享受。他认为喝水是人生大事，灌一瓶开水放在脚边，续水，喝茶，看书，看报，很厚的一摞，压在膝头之上。书是原著，报是党报和《参考消息》,《参考消息》全馆只订一份，那是他的。订此报需要一定的级别，他是文化馆的掌门人，符合基本标准。别人想看，他不会给的。他坐在破藤椅上认真地看，然后起身，哗哗啦上厕所。报纸上若有新动向，他必定站起来，向院子宣布，不管有没有人听。文化馆的人有了矛盾，找他评判。他先讲一通大道理，从国际讲到国内，从省里讲到县里，并不接触实际，直到找的人听不住，自觉离开，让矛盾在日子中自然化解。马是好好先生，见人都说好，并不勉强，是根据各人的实际情况，竖起大拇指夸其所长，让听的人很受用。馆里的人都晓得他是菩萨心肠，对人一视同仁地好，从无恶意，爱他并不畏他，所以喜欢编排他，拿他开涮。他也乐意接受，并不翻脸。哈，哈，哈。你笑他也笑。

编排他的作品中，有两个经典笑话，都是文学辅导干部南创作的。县创作组解散后，南调到县文化馆，搞业余文学创作辅导。南聪明过人，人称"南细怪"，口才属于一流，听的人都服他。一个是编排马如何搞工作的。那年马带着县创作组到江岗公社南凉大队深入生活，雨天搞"双抢"，割谷时遇到了蛇，他一脚跳到高岸上，对田下的同志作指示："一不能咬伤。二不能打死。"这叫什么指示？同志们哭笑不得。忽然电闪雷鸣，他指挥同志们快跑，自己并不惊慌，慢条斯理地走。人问他："你怎么不跑？"他将镰刀举在头顶上，说："我有避雷针。"他那避雷针管用吗？啼笑皆非。另一个是编排他接电话的。马的妻子早逝了，他孤单一人带着一个女儿过日子。有个女作者打电话到编辑部，求教文学问题，编辑们都不在，正好他在，就拿起电话接。女作者问："喂，你是哪个？"他说："我马春应。"女作者没听说过他，问："是哪几个字？"他说："'牛马'的'马'，'春心'的'春'，'报应'的'应'。"哈哈，真是乐死人。

马的独女，小马，后来与一个姓王的诗歌作者恋爱。王是复退军人，农村户口，想通过马安排到文化馆工作。小马太老实了，马发现王想急于求成，于是不同意，结果酿成悲剧。一天夜里，也是开创作会期间，大会堂的广场上，突然一声爆响，震碎了不少玻璃，是王抱着小马引爆身上的炸药，殉情了，骨肉分离。那场面真是惨不忍睹，何括与几个业余作者，自告奋勇，去收拾残局，第一次见到生命的残忍和不幸，不忍多叙。马哭得死去活来。文化馆的人认为马必死无疑。没想到几天过后，马支撑着活了下来。想起来叫人潸然泪下。天不长眼睛，马真是好人一个。怀念起来，至今温暖。

而朱呢？与马恰恰相反。瘦长，白净，一副知识分子相。朱除了对作者亲如家人之外，还不安于现状，富于开创精神，善于折腾。他家的床和家具，还有壁上挂的字画，比方说"百花齐放""推陈出新"，那是别人送给他的。比方说"胜日寻芳泗水滨，无边风景一时新。等闲识得东风面，万紫千红总是春"，那是他自己的笔墨。这些东西从来没安静过，他经常移动，今天朝西，明天朝东，没有一个固定的模式，保证你到他家都是新气象。

二人到会，并排坐着，自然是马先开场。马从国际讲到国内形势，让作者们不得要领，只听不记。朱提醒说："马馆长，搞短点。"马用肉指头揉着鼻子，然后打一个响亮的喷嚏。这才回到正题，袒露心声。他怕伤了作者，说："同志们，你们都是好样的！党和人民相信你们。记住八个字：团结、紧张、严肃、活泼。"这要你说吗？同志们都笑。然后让朱说。朱说得很具体，这需要朝本子上记，不然你知道该么样写？该么样改？

重点作者们身负重任，到该闭门创作的时候了。到会议室，或者到房间，苦思冥想，绞尽脑汁。何括记得他与汪大哥合作，最痛苦也最幸福的那次。他与汪合作有很多次。汪是写戏的，何是写小说的。各有所长，但都没有成功。那次达到了理想的状态。那次他与汪合作一个小戏，名字叫《月重圆》，是根据何括发表在《黄冈报》上、叫作《闯进门的儿子》的小小说改编的。某家新婚不久的儿子得病突然死了，正是农忙季节。于是有一个后生自愿到他家做儿，帮那家渡过难关。他与汪在房间里关了三天三夜，抽烟喝浓茶煎熬。故事人物情节是现成的，就用劲写唱词。那唱词抒情极了，按唱词要求写的，合辙押韵。汪是写戏的，他让何括先写出来，他念着锣鼓点子和调式，唱着改，改着唱让人笑，让人哭。他俩像疯子一样，尽情发挥，畅快淋漓，过足了戏瘾。那是烟熏出来的，茶喝出来的。何括那次被烟醉了，被茶醉了。头痛得像钻子锥，差点窒息了。那之前何括不抽烟，也不喝浓茶。烟是汪买来的，茶是汪带来的。汪一支接一支带头抽，也不让何闲着，让其免费"享受"。害得何括从此只要写作，就离不开烟和茶。那汪先生倒好，后来烟茶不沾，荤也不吃，据说练了什么功，要修心养性。这个"害人精"，从此把何括送进了"陷阱"。

剧本写完了，县里的专家悉数到场，有编剧，也有导演，都是如雷贯耳的人物，"江湖老手"，集中"会诊"。开始讨论时，也得到了表扬。但随着讨论的深入，发现存在的问题不少，有政治方面的，有伦理方面的，当然还有舞台方面的。于是大家出点子，海阔天空，云里来雾里去，奇思妙想纷纷出笼，没有办不到的，只有想不到的。后来忽然发现，不是原来的东西，缝不圆，斗不拢，过意不去，骑虎难下。他们虽然都是高手，但心有余而力不足，有意栽花花不发。戏没有排成，那是由于种种原因，怪不了作者。作者只问耕耘，不问收获。这是"团结、紧张、严肃"的场面。有志者事竟成，后来汪与何珠联璧合的小戏《飞来的草帽》，终于获了个大奖。此是后话。事实证明，磨刀不误砍柴工。

吃饭时是"活泼"的时间。重点作者中不光是搞文学创作的，也有搞美术创作的，只是没有搞文学的人多。其中一个是王大哥。他是一九五八年创作一幅叫作《鸭子拉船》的画成名的，那时他才十几岁，在纺织品公司当临时工，写写画画搞宣传，当然是重点作者。王有才，湖北美院预科生，学过三年专业，因为一九六四年国家经济调整，回了老家。他不仅画得好，诗画同源，顺口溜也好，来得快。开饭的时候，他到食堂就与做饭的徐师傅打趣。王是文化馆的常客，彼此熟。徐师傅为人随和，日子里敞胸露怀，将条毛巾搭在肩膀上。人人都喜欢他。那时业余作者是发餐票用餐的。不收作者的钱，但定了标准。节约可退钱，超过不补。王付餐票从窗口打了饭菜和汤，掇到手上，对徐说："开水不烫人，肉汤不恙人，吃了半个月，剩个大光人。"徐说："你个死东西！"就用舀儿，朝王的汤碗里加了两块肉。王马上说："开水煮浮了，肉汤煮糊了，吃上半个月，胀成大葫芦。"徐说："你个死东西！欠我的一张画。"

王吃完饭后，就送来一张速写。画的是笑口常开的弥勒佛，几笔勾出来的，袒胸露肚，极像徐师傅。徐师傅把画儿捧在手上，对着阳光看，笑得肚子闪，涎儿滴。

这样的场景，你说"活泼"不"活泼"？

二

以上还不算"活泼"的。作者们"团结、紧张、严肃"之余，经常上演此类节目，还有比这更"活泼"的。相当于"活报剧"，调节气氛，调动情绪。往往一人领头，灵光乍现，随机一动，触景生情，进入角色。作者都是聪明角，晓得配合，现演现编，亦庄亦谐，上演人生百态，笑得人肚子抽筋。那是才华横溢，叫人脑洞大开。

这需要保密，不能让江大人知道。江大人若是知道了，会提出批评，会整顿会风，会说："你们怎么能用国家的钱和大好的时光开玩笑呢？"其实江大人不会不知道，既为"大人"，何处没有他的"耳目"？"耳目"会随时向他汇报。但是江大人并没有在会上提及这些事。他虚怀若谷，听之任之。此人最大的长处，是懂得创作规律，知道作者们写不出来时，心里苦闷，需要随时释放。

江大人是公认的内行好领导，没有人比他更懂作者们的难处。他抽空写文章也写诗。文章是评论，评论四位农民作家作品的。他对四位农民作家，了如指掌，抓得住灵魂，条分缕析，高屋建瓴。诗是格律，不出手则已，一出手，上得档次，你不得不服。"平生不坠凌云志，愿闻花树最高香"，就是他写的。怎么样？再狂的作者，也得服他的功夫。彭老师就有深刻的体会。彭是江大人所说的本县创作界三个半狂人之一，其余两个半，并不清楚，但他是被江大人，在创作会上"钦点"过的，众所周知。

那一年组织上决定，写一个关于宣传"三线"工地好人好事的小戏，戏题也定好了，叫作《战地铁姑娘》。那个铁姑娘连是地区组建的民兵师，开往那里打洞修铁路的。铁姑娘连作风过硬，比男人还吃苦耐劳，是省里树的典型，号召全省人民向她们学习。她们的事迹后来编过回忆录。有的人终身没有生育，据说就是在那时候月信期没禁冷水，落下的病根。江大人点名让彭带两个助手，深入工地用文艺的形式写成小戏，推上舞台，巡回演出，达到家喻户晓的效果。那次没派别人，江大人看中了彭的才华，"钦点"彭去。这就是殊荣。彭领了任务出门后，有点得意忘形，对同行炫耀，说："怎么样？"同行就笑他，说："除了你，地球不转？"彭哈哈一笑，说："转是转，但是要转慢点。"这就是狂话。"舍我其谁"溢于言表。

彭带着两个助手到鄂西深山老林"三线"工地，采访了两个多月，笔记记了一大本，关起门来创作，结果那戏硬是写不出来，不知从哪里下手？要命的是写戏，要是写报告文学，对于彭来说那是小菜一碟。回来后同行们就等着看他的笑话，看你这个狂徒，怎么向江大人交账？彭进了江大人的门，这回再也狂不起来，将双手夹在胯子间，老实地坐着。江问："戏写出来了吗？"彭说："还没有，有点难。"江大人"啊"了一声，停住喝茶，不动声色。彭以为一顿批评是免不了的。他准备虚心接受。没想到江大人说："十年磨一戏，两个月能写出一个来，那不满世界都是戏？"这话说到了家。于是江大人看着他，微笑了，说："古人学问无遗力，少壮工夫老始成。纸上得来终觉浅，绝知此事要躬行。"此诗彭懂，是陆游写的《冬夜读书示子聿》。彭狂劲全无，只有洗耳恭听的份。于是江大人"赦"了他，让他回去休息。彭低头出门，走到儒学巷子偏僻处，长出一口气，如释重负，喊了一声："万岁！"还好，没有彼时跪地喊："谢主隆恩！"至今留作文坛佳话。说起来人就笑喷了。

那次"活的追悼会"，是在文化馆西边大会议室上演的。那时县文化馆在新华正街，当街一面铁栅栏横着，耸着门楼，门楼上是招牌：县文化馆。字是用鲁迅的字，古朴苍劲，落落大方，压得住众。进去，是一方小院，不大，筑花坛栽树种花。树是常青的松柏，花是精心挑选的品种，四季常开，显示着百花齐放、百家争鸣的局面。小院是苏式建筑风格。那时我们的文艺体制包括建筑风格都是仿苏的。当面是图书馆。前借阅，后藏书，整天有人流水一样地进出。那时图书馆与文化馆并没有分开。两边是两个展馆，随着形势变换内容，举办各类主题展览。比方说"第三个十年规划"，比方说"惩处腐败警示教育"，对外开放，组织机关、学校的人，进去参观。这地方何括熟，他在高中读书时，周校长就组织他们，头戴柳条帽，以军训拉练急行军的形式，进城参观过，效果很好，新鲜刺激，难以忘怀。上一个主题教育期过了，展厅就撤展空着，等着下一个主题。

这期间南边的展厅，供作者们集中进行创作攻关，再好不过。空旷偌大的空间，各人晓得用展板隔开，隔成独立的空间，各得其所，留门进出，前后行成两条走廊。那格局就像现在的大公司办公的格子间，只是不是用玻璃隔的，并不透明。在里边创作，就像科举考试的笔子，新颖别致。魏老师资格最老，当然得天独厚，据"山"为"王"，占着好位置。他隔的是最前的一间。主要是头顶上有日光灯照耀，光线特好。其余的作者，论资排辈，都在他的后面，何括当然排在最后。这样一来，你进去或者出来，得小心翼翼，蹑手蹑脚。若是惊动了，怕"老虎"发威。

那时魏老师并没死心，正在继续创作他的《农哥传》，那是他计划的长篇小说。与省里的大家合作不成，他心有不甘。他知道世界"从来就没有什么救世主，也不靠神仙皇帝，要创造人类的幸福，全靠我们自己"。国际歌就是这么唱的。可苦了他老人家，毕竟年纪大了，读的书又不多，许多字他不会写，只能靠符号和同音字进行，每个字写得拇指大，写着写着就写不下去，只有戴着老花眼镜，拿着笔摸着稿纸发呆，心里苦呀。其余的作者就关不住，他们顶多坐个把小时，就需要放松，没得他老人家那样的坐功。他们都是写短东西的，写着写着就觉得今天可以了，就到前面开会的空间自由活动。

南忽然发现魏老师隔的空间，正好有一块黑板竖着，正面朝外，像一面镜子，清亮可鉴，上面正好钉着一根钉子。他灵机一动，到外面采来松枝和鲜花，编成一个花圈，挂在上面。众人看在眼里，戏就来了。王大哥晓得凑趣，拿粉色笔在花圈下面横写一行美术字：魏先生永垂不朽。两边竖配一副挽联，也是美术字，临时作的。左边是：挑一肩星月打鼓说书善事行，右边是：拂两袖清风呕心创作驾鹤归。众人兴奋起来，于是放哀乐，举行追悼会。展厅备的有音响，打开就行。王老师跳出来当主持人，扯着一张纸当稿子，那是白纸，并无一字，他拿在手上，振振有词地声讨："魏老狗，一生作恶多端！欺行霸市，胡作非为！是可忍孰不可忍！终于也有今天！"众人哈哈大笑。

正在"里间"冥思苦想的魏老师，惊醒了，发现"外面"很热闹。于是走了出来，发现正在开他的追悼会，王老师正义正词严地声讨他。追悼会有这样开的吗？就上前追王老师。王老师绕着桌子跑，最终没有跑脱，被魏老师像老鹰逮小鸡，一爪子抓住了。魏老师将王老师的头，一把夹在胳膊里。魏高大，王瘦小，王怎么也挣不脱。王说："魏老鬼，你给我放开！"魏老说："龟儿子，快叫我老子！"王说："不叫。"魏老说："不叫，我就不放开，夹死你！"王没有办法，只得叫他老子。叫一遍还不行，得连叫三声。王叫三声过后，猛地一挣，将头挣脱，跳起脚来飞跑。跑到外边，见魏没有追，转过身，眨着眼睛看。

众人笑得眼泪水儿滴。

后来得知，魏老要王叫他老子是有出处的。魏与王虽然同为农民作家，但魏排名最前，王排名最后，这样一来，免不了明里不争，暗地较劲。这心情不难理解，名利之场，其俗难免。魏比王要大十好几岁，属于两代人，当年魏老想将养女说给王做媳妇，结果魏的养女没有看上王，好心没用上。这说明他们的关系，虽然形同父子，但王有"弑父"情结，潜伏在骨子里，以戏谑的方式，借题发挥，无伤大雅。

几十年来，他们之间的关系，说不清道不白，剪不断理还乱。他俩之间说说可以，绝不容外人亵渎冒犯。一致对外是他们一生的基本原则。小子们记住！这是牢不可破的。若换了别人声讨，就行不通。不信你去试试？那肯定是"政治问题"，他们会向江大人汇报，"兴师问罪"，轻饶不了你。"近水知鱼性，近山识鸟音"，入得"行"来，你得"懂事"。历史的经验值得注意，小心为是，何括心知肚明。

众人余兴未尽。魏老师一脸苦相，对众人作揖告饶，说："龟儿们，你们肚子里有货，生得出儿来。老夫肚子没货，生不出儿来，要虚构，要虚构呀！你们懂不懂？老夫活着哩，还在喘气儿。没到时候哩！别闹了好不好？"

南见闹好了，乘机收场，说："朱馆长来了！"说朱馆长来了没有用。作者们不怯朱馆长。彭说："江大人来了！"这才有效。众人吓得像乖儿，息了声，纷纷回到格子间，拿笔坐在桌子前，作勤奋状。彭哈哈大笑。这两个坐镇辅导的老师，也是活宝。

其实江大人并没有来。

哈哈，这又是诈言。

闹一闹，活血脉，相当于课间操。

三

众人闹静了，坐在格子间的徐老师，这才出场。坐久了，他得出门上厕所，顺带看一看，刚才闹到了什么程度，造成"不良后果"没有。

按照惯例，作品攻关会成立了临时党支部，徐是江大人指定的支部书记，江大人要他掌握大方向。通常随哄打哄的恶作剧，他不会参加，也不会出面制止，"独乐乐不如众乐乐"。他正写《一篇没有写完的小说》，写的是农村责任分田到户后的事。时代不同了，老革命遇到新问题，调子不好定，不知道该怎么写了。跟不上时代，再不能以"权威者"自居，晓得掌握分寸，不能让作者们讨嫌。

徐是写小说出身，入党时间最长，接受党的教育最久，以深思熟虑见长，是江大人认为靠得住的人。开会或者上报纸电台，四位农民作家中，江大人让他排名第二。第一名是魏老师，然后是他。尽管张老师是中国作家协会会员，因为作品的知名度不如徐，只能屈居其后。徐是本县业余创作界的精神领袖。只是"徐郎才尽"，跟不上形势的发展，再也写不出轰动效应的好东西，内心煎熬，其时成了"苦闷的象征"。枯坐的时候多，说话的时候少，偶尔出来望望风。

大街上秋风扫着树叶落，作品攻关到了写不出来的艰难期。朱馆长如实汇报，江大人及时赶到了，开会鼓劲。大家的神经绷紧了。江拍着椅子，叫徐坐到他的身边来，镇场子。徐挨着江大人正襟危坐，一脸的肃然，不苟言笑。这样的时候他的言行可圈可点，符合规定要求，不会出现杂音的。而其他三个很难做到，免不了"天花乱坠"，或者"擦枪走火"。这是司空见惯的事。所以江大人喜欢徐，需要作者坚定信心时，让徐当代表发言，稳定"军心"，控制"局势"。

众人乖坐着。江大人说："老徐，你说几句吧。"徐就答应说。说什么呢？有点勉为其难了。那就说三性吧。哪三性呢？说创作坚持正确方向的重要性，源于生活高于生活的必然性，端正创作态度的必要性。这叫"老徐常谈"。徐在不同时间，不同场合，多次讲过。只要江要他讲，他就讲这三条。何括他们听多了，并不新鲜，但绝不会错。徐天生有口吃的毛病，一句要重复很多遍，才能说清楚。越说越激动，越激动越说，哽得一只瞎眼泪直流，需要不时地擦。他左边眼睛是瞎的。为什么瞎的哩？这是隐私。他不说，后生们不敢冒犯打听，不可能知道其原因，但这不影响他作为"先知"的权威性。因为日子里神秘在身，何括与小的们，反而对他格外尊敬。

徐老师口说不行，但他笔下的叙事能力比魏老还强，起码条理清楚，没有语法错误。想当年他的成名作《胡琴的风波》，一九五八年《长江文艺》第八期发表后，同年《人民文学》第十一期转载，被翻译成七国文字出版发行。一个农民作家能写出那样划时代的杰作，是众所仰望的高峰。这七个国家都是东欧当时社会主义阵营的小兄弟，意识形态相同。此篇小说被誉为新中国翻身农民文化当家作主的代表作，风靡一时。因此参加全国青年作家代表会，受到党和国家领导人的接见。那合影的黑白巨幅照片，有一米多长，上面的人密麻麻多得像蚂蚁，用相框装着，挂在堂屋墙壁之上，直到他死时，他的儿子才摘下来，连同他发黄的手稿和发表作品的样刊，用一张报纸包着，交给当时的文化局局长，说是让国家保存。此是后话。

《胡琴的风波》是他写的第一篇小说。一九五五年农业合作化后，春光社的领导，要他担任俱乐部主任，负责全社的宣传工作和群众娱乐活动，于是春光社组织了一个社办剧团，大家选他当团长。当时他信心很大，演员们的情绪也很高，可就是没有会拉胡琴的人。有天晚上，开演员大会，演员张春莲说她爹张水生能拉胡琴，这一下子可把大家乐坏了！当夜就叫春莲去把她爹请来。演员们都把那人当作贵宾来看待，拿烟的拿烟上茶的上茶，指望他能和他们齐心协力搞好剧团。谁知那人一来就摆架子，出难题，说什么拉胡琴是拿本钱学的，拉一次就要付一次的钱，大家非常不满，可又没有第二个人能拉，为了配合当时的宣传任务，满足广大群众的需要，他们只得忍气吞声，组织演员搞些副业劳动，想法子赚几个钱来维持那人的身价。即便这样，那人仍然不满足。到了农历五月初三，那人向他们要钱。当时他们实在是没钱，那人二话没说就走了。这时演员们都在忙于准备端阳节的演出，大家担心晚上那人不来排练。到了晚上那人按时来了，而且有说有笑，与平时没什么两样，大家对他也就更加尊敬了。可到了端阳节那天，大家都在为演出作准备，就是迟迟不见那人的影子。徐老师就去请那人，那人和和气气地说："你先去吧，我随后就来。"可等他们把妆都化好了，观众也到齐了，还是不见那人来。徐老师一连去请了六次，好话都说尽了，嘴说干了，那人就是不来，结果这场戏没演成。观众大为不满，演员个个垂头丧气，徐老师更是气得心如刀绞，回到社里还哭了一场。

党支部书记知道这个情况后，鼓励徐老师说："一个青年团员应该有骨气，应该将眼泪化作力量，想法子战胜他！"支书的话将徐老师引上了奋斗的道路。当晚回家后，徐老师怎么也睡不着，一直考虑如何战胜那个胡琴手。开始他还有些顾虑，认为自己没有一点基础，而且连一把胡琴都没有，怎么能学会拉胡琴？后来又想到，解放前自己是个百事不知的农民，解放后在党的培养下，学会了不少东西，难道胡琴就学不会吗？难道让那人继续整他们吗？不行！拼命也要学会拉胡琴，坚决同张水生较量一下。为了表示决心，他写了一篇誓词交给党支部。第二天，他就自制了一把胡琴，然后苦苦钻研了一个多月，终于掌握了一些技术，能拉得有点模样了。接着他又一连教会了十个徒弟，建起了自己的乐队，彻底将那人甩到剧团外去了。

　　这事情过去了好几年，徐老师虽然为那次的胜利而高兴，但他一辈子也忘不了那人对他的折磨，老是在心里想，如果将这事写出来，不是很有意义吗？但有时又觉得学胡琴不是什么了不起的事情，于是就把这事放在脑海里装了好几年。一九五八年元月，省文化检查团来他们红光公社检查工作，在一次欢迎会上，发现他们有十个胡琴手，感到惊奇，要他介绍经验。于是他就把学胡琴的经过向他们讲了，谁知他们听了很是感动，认为这不是一件小事，这反映了劳动人民在文化革命上的胜利。代表们的谈话对他启发很大，使他认识到这不仅仅是一件学胡琴的事，而是两种不同思想的斗争。同时，代表们还指出：目前农村还有不少人对学胡琴感到神秘，类似那人的人也还存在。于是他的心情很激动，硬想一下子把这事写出来。

　　从这以后，他几乎天天在想故事的结构，只要一闭眼，故事、人物都出现在他的面前。用什么形式写呢？用剧本吧，端阳节罢工等场面不好处理。写成快板吧，又不容易把所有的故事都表现出来。真是越想越闭门。刚好，这时《长江文艺》编辑部的一位编辑来本县组稿，他就把考虑的故事和他所遇到的困难向那个编辑讲了。那个编辑认为主题思想和题材都很好，劝他把这事写成小说。当时，他以为小说就是连环画，就说他不会绘画。那个编辑见他写小说还没入门，就耐心地向他详细介绍小说的特点和写法。经过那个编辑的指点，他心里豁然开朗了，初步懂得了小说创作上的一些基本手法和特点。于是他就写了《决心突破小说关》的决心书，那个编辑看了后连忙鼓励说："好啊！世上无难事，只怕有心人。我相信你一定能突破这一关的。"接着，在那个编辑的辅导下，当夜他就开始动笔写起来。

小说一开头，他就把省文化检查团赠给他们的一首留言诗写上了："春光社，不简单，打消自卑感，闯出神秘关，排除万难办剧团。不怕没有胡琴手，自做胡琴自己钻，培养琴师十一个，谁说农民操琴有困难？"他这样开头的目的是想借用这个留言，概括整个故事，并为下面的描写提供线索。到底排除了哪些难处？闯出了哪些神秘关口？这都有待于后面来解决。第一段里，他写了他们如何请那人当琴师，那人又是如何敲诈他们，以及端阳罢工和演员们的思想波动，突出地写了春莲和她父亲的冲突，这就突出了小说中的矛盾，为后面的故事发展做铺垫，吸引读者往下看。第二段，写他怎样同那人做斗争，从写誓言开始，到自制胡琴、自学拉琴，直至他拿着胡琴在台上出现，让人看了之后都为他们的初步胜利而高兴。另一方面还写了那人不甘心失败，在台下冷嘲热讽，遭到群众的反对，被轰出剧场。为了进一步揭露那人自私自利不顾集体和搞垮剧团，在小说中他还穿插了春莲的婚姻问题，最后以他们取得胜利而收场。这样表现了劳动人民的集体力量、智慧和才能，也用事实教育了那样的人。这篇小说写成后，编辑同志连同他的决心书一起带走了。没过多久，都在《长江文艺》上发表出来。编辑部还给他来了封信，肯定他这篇东西写得不错，并语重心长地说："干创作这一行，有时觉得很容易，其实学问很深，希望你继续努力，严格要求自己，争取写出更多更好的作品。"

《长江文艺》是一九四九年六月在武汉创刊的，创刊之时，武汉是中南局所在地，管辖长江流域的九个省。那时候《长江文艺》是中南九省的文艺刊物。被誉为新中国文艺第一刊。当时的主编、副主编和编辑们都是从延安走出来的随大军南下的文化精英，他们那一代为开创新中国的文学事业立下了汗马功劳。

徐老师终于把"三性"说完了，众人松了一口气。江大人问："老徐，是不是需要强调一下新的精神？"徐说："没，得。眼睛，蒙了。难受，看不见了。需要，润点水儿。"于是就拿出眼药水，不避众人，仰起脸来滴。坐下来，又成了一尊"苦闷的象征"。

这也是幽默，众人不敢明笑。江大人说上一通，鼓劲会散。

众人出屋，再次活跃起来。江大人恨铁不成钢，夹着包走，对尾随的朱馆长说："你看看，严肃不足，活泼有余。一个个'死蜂子活剑'。""剑"是什么？蜜蜂尾上的刺也。这比喻形象生动。江大人走得看不见了，哈哈，可以明笑了。

四

攻关会开得太长了，老没有好作品出世的消息，难免使人沉闷。于是就有年轻的作者不甘平庸，开始变花样，运用高科技手段捉弄老师，以期达到轰动效应。

业余作者队伍中，工农商学兵各种人才皆有。其中一人是当兵转业的，姓郑。他在部队时是搞战地电台的，自学成才，对无线电颇有研究，能够用买来的器材，做成步话机，发送电磁波语音信号，打开调幅收音机，选定波段，让收听的人，以为是电台播送的节目，能达到以假乱真的地步。现在的话来说，就是点对点的服务。

那时候电视机还没普及，没有彩色的，只有黑白的。黑白的也少得可怜，普通人看不到。收音机倒是普及了，城市乡村经济条件稍好的人家都有。听新闻，听戏，听歌儿，听天气预报。那时的收音机不是调频的，是调幅的，两个波段，中短波。

郑作者将他的发明带到创作会上，故作神秘，隔着屋子，用收音机向辅导干部彭演示效果。郑将收音机调到选定的波段，然后走到另一间屋子，打开步话机，学电台的播音员播送："XXXX广播电台，各位听众，现在开始播送天气预报。今天全省晴到多云，有时有雨。东南西北风一到十二级。"

这叫什么预报？完全是扯淡。彭在另一间屋子的收音机前，听到那惟妙惟肖的声音，哈哈大笑。郑到底是无线电专业战地电台的，普通话说得真好。彭说："这家伙，诗写得不怎么样？这方面倒是个人才哩！不派上用场可惜了。"

于是彭就和南商定，把郑作者叫到他的房间来密谋策划。策划什么呢？攻关会不是沉闷吗？不是需要用作品鼓劲吗？那就运用科技手段，搞一场高级的娱乐活动。

首先是选准对象。这是关键，要看物质和精神条件。四位农民作家中，那时只有王老师有收音机。王老师和魏老师同住文化馆。魏没有，王却有。魏那时年纪大了，写不出东西，自甘落后，并不关心时事，过着与世无争的日子。而王却关心时事，过着与时俱进的生活。王的收音机小，用皮套儿装着，写诗之余，放在桌子上，听新闻和报纸摘要节目，尤其关心电台定时播送的文艺节目。这类节目，有长篇小说联播，还有诗歌选播。王一生以诗为命，如果他的诗在公开报刊发表了，哪怕是地级的，他也精神大振，逢人必拿出来共同欣赏，能过上几天欢天喜地的日子。

事实证明那时候他比其他三位创作强势。那时候他转变了诗风，创作的绝句开始走向内心，有艺术张力，新诗也跟得上分田到户形势的发展，品位不差。所以王骨子里有优势感，瞧不起其他三位。他认为得重新排名，他应该排在第一。但是"定论"在前，江大人怎么会听他的呢？这才叫屈闷。

这时候王写出了《皮影人》："看身上，红袍紫衣。望腹中，干瘪一胚。无才无艺不知羞，趾高气扬吹牛皮。一说能钻天，一说能入地，翻手为云，覆手为雨，对上哈腰躬背，对下吆五喝六，蹦蹦跳跳了不起。你呀你，你凭什么了不起？只不过身后的人提。"以皮影人为题，形象生动讽刺了社会上的一群人。此诗发表在《长江文艺》一九八〇年七月号上。人问他灵感从何而来？王笑不答。知情人暗地说，他是以××老师为原型的，因为他在创作会上老是趾高气扬，高谈阔论，又写不出新东西，江大人也不制止，让他心里不快。于是有感而发，写下此诗。这不能明说，属于潜意识的动因，并不影响诗的品位。现在看来也是好诗。

这时候王还写出了《花溪》："桃花山下桃花溪，花开时节盛产鸡。今年花谢春去早，陌上长堤飞柳絮。是谁有个回春力？红花绿叶映涟漪。不信天公信政策，农户又孵棉花鸡。元宵、花朝、棉花鸡，一河两岸不断啼。抹红头，涂绿尾，披红挂彩望财喜。白帆点点运鲜味，炊烟袅袅香十里。"这诗美，歌颂的是农村改革开放之初的大好形势，发表在一九八二年二月的《湖北日报》上。《湖北日报》发行量大，是干部都能看到，那影响不是一般的。

这时候王还写出了《燕子巷》哩。这诗发表的级别不高，是本地报纸副刊发表的。但此诗跟得上时代发展的需要，而且写得很美，他拿着样报，爱不释手，逢人拿出来看。

一切都在神秘中进行。那一日中午吃饭之前，彭就对作者们宣布："诸位请准备，中饭过后不休息，到展厅集中收听重要节目。不得缺席！"南接着问："谁有收音机，贡献出来！"王说："我有。"南说："不是白贡献，馆里买电池。"王说："小子，谁要你的电池？"南就号召向王学习，学习他无私奉献的精神。王就将他的收音机拿出来，递给南。南先拿收音机做什么呢？是好选定郑提供的波段。

吃完中饭，众作者就集中到展厅前面开会的地方坐着，集中收听重要节目。那时中央广播电台有个农村文艺节目，为了服务农民收听，时间定在中午十二点。南将王的收音机打开，调到郑指定的频道，垫了一块红绸布，放在前面的桌子上。收音机里开始报时，嘀嘀嘀，报了十二声。这是郑的口技，接着郑在隔壁学男播音员，用标准的普通话说："刚才最后一响，是北京时间中午十二点。中央人民广播电台，各位听众，现在是农村文艺节目。今天为大家播送的是全国著名农民诗人的新作《燕子巷》。"郑停顿了一会儿，开始用优美的声音，声情并茂地朗诵："《燕子巷》。作者：王英。江北有一条被人遗忘的小巷，人称小城的玉门关。传说当年有个相家从巷子里迁走，带走了紫燕带走了春天。风真的被哽在巷口，太阳真的只露一线天。于是小巷把儿子叫这阳那阳，于是小巷把女儿叫这燕那燕，于是阳燕都被叫绝了，只是小巷再也听不到一声呢喃。"

郑停了一会儿，用口技夹播酝酿情绪，口技是《苗岭的早晨》，众鸟欢叫，一片清音。郑接着朗诵："自那年出了十名行业的燕，自那年买回了闪亮的十把大剪。从此家家檐下飞起大剪，从此咔嚓咔嚓唱呢喃，从此五月飘起了红裙子，从此三九裹来了绿春天。咔嚓咔嚓缝纫机唱乐新市长，咔嚓咔嚓推土机推变了古街沿。一线天这本线装书，一跃扩大了新版面，蓝蓝的天空群燕比翼飞，彩色的故事一串串一串串。"又是口技，百鸟欢叫，回味无穷。

凭良心说，这诗拿到今天也不算差。加上用普通话念，效果更加好。听完后，作者们情不自禁热烈鼓掌。王听到第一句就被幸福击中了，热泪盈眶，再也坐不住，拧着头上的稀发，一个劲地吐唾沫，星子四散。这是他兴奋激动的典型反应。他没想到他的诗作上了中央人民广播电台哩！

王兴奋激动，敲着桌子问彭："这样的大喜事？江大人为什么不来？"彭说："江局长昨天起早了，受风寒感冒了，发烧，正在喝药。"王问："马馆长和朱馆长为什么不来？"南说："他俩临时到地区开会去了，向我们请了假。"王说："不重视人才。"彭说："怎么样？你嫌我们主持不够档次吗？再写诗，不要找我们润色。"说得王眼睛直眨。众人哈哈大笑。

王问："明天重不重播？"彭说："这我们不知道。"众作者就起哄，要王请客。王就急了，每月拿生活补助。哪来的那些钱？这闹得有点大。

徐老师走过来，拍着王的肩膀说："老王，不能，不能太激动。"王说："能不激动吗？"徐指着自己的右眼说："你知道，知道它是怎么，怎么瞎的吗？"王说："不知道。"徐说："它是我当年，当年听到《胡琴的风波》，上了《人民文学》激动，激动的后果。彼时，听到一声响，炸了，炸了，流了一汪黑水，黑水。"王问："真的吗？"徐说："我，不骗你，不骗你。"张老师晓得配合，及时地叹了一口气。众人不敢笑了。

徐说得像真的，王就怕了，惶着眼睛直眨。

后来这事还是穿了帮，主要是保密措施不到位。害得郑作者见了王老师就躲，诗也没写成，活活浪费了一个才子。

五

那个关于"顽强生命力"的创意，是南在那个冬天的夜里，与作者们聊得兴奋时忽发奇想，当着王老师的面，石破天惊，对众作者说出来的。到底是辅导老师，何括就没有他那样的想象力，到如今也望尘莫及。主要是被对生命的敬畏所局限，放不开。

何括记得小时候听黄姑爷说书，那天夜里黄姑爷说正书之前，说了一个鼓书帽，吊听众的胃口。黄姑爷说的是一个穷婆娘吊颈的故事。穷婆娘上吊之前，狠命用稻谷换了一筛子米糖。米糖就是麦芽糖。巴水河边的日子里，经常有人挑到坨子里来吆喝，用钱买可以，用稻谷换也可以。穷婆娘在屋梁上系好套子，上吊之前吃了一块，然后将脖子套在套子里上吊。吊得难受时，想起了糖，又下来吃一块，觉得很甜。如此这般，反复多次，因为舍不得糖，终于没有吊死。油灯闪着光芒，听众哈哈大笑，何括也跟着咧着嘴儿笑傻了，唯独父亲不笑。父亲见他笑得收不住，拨开人群，走到他面前，当头挖了他一栗包，问："我的儿，有什么可笑的？痴人多笑，傻子乱笑。有糖吃谁舍得去死？举头三尺有神明，巧言令色鲜矣仁。"父亲一生瞧不起算命的和说书的，为了图嘴巴一时快活，夸人锦上添花，死蛤蟆说出活尿，贬人丑话说尽，头上流脓脚上放血，所以没有好结果，断子绝孙，不得善终的多。何括第一本小说《巨骨》出来后，他从黄石回来特地拿了一本，用半年的时间通读了，看儿子有没有说混账话。还好经过检验，发现没有。那一栗包挖醒了那小子，痛在心里，算得上关于生命尊严的第一堂"蒙课"，让何括在以后的日子里，明白许多做人为文的道理。

那时文化馆后院冬天的夜晚，芜杂而且辉煌。芜杂的是院子，树木花草，在窗子的光影里，影影绰绰。辉煌的是屋里，灯光明亮。众作者聚集在南的宿舍里，高谈阔论，谈灵感，谈构思，谈人物和情节，畅快淋漓，南乐在其中。辅导文学的老师有三个，除了彭和南，还有一个姓周的。周是女的，又是姑娘，夜里诸多不便，男作者一般不会到她的宿舍去。周的父亲是新四军，抗日战争时在大别山打游击，牺牲在三角山红军洞，棺材石上留下了他一首题为《棺材石》的诗。诗云："天上飞来一石岩，古今名唤作棺材。雪飘高岭千山孝，雨压群芳万树哀。案上灯烛凭月照，灵前瓜果待春来。不知天丧何家子，停柩而今尚未埋。"女承父志，周的诗也写得好，周在文化馆时间不长，像一棵泡桐树蓬勃生长，天生腼腆，平日里不多事也不少事，后来随母调到鄂西去了，结婚生子到如今。彭与前妻离婚后，如愿与搞艺术辅导的郭结婚，顶住飞短流长，费了九牛二虎之力。从此郭爱清静，不喜欢晚上宿舍里来许多的说客。只有南的宿舍方便，因为那时候他虽然也在恋爱，女方是现役军人，长得格外漂亮，他正处在"红豆生南国，千里寄相思"的苦恋阶段，要想结婚仍需不断努力。众作者愿意在南宿舍聚，还有一个原因，那就是南没架子，为人随和，脑子灵光，与他谈创作往往能令人脑洞大开，产生出其不意的效果。那时候随着改革开放，各种文学思潮日新月异，长江后浪推前浪，"反思"过了，来了"寻根"，使人眼花缭乱，会后需要找"南老师"开小灶，开拓视野，寻求突破。

那时文化馆进门院子的三方展厅，再也不清静了。文化经费吃紧，上级提倡以文补文，文化馆响应号召，不搞免费的展览了。西边的展厅，辟成了鼓书场，请艺人来说书，卖门票，一角钱一张带茶水。来听的老人不少，一夜除去开支，文化馆也能赚些钱。南边的展厅吸收外来的各色团体进来展览，收租金，或者门票分成，搞有偿服务。所以夜里文化馆的前院，再也不是业余作者的乐园。只有在后院南的宿舍里聚着，搞"精神会餐"。

那日子南边的展厅展览的是干尸，组团的人戴瓜皮帽，说是新疆人，是不是冒名顶替，你就不知道。但有正规的介绍信，盖着有关单位的大红章子，政策开放了，文化馆欣然接受。干尸是什么呢？干尸学名叫木乃伊，据说从孔雀河下游河谷的小河遗址处发现的。那地方传说是楼兰古国的发祥地，后来被风沙淹没了。考古学家在小河遗址发现许多木乃伊，有男有女，死后风干了，尸体不腐，毛发毕现。那个被考古学家誉为"楼兰姑娘"的木乃伊，脸上的笑容依然灿烂迷人，就是在此地发现的。

现在想来这是展览方宣传的噱头。真正的"楼兰姑娘"是国宝，怎么能让他们随便搬出来展览卖钱呢？新疆干燥，风沙遍地，木乃伊有的是，他们挖几具出来，组团巡回展览赚钱，不是难事。西边的展厅里，木乃伊用胡杨独木棺装着，身上有衣物的残留。那些人为了吸人眼球，将男女的私处半露着，让人产生联想。文化馆的领导为了扩大业余作者的眼界，白天集体组织进去参观。展览方听说都是作家，与馆方协商，数人进去，只收一半门票钱。另一半的钱，结账时在分成中扣除，所以作者是免费参观的。

这样的展览具有轰动效应。那时的县城人，有几个听说过木乃伊？有几个见过干尸？于是那几天文化馆门庭若市，参观的人络绎不绝，热闹非凡。当然没有小孩。因为展览方在门口贴了安民告示，白纸黑字：儿童不宜。这就更加地吸引人。

这样的展览，已近无聊，何括他们进去看过一回，觉得恶心，不感兴趣了。主要是展览方动机不纯，惹得议论纷纷。王老师喜欢热闹，提着烘笼，坐在南的宿舍里，夹杂在议论的队伍中。烘笼里炭火很旺，他一生弱不禁风，瘦得出奇，身上筋多肉少，天气没冷，他就烘笼不离手，样子与木乃伊差不多。南细怪彼时兴起，就拿王老师开玩笑。那时候王老师与南隔壁住着，又是同乡人，做着同样的事，日子里开玩笑是常有的事，深一点浅一点没关系，一笑带过。那关系是忘年交。南就是在这样的场景下，得意忘形，借题发挥，讲了一个戏谑王老师私人生活的低俗笑话。

笑话讲完后，众作者笑作一团。何括没有笑，觉得这有点"毒"了。作者们拿眼睛找王，发现王起身，默默无言提着烘笼出去了，只听隔壁门响，王回到自己的宿舍，将门关上了。

南这才发现大事不好，敲开门，发现王在独自流泪，原来伤了他的痛处。几十年来，王自从妻儿被雷电打死之后，独自一人生活，苦苦煎熬。小子们能开这样的玩笑吗？南知道错了，口头检讨没有用，书面忏悔也没有用。王老师像老僧入定一样地坐着，没了言语，夹着烘笼烘他的火。他这回没有找江大人主持公道，独自默默消受，搞得南无地自容。

王老师就是在那天深夜，写下了那首《祭亡妻》七言绝句的："一时阴雨一时霞，柳失诗吟我失花。托燕寄情音杳杳，城中掀破绿窗纱。""城中掀破绿窗纱"是带血吟出来的。他写成后反复吟唱，其声凄惨，飘荡在文化馆后院的夜空，让作者们久久不能平静。他妻子是在那个春天死的，那时梅梓山下，春水泱泱，青草遍地，柳杨生风，燕语呢喃。

从那之后，南在王面前收敛不少，再也不敢造次了。

后来南在文化馆一直过得不顺，通不过入党关，不久调到江对面的电视台专题部，动用智慧创意，拍了许多专题片，在全国得过许多新闻奖，他在那里入党，历练之后修成正果，足慰平生。如今南年过古稀，王老师已是隔世之人。南说到那次冒犯，双手合十，连称："罪过，罪过。"忏悔之情溢于言表。还是父亲说得好："举头三尺有神明。"你说创作之人，能随便创意吗？

还有那个被江大人"钦点"的，"本县三个半狂人之一"的彭老师，才华逼人，把谁也不放在眼里，口无遮拦，放言他用蹲厕所的功夫就能编出县刊，后来在文化馆也待不住了，调到某单位办公室写材料，从辅导老师变成了业余作者，个中苦闷，不好明言。后来他携妻带子，也调到了江那边的文联，又回到了本行，著作颇丰，但不到六十英年早逝，千古文章未尽才。此是后话。

总之一条，你要记住那时的文化馆，不能随心所欲。说归说，笑归笑。那是一个比较起来相当严肃的地方，不是那么好玩的，也不是那么好待的。

第五章

一

　　那青年是一九八四年夏天，通过国家组织的全国第二次文物普查，"浸入"家乡巴河流域那块神奇土地的。如果他此生不是通过搞文化站走上文学创作的道路，就不可能在专家的指导下，通过田野考古，实地勘探，了解那块土地历史上沉积的辉煌。

　　作为一个业余创作者，从泥土拔出脚来的农家小子，何到了晚年常常窃喜，因为他算得业余考古界的半个行家。通过那次文物普查入门，他从此迷上了业余考古，对中国历史上早期文化的发源，建立了宏观的概念。通过出土器物断代，旧石器遗址、新石器遗址、辽河流域的、黄河流域的、长江流域的，包括巴蜀三星堆的，他能说出个所以然。这是他此生长期潜心学习的结果。另外最大的收获是让他开拓了精神境界，使他的创作从"小我"，渐渐走向"大我"，聚念敛神，发出些许微光。

　　这功夫也让从事文学评论、科班出身、骄傲的商教授不得不佩服。某年秋天，那时候何括不年轻了，是壮年。那壮年与商教授同行，从古城黄州过上巴河到何寨。秋色正好，满畈金黄，适合高谈阔论。他俩下车走了一会儿，就到了河边。那壮年指着远处一座椭圆的山丘，对商说："那是一处新石器时期的遗址。"商说："你又吹牛。"那壮年说："我吹什么牛？走近看。"他们走近一看，果然山脚下立着一块新石器时期文物保护碑。商就服了。外行看热闹，内行看门道。那河边二级台地上的椭圆山丘，一面临水，可供古人渔猎，汲水制陶，依山丘搭半穴式窝棚避风雨，生儿育女。山丘呈椭圆是古人类聚族而居典型的地貌特征，远看就知道。

何括如今从壮年步入老年，成了老同志，商教授同样也是，岁月无情。他俩是亲爱的朋友，也是亲爱的敌人。商对何一生的创造成果，了如指掌，好与不好，瞒得过别人，瞒不过他。商爱何早期以巴水河畔王家墩背景创作的系列作品。某一次何正在写作，突然接到商打来的电话。商喜形于色，说："不到实地不知道，一到实地就感动，你笔下的风情，就是这个地方的。好比柳青笔下的蛤蟆滩。"这使何受宠若惊。原来商带学生到河边实习，正在王家墩书记家喝酒，醉意微醺。商爱何沉浸在河边，同那块土地倾情较劲的小说，以偏概全，认为夸张与浪漫也是好的。

商不爱何晚年以"我"为原型写的小说，因为既然以"我"为原型，免不了字里行间，有成功之后，借祖上的不凡"得色"自己的因素。"得色"就是得意之色。商坚持认为，谁不以为自己的家乡地灵人杰？历史这么长，哪个地方不出几个名不见经传的人物？你一个农家小子，没有上过什么正规大学，没读过多少书，有什么值得"得色"的？有意无意之间显出小家子气，令人肉麻。有个大家也指出过何作品中此类毛病。深知成名的大家，不必"得色"，有人替你说，说出大家气象就惊人。平民出身的小家，你自己"得色"有什么用？是鹰从来不夸自己飞得有多高。切记，这是颠扑不破的真理。但是有什么办法？创作之人本来就是毕生同土地、亲人和自己较劲的。"得色"是同自己较劲，增强可怜自信心的一种表现。这一点也需要理解。是"狗"都得叫，何况蹲的是自家门口。那就想怎么叫就怎么叫吧。让境界在叫声中成熟。

一九八四年的夏天，注定了那青年对这个可以认识的世界，进入认知的辉煌。那年夏天，按照上级的部署，进行全国第二次文物普查。这次文物普查是中国有史以来规模最大、普查范围最广、效果最好、取得成果最多的一次。乡镇建立了文化站，县文化局决定由各文化站站长带领，配合省里组织下来的专业普查队，按属地进行此项工作。

普查之前，江大人批示县博物馆召集各文化站站长进行为期一天的培训，主要是普及文物知识，提高文化站站长对文物普查意义的认识。主讲人是县博物馆叶馆长,他是武汉大学历史系考古专业毕业的,一生献身文博事业。此人体形微胖,符合忠恕之道,温文尔雅,从不见怒。他最大的长处,就是学识丰富,讲起专业来,口若悬河,滔滔不绝,联系实际,溯古追今,举一反三。他一番鼓动,就能使一个业余作者从此迷上文博事业,像他一样愿意献身。害得几年后,那青年若不是舍不得文学创作,就接他的班当上了县博物馆馆长。人格与知识使他浑身充满魅力,他是能够"迷人"的人。

培训会在县博物馆古色古香的儒学大成殿里召开。叶馆长的培训是从介绍本县儒学开始的。本县博物馆坐落在浠水河边的台地上。清清的河水,从岩下流过;涣涣的河风,从松柏之间吹来。居高临下,风光秀美,视野开阔。典型的宋代木结构建筑,斗拱飞檐,连成一片。大成殿梁柱高耸,泮池、藏书楼和两庑一应俱全,是宋以来读书人集会乡试考秀才的地方。此处是全省县级唯一保存完好的国家级重点文物保护单位,是本县历代读书人眼中的圣地,引以为豪。据说自宋以来,各县都有此类建筑,但都禁不住战火和动乱,没保住"全魂"。本县博物馆除了建筑之外,还有特色,那就是馆藏丰富,有线装书五万余册,有的是孤本,专家要查地方志历史资料,必定要开介绍信来。没有介绍信,恕不接待。这些线装书从何而来呢?其实很简单,是土改时将本县各个富家的藏书收缴集中上来的。当时的白县长指示不烧,博物馆分经史子集,保存至今。如此一说,能不令人深思吗?原来本县人引以为傲的,不过是两把火没烧。一把火没烧大成殿,一把火没烧藏书。这说明本县的父母官和读书人,对祖宗留下来的宝贝,骨子里有自觉的保护意识。

叶馆长说完以上的话,接着回到正题,讲全国第二次文物普查的重点。那次文物普查的重点是古文化遗址的踏勘。这就不能空说,要到实地,用实物说话。于是叶馆长将全县地形图挂出来,拿一根教鞭在手,指导各位站长。地形图上,本县三条河流像"川"字。叶馆长用教鞭指着地图说:"鄂东五水,本县居中,浠水河从中流过,县因河得名,叫作浠水县。查字典,

'浠'字仅此一用。西边以巴河为界，东边以蕲河为界。历史记载早在新石器时期就有人类居住，但是到底有多少遗址？分布的范围和规模不清楚。这次任务就是要用我们的双脚，踏遍境内的山山水水，特别是河流的岸线和湖泊的周围，将远古祖先居住的地方普查清楚，发现遗址，绘制地形图，标明坐标，整理后编辑成册，供县志办增写本县曾经的辉煌，然后逐级报送研究，从而丰富中华民族文明史。同志们，任务艰巨，我们做的是前有古人、后有来者的事业。"听君一席话，胜读十年书。如沐春阳，如坐春风。

接着叶馆长叫人将馆藏出土的新石器典型器物拿出来，摆在长桌上，让站长们开眼界。那石铲是绿杨出土西周时期的，石质光滑，磨制精细，中间有个圆圆的孔。叶馆长说："石器是祖先的劳动工具。中间的圆孔是古人插木为柄的。"那些残缺的陶片，有的像鸡脚，有的像圆柱。叶馆长说："陶片是祖先的生活用具破碎后留下来的。像鸡腿的，是鼎足。像圆柱的，是鬲足。这些陶器是煮食用的。"那青年入迷了，拿在手里，津津有味地看。

叶馆长见好就收，说："不说那么多了，这些知识，叶某一生都不能穷尽。这次有专家下来，他们都是行家。此次你们会从他们身上学到很多知识。培训是入门，你们了解一点就可以。到时候看见哪个地方有这些东西，必定是新石器文化遗址，不会错。希望你们发现后，配合普查队，绘图取样，登记编号，择些回来。以供研究，同时丰富馆藏。"

那青年那时候忽然觉得巴水河边，这些东西应该有。那里是他从小生活的地方，河的中游是竹瓦公社的属地，是此次需要踏勘的范围。那青年就沉浸在梦儿里。梦儿里河水涨落，季风常吹，土地肥沃，田畴平阔，沟渠纵横，炊烟袅袅，鸡鸣狗吠，生生不息。于是指着桌上的那些东西，笑着说："叶馆长，到时候给您挑一担回来。"叶馆长问："是吗？"他说："是的。"叶馆长问："一担？"他说："一担。"那信心满满的样子，让人忍不住发笑。文物的事很难说，有没有很难确定。不是说挑一担，就能挑一担来的，好像他家里就有。

叶馆长并不反驳，微笑地看着那青年，样子很"迷人"。

现在的那个老家伙，坐在电脑前敲这些文字，不由得笑了："小子哩！你的自信从何而来？"贻笑大方哩！

二

那次巴河流域中游"前有古人、后有来者"的文物普查，是三十五年前端午节来临之际，那青年带领文物普查小组实地探勘的，为期半个月。就是那半个月的时光，使那文学青年，对于脚下那块土地，打开了认知世界的"黑箱子"，进入"自恋期"。从此像做梦一样，迷上田野考古，开始有意识地思考，土地河流与生命传承之间的种种关系。只要踏入一处土质黝黑河湖边的二级台地，就习惯性眼睛向下，寻找散落的陶片，从而浮想联翩，像个智者，发抚今追昔之幽思。那样子很酷，有点"逝者如斯"的感觉，也不怕人笑话。

那次省里派下来的普查队，是抽全省各级博物馆的业务骨干和各学院考古专业当年的毕业生组成的队伍，下到公社，全面铺开，声势浩大。派到巴河流域的普查小组，由"三子"组成。一个老师带两个实习生。都是可亲可敬之人。组长姓胡，人称"胡夫子"。胡夫子那时人到中年，是田野考古的专家，参加过本省境内潜江章华台和黄陂盘龙城遗址的调查和发掘工作，功力深厚，见多识广，经验丰富。因为这两处是展现楚国八百年灿烂文化的重要遗址，所以由他担纲，出任组长，理所当然。胡夫子由于长期从事田野考古，沉浸在陶片与石器之中，不善与活人打交道，所以面酷，整天脸上不见笑。他后来是某县博物馆管业务的副馆长，现在退休了，住在古陈城郊外，离群索居，研究长江中下游陶器发展史。一个实习生，人称"文公子"，刚从学校毕业，修长白净，生性活泼，脖子上挂一架海鸥牌照相机，爱说爱笑，那就叫潇洒。现在是本市博物馆馆长，成了本地文博事业的担纲专家。另一个实习生，人称"小李子"，不爱说话，却听话，进入现场，若有所发现，像听到主子的召唤，精神抖擞。普查之前文公子向那青年透露，胡夫子刚与妻子离婚。妻子受不了他长年献身田野考古，与人私通，被发现后提出分手，抛下一个读小学六年级的儿，寻了新欢。那个十一岁的儿，寄养在姑妈家，令人怜惜。所以普查期间三人对胡夫子尊敬有加，服从他的领导，听从他的指挥，不让他心里再添堵。

普查小组下到公社，那青年找公社分管文教的副书记，做了简单的汇报。副书记说了一声："好。"提包赶会去了。剩下的工作，交给了那青年。田野文物普查是一门极其严谨的学科，那青年以为胡夫子要向他强调一下重要意义，但胡夫子并不那样做。那青年也不计较，明白他只是一个带路的。在公社食堂简单地吃过饭，胡夫子对那两个小子说："准备好了吗？"三人就检查各人随身所带的工具和装备，照相机、镐头、手铲、平板仪、绘图纸等等普查时必用的东西，这才重要。让那两个小子明白到了"实战"阶段，必须自觉行动，根据所学专业，按照科学分工，一丝不苟，有条不紊，进入"战斗"。两个小子检查完毕，立正敬礼，齐声回答："报告首长，都准备好了！"好一个胡夫子，被叫"首长"也不见他笑。调节气氛的事，他也不"兼容"。

那青年带着普查小组三个人，是从上巴河镇对岸，沿河边二级台地进行踏勘的。古风浩荡，迎面吹来。巴河之所以叫巴河，是从上巴河镇开始的。巴水河从大别山南麓发源，一河绿水，两岸青山，流到下游入江前五十华里处，上面河西的古镇叫上巴河，下面河东的古镇叫下巴河。鄂东五水，皆从大别山南麓发源，巴河居中，曾经是历史上"五水蛮"巴人的治地，巴河因此得名，上下两个古镇是巴人生命延续和抗争不息的脐带。上巴河古镇对岸恰是那青年外婆的沙街。娘死后，父亲带着他在沙街生活了八年。他在沙街度过了他的童年，那里是那青年生命的起点，也是那次文物普查的起点。生命在冥冥之中，如此之契合，像踩着梦儿走。回想起来，能不叫人心驰神往？

古历五月，巴水河边，风流遍地，风情万种，该是人间多么美好的季节。那青年带着他们沿着河边二级台地走。河畈里湖泊如镜，港水盈盈，早稻初黄，谷穗拂岸，秧鸡在秧棵中，叫着"谷啊谷"，蹲鸡绿岸后，叫着"等等"。丰收在望。河边的垸子，绿树丛中，栀子花开始白，石榴花开始红。风在梦儿里，梦在风儿里。

四人像猎狗一样，循着地面走。走着，走着，就在沙街的岗地上断岸的土层中发现了夹沙陶片，还有破损的陶鼎足和陶鬲足。原来一切都在梦儿里。那青年忽然觉得有的东西，就真的有，这就是新石器时期遗址的典型器物。那些像鸡胗和夹层饼干样的东西，原来就散落在这里，只是你不认识，你不知道它们就是三到五千年前祖先用过的器物残片，这比巴人时期还要早得多。原来早在新石器时期，巴河岸边二级台地上就遍布人类，他们是远古的祖先。原来历史上所记载的并不是传说，楚国之前西周分封的黄国、弦子国、六国等诸多小国，事实上都存在。这些无言的陶片可以证实。胡夫子说："这里的陶片和石器，形制和纹饰具有良渚文化的特征。良渚文化距今有七千到一万年。"

他们是在普山遗址上发现石斧的。普山遗址在熊家湖水港之间，是一个环形的半岛。地貌保持较好，平平的岗地周围，遍布着古人居住的遗址。石斧出现在古人烧过的灰坑旁边。如果你不了解石器知识，会以为那是一块普通的石头。那是半穴居的窝棚，有柱洞，灰坑的火像刚刚熄灭，主人刚刚离去。一身皮草的先人，男人下湖捕鱼，女人上岗采摘去了。召唤一声，他们会应声回来的。湖风悠悠吹千古，腥风不改当年味，叫那青年沉浸其间。这发现叫他们欢欣鼓舞。

他们是在王家墩寨山上发现七处古人集族而居遗址的。那里是河边的一个大垸子，垸子东头有一座平顶小山，当地人叫它寨山，小山四周石块相连，像一个寨基，胡夫子推测是祖先祭祀和集会的地方。依寨相伴，有古人烧制陶器的竖窑遗迹，大量的红烧土块和陶器的碎片，陶鼎足和陶鬲足遍地散落，俯首即拾。陶片中夹着粗糙的沙粒和发亮的云母片。胡夫子说，那是防止陶器烧裂的。陶片有绳纹和云纹，还有网纹。其中还发现黑陶片。那黑陶片薄如蛋壳。胡夫子说，薄如蛋壳的黑陶与良渚遗址的相似。

还发现了陶网坠，中间一条沟，那是穿线做网脚的。寨山四周发现大量石器，斧、铲、锛都有。被发现的还有古人墓地。那墓地在不远处傅家山腰，只是被开荒破坏了，但陪葬的陶器残片仍在，散落在荒草丛中。靠王家墩中间的池塘边，那沉积的文化层，有三米多厚，胡夫子说，那是古人出窑后倒垃圾的地方。

这些不由那青年心情不激动，身历其境，那梦就辉煌。王家墩呀王家墩，平日熟视无睹，原来你的历史贯穿着整个中华民族文明史。巴水河呀巴水河，你不舍昼夜地流淌，原来几千年来与黄河长江一样，潮起潮落，清分浊分，同呼吸共命运，生生不息。事实证明，一个搞文学的小子，可以轻薄自己，但千万不要轻薄脚下生你养你的这块土地。何处肥土不养人，江湖万代留青史。站在辉煌的土地上，你有理由骄傲和自豪。你留下的文字，若干年后就是脚下散落的陶片，虽然不起眼，但必须是用眼泪和欢乐烧成的，好让子孙发现后品尝其中的辛咸。

于是四人就激动，就欢呼。于是按各自分工忙碌起来。拍照，步测，绘制地形图，圈定遗址范围。东经多少度，北纬多少度，离县城多少千米。择陶片、鼎足和鬲足，取样编号，沉迷其间。人生轮回如大梦，沧海桑田几千年。微风拂面，宠辱皆忘。

那次文物普查是在端午节前一天结束的。胡夫子提出要向公社分管文教的副书记汇报，因为此次发现的巴河流域新石器的系列遗址，填补了鄂东历史上的空白，需要引起当地领导重视，加强保护。那青年找到公社分管文教的副书记说明意思，那副书记正在收拾东西，忙着回家过节，同家人团聚。那青年问："那怎么办？"副书记说："叫他来吧。"那青年回文化站就带着三人一起来到副书记的办公室。进门后，那青年大吃一惊，发现副书记不在，坐在藤椅子上的是公社管客室兼收发的老姚头，神气活现。老姚头一个劲朝那青年使眼色，那青年明白了。

胡夫子的汇报进行了一个多小时，那青年真担心老姚头会打瞌睡，哪晓得他听入了迷，胡夫子的汇报把他带进了一个古老神秘的世界。出门后胡夫子对那青年说："你们的书记听得很认真，说明他对工作很负责。"那青年不好说破。只怪那时候领导的文物保护意识没有达标，如果拿到现在，肯定不一样。

他们要走了，到另一个公社去继续他们伟大光荣的事业。文公子赶写了一封信，向他的女朋友报告此次取得的成绩，他微笑着把信装进了彩色的信封，投进绿色的邮筒。胡夫子记起了寄养在姑妈家的十一岁的孩子。夏季到了，上学该穿双凉鞋。那青年陪他到街上，精心挑选一双式样新颖的童凉鞋，在去邮局寄凉鞋的路上，那青年望着他穿的黄褂子，心里不是个滋味。胡夫子不会洗衣裳，白褂子穿成了黄颜色。还是另一个小子好，跟在后面，未惹凡尘，乐而忘忧。

那次文物普查那青年实现诺言，雇人挑了一担编了号的陶片和石器，亲自到县博物馆汇报。叶馆长十分高兴，吃饭时备了酒，敬了那青年一杯。叶馆长问："有收获吗？"那青年说："纸上得来终觉浅，绝知此事要躬行。"叶馆长趁机鼓动，说："你能以此为素材写点东西吗？"一语点醒梦中人。那青年心里一动，说："我试试吧。"

那青年就是那时决定写那篇小说的。有心插柳柳成荫。那是一篇别开生面的小说，得益于那块生他养他的土地和带他进入辉煌梦境的人。

许多年过去了，回想起来，那篇小说是他的"成名作"。从此明灯一盏，指引他深入家乡的厚土，抒写苍生，无悔此生。

三

那青年那篇成名作的题目叫《鼎足》。那篇小说是那年夏天荷花含苞的时候，在巴驿公社院子内办创作学习班期间写成的。那次为期一个星期的创作学习班，现在回想起来，其过程悲喜交加，极具喜剧色彩。

通过那次文物普查，那青年知道鼎是中国文化历史长河中，具有代表性的器物。龙作为图腾是祖先幻化出来的，而鼎成为重器是日子里变位升华提升出来的。那青年接到与会通知后，遵照叶馆长的点拨，开始有感而发，围绕鼎进行构思展开想象。那空前未有的想象，现在回想起来，当然美好而且正确。

你听"坎坎伐檀兮，置之河之干兮，河水清且涟猗"的歌声，在耳边唱起来了。这是《诗经》中描写祖先生活场景的。你可以通过诗句遥望远古的祖先们，在河边水源充沛的二级台地上集族而居：下河捕鱼，上山围猎，用石器和木器开荒种植作物；日出而作，日落而息；瓜瓞连绵，繁衍子孙。祖先们临水而居，取水方便。水可烹食，可以和泥制陶。远古的祖先们在实践中，搓泥为条，盘条累形，发明了鼎。鼎有三足，在地上放得稳，用窑烧成后，下面生火，能将生物煮成可口的熟食，喂养儿女，同时健壮自己，开启聪明才智。河水伴着岁月流淌，平民以不变应万变，器以人传，一以贯之，用的是陶鼎。而贵族随着冶炼技术的发展，开始使用青铜鼎，烹羊煮牛，分而食之，饮酒高歌，攻城略地，壮怀激烈。于是青铜鼎渐渐退出实用器，成为祭祀神器。鼎之大小与轻重，成为一个方国综合国力和国际地位的象征。于是在汉字的发展史上，人们赋予"鼎"诸多的意义。比方说"问鼎中原"，比方说"三足鼎立"，比方说"鼎鼎有名"，当然还有"鼎盛"。作为重器，青铜鼎少，不易打碎，打碎了也容易复原，可以放在博物馆里，坐镇时光。所以青铜鼎是贵族精神的象征。而民间使用的陶鼎就多，易碎，能复原的很少，碎片散落在土层中，只是鼎足几千年来，保持着原来的样子。所以陶鼎是平民的精神象征。但青铜鼎和陶鼎，同样都是浴火重生，世代雾蒸霞蔚，可歌可泣。那青年成竹在胸，打算抒写发现过程中的人和事，让精神贯入其间。

那青年就是带着这样的构思，参加那次创作学习班的。

那时的笔会不叫笔会，叫创作学习班。创作学习班选在巴驿公社大院里开。巴驿公社所在地巴驿镇，是光黄古道巴河边上的一个古镇。巴驿是简称。日子里巴水河边的人不爱简称，叫全称。全称巴水驿。一叫全称，古意就显现出来。这条古驿道自古以来就是中原通过鄂东连接江南交通的枢纽，水陆两用，输兵运粮，传达圣旨。北宋从开封到杭州，南宋时从杭州到开封，驿道没有变，只是马头出发的方向，发生了变化。烽火连天，铁马干戈，苍生如芥，血流成河。沧桑之间，个中滋味，不说也好。

创作学习班选在这里开，其中有原因——文化经费紧张了，再也不能像以往一样按预算拨款了，预算一个数字，财政批一个数字，两个数字之间就有缺口。上级提倡以文补文，缺口部分需要文学辅导干部们，动用社会关系想办法解决。那时文学辅导干部"换血"了。南正在想方设法，调到隔江的电视台。周与老公一起调到十堰改行教书。彭虽然还在文化馆，也在想离开文化馆，主持文学辅导的再不是他。江大人将洗马文化站年纪稍长的周大哥，调到文化馆主持文学辅导工作。周大哥读书不多，小学毕业，是本县成长起来的第二代农民作家，又是党员。他那时创作成果突出，参加过省作协主办的文学讲习班，为人忠厚老实，视培养新人为己任。彭和南成了配角，好在彭和南服周。他们关系好，谁主谁从，没有什么大不了的。彭和南想得通。

创作学习班选在巴驿公社大院里开，是周动用了关系的。那时巴驿的宣传委员姓张。此人虽然从政，但也是业余作者，爱收集民间故事，此间与彭合作出过一本书，叫作《对联趣话》。周是写小说的。张读过周发表在《长江文艺》上的作品《老班长》所以崇拜周。彭与周来到巴驿公社找到张，说明来意，张就答应了。宣传委员是公社党委成员，在分管范围内可以当家。在公社大院里举办创作学习班，有许多优惠条件。业余作者们可以住在公社客室里，不收钱。会议室免费，还提供茶水。在公社食堂里吃，餐票集中买，发到作者手上凭票供应。这样可以省不少的钱，能弥补预算的缺口。培养作者出了成果，公社也有政绩，皆大欢喜，"钱半功倍"。若干年后，张调到县文化馆当书记兼馆长，不久又升任县文化局当副局长，与那次创作学习班的召开不无因果关系。张后来又出过一本书，叫作《城山故事集》。此山有两个名字也有两个不同版本的故事。民间叫"神山"，说山上有座观音庙，庙前有个打儿窝，据说丢石子落窝，求子格外灵。官方叫"城山"，说山头有古寨遗址，据说是三国时候周瑜在赤壁大战前，居高临下，屯兵操练所筑的。张热衷于后者，并将流传的故事，收录整理成书，流传后世。后来张落下了血压高的病，怎么降也下不来，死得早了点，可惜。总之，那次创作学习班盛况空前，并不是过眼云烟。

那次创作学习班之所以盛况空前，是因为周与彭、南有一点是共同的。那就是在走访和来稿中，努力发现新作者。发现一个就如获至宝、欣喜若狂，不放过一切机会进行培养。那次创作学习班集聚了全县各条战线原来发现的和新发现的三十多位作者。有男有女，结了婚的和没结婚的，济济一堂。巴驿公社的会议室都坐满了。会前周和彭、南就传出风声，说发现了一个新作者，叫闻莺，男的。"闻莺"据说是笔名，像现在网名，取"柳浪闻莺"之意。有点意思。说这次也来参会了，是写散文的，而且通过来稿看，写作水平相当不错。这就给与会的作者们在欣喜之余带来了必要的紧张。毕竟是同台竞技，必要的紧张，有利于出成果。

那人就出现了，瘦瘦的一个年轻人，并不说话，只是看人的眼睛有异光。周就拿出他写的一篇散文读，果真立意不凡，文字功夫深厚，听得人肃然起敬。这叫示范，预热，让与会的作者们提高警惕，不可掉以轻心，高手在民间。发动之后，周就号召各位作者按照自己的构思，抓紧宝贵时间进行创作，争取在会议期间拿出成果来，江大人等着我们胜利的消息。

于是各位作者就在各自的房间闭关创作。巴驿公社客室多，两个或三个人一间，桌子摆成不同方向，有利伏案。如果觉得不方便，就在会议室里写。会议室大，桌子多，可以互不影响。周和彭、南三个人住一间。那门日夜敞着，方便作者们拿稿子来，他们分人审读、会诊，进行辅导。那青年开始埋头按构思写他的《鼎足》，进展顺利，有空前的冲动。这就预示着成功。

周和彭、南怕作者们写伤了，安排时间到巴河边去参观。参观什么呢？参观河边的造船厂。那时河边的造船厂，开始造铁驳船了，运沙拖石。那新造的铁驳船泊在河边，随水浮动，两层楼高的。男男女女一起去放松，那场面就生动活泼。

哪晓得伤脑筋的事接踵而来。这回是让周直接伤脑筋的。那天深夜由于周和彭、南房间的门没关，那本是方便作者谈稿的。第二天周清早起来，发现放在床头裤子口袋里带来的会议经费不见了。会议经费周与张说好了，散会时统一结账，所以没交。这就非同小可。带来的会议经费有一百七十多元，那时就是一笔巨款。周在文化馆每月只领三十七元五角，相当于他不吃不喝四个月的工资。周的家那时还在农村，两儿一女，读书日用全靠它。出这样的事，非同小可，比接吻事件严重得多。

没有办法，只好叫公社派出所所长来破案。派出所所长破案能力很强，经过分析是内部作案，因为外人不知道内情。于是满院风雨，邻人偷斧，人人自危。结果在客室楼顶的储水塔里，发现丢弃的空钱包，那是周的。同时发现那个新来的写散文的高手忽然不见了。尘埃落定，众作者这才松了一口气。后来发现那"高手"的散文是抄的。从此那个"高手"泥牛入海，不知所终。

于是彭就发动众作者捐款。出这样的事，公家是不能报销的。随多以少，每人出一点，补齐了失款，不让周一个人蒙受损失。阴云过了，艳阳高照，创作学习班重新焕发生机。

那青年的《鼎足》就是在那次创作学习班期间，经过当面辅导写成的。完稿之后，他站在楼顶上，遥望巴河水云接天，天风浩荡，荷香阵阵入鼻，脑子里一片辉煌。"龙蛇笔走意，大泽际来风。"这辉煌是他创作生涯第一次尝到的。

定稿之后，周和彭、南比那青年还高兴，于是喝酒庆贺，纷纷传看，制造轰动效应，他的作品就成了那次创作学习班的亮点。周叫那青年抄了两份，亲自写信推荐给《长江文艺》和《芳草》。不久就被《长江文艺》推出了，发在那期的二条，封三还配发了他精瘦的黑白照片，加了说明"青年农民作者某某某，本刊本期发表该同志的短篇小说《鼎足》"。小说发表后，叶馆长奖了他一个本子和一支钢笔，作为纪念。因为写文物普查的小说，他是第一人。那本子很厚，能记许多东西。那笔是英雄牌的，水路很大。

那年他刚满三十岁，正是而立之年。回想起来，正是"鼎足"精神形成的合力，支撑他完成了这篇小说，从而坚定了走小说创作道路的信念。

这是那青年而立之年在家乡公社文化站值得纪念的成果之一，还有之二。之二不是小说，是小戏。那个小戏是与人合作的，对于他来说，属于"踏破铁鞋无觅处，得来也得下功夫"。

如果说幸运，也是际遇中的巧合。

四

父亲教育那青年："吃菇莫忘树的恩，喝水莫忘挖井人。"没错。面对逝去的生活，你应该学会微笑，懂得感恩。假若当时不是改革开放，文化复兴的浪潮扑面而来，就不可能产生那样的小戏。

那时一个业余作者在省级刊物发篇小说算件大事，但造不成社会轰动效应。圈子里知道，不看小说的人不知道。但小戏则不同，小戏是视角艺术，受众面广。写出来被剧团看中了，搬上舞台，就有许多人看。沉寂多年的乡剧团，像蛰蛙被春风唤醒了，纷纷活跃在水乡山村。同时公社组织的半职业剧团也相继成立。什么叫半职业剧团呢？将演员集中起来，公社给地，忙时种地，闲时演戏。其实还是以戏为主。比方说三店公社的百花楚团红极一时，可以与县楚剧团比肩。那青年所在地的竹瓦公社楚剧团在百花楚剧团感召下，也成立了。"一去二三里，村村都有戏。"

巴河流域的人爱看楚剧。楚剧是地方剧种，流传在大别山南五水流域，属于楚文化的"胎记"。草台班和半职业剧团除了唱改编的传统连台戏之外，还将优秀传统小戏搬上台，作为"开场戏"。老人们和青年人都爱看。这些小戏是从连台戏中，摘出来的一折。比方说《葛麻》，比方说《站花墙》，比方说《翠花女检过》，都是"对子戏"，角色不多，两个人或三个人，素幕红妆在台上演。故事演富家小姐爱慕机智长工，打情骂俏，妙趣横生；

或是演小姐与落魄秀才在后花园相遇，眉目传情，顾盼生风，丫环站在花墙上，牵线搭桥。又或是演穷女儿富了后，回娘家给娘过生，想起往日娘嫌贫爱富之事，声泪俱下，让娘思过，娘良心发现。剧情熟练于心，就看角儿在台上怎么唱。阳光之下，全是人间真情。唱的人神魂颠倒，看的人如醉如痴。

主管意识形态的领导，及时发现这个现象，从中央到地方达成共识，认为要抓现代小戏的创作，以会演、调演为推手，满足群众日益增长的精神需求。于是各级主管文化的领导，以抓现代小戏创作为己任。江大人亲自坐镇，调动力量，"百花齐放，推陈出新"。江大人组织全县业余作者创作了三台现代小戏，迎接全省业余剧团小戏会演。那青年与人合作的小戏，就是其中一台。那年本县有三台小戏参加省里的调演。一个小戏叫《当家人》，是三店文化站站长国捷大哥写的。国捷大哥姓严，因为比同代业余作者大，所以这样叫他。一个小戏叫《王待诏剃头》。开始是文化馆罗老师与南共同署名的。罗是文化馆戏曲辅导老师，南是文化馆文学辅导老师，是同一条战线的战友。罗的点子，南的发挥，最后搬上舞台。在排戏修改过程中，罗渐渐淡出，由南具体执行。朝省里报奖时，不知是什么原因，漏掉了罗的名字。此戏在省里得二等奖后，就掀起轩然大波。罗在高人指点下开始告状，不告作者，告发奖单位省文化厅。历时几年，沸沸扬扬，不亦乐乎，让省市县三级主管文化的领导痛苦不堪。后来以罗胜诉结案，补发了奖证、奖金并赔偿了误工费、精神损失费。此是后话。历史教训不可忘记，这告诫作者任何时候对于署名不可大意。名利之场，莫忘初心，水可载舟，亦可覆舟。

那年本县参加省里会演的三个小戏，得了两个一等奖和一个二等奖。《当家人》和《飞来的草帽》得的是一等奖。《王待诏剃头》得的是二等奖。全省只三个一等奖，一个县就得了两个。发奖时，江大人上台，捧回了三块牌子，容光焕发，叫各地市县的领导们，分外眼红。于是全县响动，加演不断。这还不是盛况，只算初潮，好戏还在后头。

《飞来的草帽》是那青年与汪大哥合作写的，是小楚剧。从初稿到反复修改，搬上舞台，用了一年多时间，在省里得奖后，拍成录像片，全长四十五分钟，送到文化部参加全国首届农村题材小戏调演，居然又得了个二等奖。那时基层作者写的戏能在中央文化部得奖，"好像春雷响四方"。喜讯传开，惊动了县主要领导，于是开座谈会、表彰会，总结成绩，表扬导演和主要演员，给作者披红挂彩。那才是轰轰烈烈，盛况空前，蔚为大观。鲜花和掌声接踵而来，作者能不晕乎？

"一戏得道，鸡犬升天。"就是那个小戏改变了那青年和全家的命运，不高兴那是假的。但是人贵有自知之明。那个小戏其实是块"千人糕"，其中包含了多少人的心血？作者，尤其第二作者，不能独贪"天功"，据为己有。那青年的老婆"本小姐"也是这样认为的。中央电视台那天夜里放那个小戏的录像时，那青年回到家里召集乡亲收看，免不了"得色"，哗众取宠，夸夸其谈。"本姑娘"对男人的作态不屑一顾，说："电视里天天放，不都是人写的吗？你那东西一拃长，有什么了不起？""一拃长"是什么意思呢？"一拃长"是巴水河边的人们日子中的量词，指大拇指与食指张开的距离。两拃一尺，一拃充其量五寸。这至理名言，让那青年哭笑不得，不得不服。"本姑娘"不识字，出嫁时有言在先，不嫁金，不嫁钱，只图嫁个实在人。她认为"四两清油才开桶"，她看不惯给点阳光就灿烂的人。"路漫漫其修远兮，吾将上下而求索"，"本姑娘"的教导，犹记在心。

的确，那个小戏从写到进京获奖的过程，一波三折，一会儿把你送到谷底，一会儿把你推上浪尖，悲喜交加，夹杂了多少幸运因素？容不得你得意忘形。写戏出身的游老师和排戏出身的华老师，不动声色地告诉你，这叫运动过程中的艺术规律。他们是江湖老手，大风大浪见得多，稳得住神。可为戏喜，不以戏悲。任凭风浪起，稳坐钓鱼台，一辈子"金身"不败。

创作之人得失之间，很难预料。那青年参与此戏创作，应该说是机缘巧合。如果不是游老师慧眼识珠提出来，如果不是第一作者汪大哥同意，根本没有他受益的可能性。游老师说的话，汪大哥听。游老师是汪大哥的偶像，师徒二人关系不同寻常。游老师的厉害，那青年是先前同汪大哥合作小戏时，耳濡目染中见识的。写累了，汪大哥点一支烟吸，同时给那青年点一支，二人同时吞云吐雾。汪大哥就同那青年绘声绘色讲游老师年轻时的故事。汪大哥是样板戏训练班某期的学员，初中毕业后爱唱戏，是公社宣传队的骨干。招到关口公社文化站当站长后，那功夫相当全面，可以写，可以演，也可以排。"山中无老虎，猴子做大王。"他带着业余剧团下乡"打场子"演出创收，以文补文。那些功夫据他自己讲，得益于两个老师，一个是游老师，一个是华老师。游老师写戏的，叫编剧。华老师排戏的，叫导演。据说汪大哥是他俩的入室弟子，按规矩登门拜师了的。

汪大哥说游老师年轻时老书读得好，字也写得好，是浠水县城公认的才子。他在国民县政府秘书室写公文，酷爱戏，有时他那个当县长的同学，就找不到他的人。到哪里去了呢？到戏楼喝茶听戏去了。所以老当不上科长，他也不在乎。一袭长衫在身，一把折扇在手，打开收拢，风来风去，"公子哥儿"一个。后来新政府惜才，将他安排在县剧团当编剧。那时是戏剧繁荣期，县汉剧团急需生产新剧目。为了吸引观众，那些戏就是连台的。他与华老师一个写，一个排。华老师追着排，游老师赶着写，现写现排，经常是一天两场戏。游老师写戏不用稿纸，直接在蜡纸上刻，不修不改，用油印机推出来，直接发给演员背词。那仿宋体就跟印刷厂印的一样。这就叫功夫。他写的许多戏在《上海戏剧》上发表，还有稿费，每回得的钱不是小数，叫人眼红。后来被打成"右派"，他家中儿女多，一并过上了苦日子。汪大哥写戏拜他为师，那是找对了人。游老师放话出来，学生没有不答应的道理。因为那青年与江大哥先前合作过几个小戏。先前二人合作的小戏，尽管没有成功，但是经过了磨合，知道各自的长处。江大哥是写戏的，心气极高，知道戏路，但刻画人物功力有点弱，而那青年是写小说的，写小说的人以刻画人物见长。游老师认为有必要让那青年参与合作此戏，看此次能不能珠联璧合。游老师心知肚明，有意撮合，玉成此事。

撮合那天是初夏的月底，风和日丽。那青年从竹瓦搭车上来，到文化馆领工资。那时一个月三十七元五角的工资归文化馆发。那青年从文化馆前院走到后院，看见游老师将煤炉子提出来，在那里点刨木花，用扇子对着炉口扇风生火，烟一阵，火一阵。那时游老师刚摘"右派"帽子，上级落实政策，将他从剧团安排到文化馆从事文学辅导。那时有许多辅导老师，年轻人下乡，他负责坐镇看稿编刊，边看稿子边生炉子，馆里领导也不说他。看的稿子以戏为主，他的意见很重要。汪大哥写的初稿《草帽》就在他手里，看完了，觉得不如意。游老师见那青年上来了，眼睛就亮，问："上来了？"那青年站着答："领工资。"游老师手里拿着火钳，朝院子客室里喊："汪，过来一下。"原来汪大哥正在馆里"攻关"。汪大哥就出来了。二人随游老师走到他住的披屋，坐下。那披屋就在文化馆办公楼的楼檐下，游老师家人多，屋不够住，他住披屋，自己搭的。有门，捡来的。废物利用，一扇，只是窄，向着东方，太阳出来有阳光。门两边过年也贴红对联。自己写的。一边"近水楼台能得月"，一边"向阳花木可逢春"，横批"莺歌燕舞"。就景寄情，符合形势。字好，心情也好。

坐定吸烟，烟是游老师的。很便宜，"经济牌"的，农民才抽。游老师烟瘾大，那是写戏练就的。烟雾缭绕。游老师对汪大哥说："汪，这戏让何括与你合作吧？"汪大哥正写到难处，巴不得松身，说："我听老师的。"于是游老师就把汪大哥写的《草帽》初稿拿出来，交给那青年，说："你回去后，改一稿试试。"话说得极有分寸，留有余地。

那青年是临危受命的。开始就这么简单。虽然意料之外，也在情理之中。那时根本没有想到此戏后来能获殊荣，碰巧的，运气而已。

五

那小戏获得殊荣之后，游老师很高兴，将汪大哥和那青年召到他住的披屋，置果盘于桌，泡香茶在手。对他俩说："俗话说，巧妇难为无米之炊。有了生米好做熟饭，合作之事全在机缘之中。就像恋爱结婚，琴瑟和谐，情投意合，十月怀胎，一朝分娩，一个新的生命，不是哇哇出世了吗？可喜可贺。"此话不俗，上得了大雅之堂。游老师是个中之人，知道此戏成功的前因后果。

游老师讲创作经验，一点不比魏老师差，晓得引经据典。这就是大智慧。游老师不能在会上说，只能在私下讲，属于个别辅导。他还没有取得会上辅导的资格。"帽子"是摘了，但还在察用期间。

这之前，那青年每次上来领工资，就到游老师住的披屋去讨教，和游老师促膝而坐，分烟而抽。他问游老师："我写得下去吗？"游老师通过看那青年写的小说，很爱那青年对生活的捕捉，欣赏他的叙事能力和对人物的刻画能力。那年他编发那青年的一篇小说《陈年人》，使那青年尝到了小说创作人物刻画的魅力，也让游老师看好他，认为他是写得出来的人。游老师莞尔一笑，一手端着茶缸子，一手吸着烟，对那青年说："创作之事没有巧，好比情窦初开，在日子里苦苦寻找意中人。功夫不负有心人。十步之内，必有芳草，可以托付，安身立命。"

那青年每逢写到迷茫时，游老师总是这样说。这句话使那青年受用终身，指引他在创作的道路上走到了今天，没有辜负游老师的期望。所以说创作辅导没有什么难的，只要像孔夫子当年因材施教就行。所以游老师临终那年没忘记那青年，交代他的子女通知那青年回来。那青年从市里赶到县文化馆，在游老师入殓的遗体前，执弟子礼，点一炷寿香敬了，跪在地上化三叠纸钱，含着眼泪，磕了三个长头。圣人言："人必有师。"游老师是他创作初期重要的良师之一啊。"谁言寸心草，报得三春晖。"

如果说那小戏是枚受精卵，那并不是那青年"受孕"的。素材和灵感，是汪大哥从生活中得来的。他只不过在游老师的荐引下，参与了"孕育"过程。

话说那年秋天，汪大哥带着关口公社业余剧团，到三角山下的绿杨公社"打场子"。为什么选择到绿杨公社呢？因为那时绿杨公社的党委程书记，是个业余作者，调到此地了。此人散文写得好，其中一篇叫作《大喜在后》，

116

发表在《散文》杂志上。《散文》是全国权威刊物，能上不容易，上一篇就叫全县业余作者刮目相看，就有资格参加全县业余创作会，在会上做典型发言，介绍创作经验。通过开会汪大哥与他熟了，二人谈得来，成了朋友。汪大哥见机生心说："程书记，我们关口剧团想到你们那里汇报演出，不知意下如何？"程书记说："欢迎。"汪大哥笑着说："出家人不打诳语。"程书记说："会尽地主之谊。"二人握手，这事算是敲定。

汪大哥带着他的业余剧团来到绿杨公社时，正是秋收过后。遍地阳光，群山尽染。汪大哥找到程书记，程书记热情接待了他。说明来意，程书记就叫办公室主任开了介绍信，介绍到三角山下李家宕村。介绍信是公事公办的。信云："兹介绍关口公社业余剧团团长××，来你大队联系演出事宜。请予接洽。"汪大哥是站长兼团长。介绍信留有很大的余地。汪大哥希望程书记写个条子，哪怕二指宽的也行。但程书记刚到任不久，不肯写。程书记说："你去。"程书记忙，要开会，就送汪大哥出门。外面太阳很大，程书记就把他的草帽从桌上拿起来，送给汪大哥戴。那草帽上面写着程的名字，是两个鲜红的字。

汪大哥戴着程书记的草帽，装着介绍信，来到三角山下李家宕大队，在枫林丛中的大队部，见到大队书记。大队书记接待了他。汪大哥拿出介绍信，说明来意。大队书记面露难色。汪大哥问："能演几场吗？"大队书记说："山里穷，哪来的钱演戏？"汪大哥说："你们提供礼堂就行。我们卖票演出，不让大队出钱。"书记说："礼堂是有，但是危房。垮了，打死人谁负责？再说正在秋收，哪来闲工夫看戏？"

汪大哥见书记说得条条有理，不好再坚持，拿起草帽扇风，起身出门。就在这时，眼尖的大队书记，看见了草帽上的红字，大吃一惊，急忙拉住了汪大哥，问："这是谁的帽子？"汪大哥说："你不知道吗？这是你们公社刚调来的书记程宜的。"大队书记问："你是他什么人？"汪大哥说："我是他的朋友。"于是大队书记态度来了个一百八十度大转弯，又是上茶，又是敬烟，将汪大哥奉为上宾，说："演，演。"汪大哥知道戏来了，问："山里不是穷吗？"书记说："丰富群众精神生活，不在乎那几个钱。你们卖票，我们维护秩序。门票收不够，由大队补贴。"汪大哥问："礼堂不是危房吗？死了人谁负责？"书记说："山里有树，我们抓紧维修。"汪大哥问："不是秋收忙吗，哪来工夫看戏？"书记说："山里人就爱看戏，再忙也抽得出时间来。"于是书记当场决定先演八场，到时间如果群众有要求可以再加。汪大哥没有想到如此顺利，心情很好。

这时大队书记对汪大哥说："汪团长，你要答应跟我办件事。"汪大哥这才知道是有条件的。汪大哥问："什么事？"大队书记说："实不相瞒，山里穷，靠山吃山，请你帮忙请程书记批个条子，让我们李家宕疏林砍点树卖。"那时山里疏林砍树卖，要公社批准。书记为民之心，天日可鉴。这当然不是难事。汪大哥赶回公社，将情况向程书记报告后，程书记鉴于李家宕的实际情况，认为适当疏林对森林有好处，就写条子批准了。于是戏演了，林疏了，皆大欢喜。

演出成功，汪大哥回到县里，将大队书记前后的态度，绘声绘色说给游老师听。游老师听后，将一口茶吞到肚子里，说："这可以写个戏。"于是就围绕草帽构思，搭架子。戏点子当然可以，"本事"却不行。于是就虚构，将大队书记换成办贷款信用社主任。那时候不是提倡万元户，让一部分人先富起来吗？那就将"打场子"的汪大哥，换成申请贷款的。男的不行，换成女的，叫作涂园园。年轻漂亮，敢作敢为。一个老谋深算，前倨后恭。一个捕风捉影，见机行事。草帽是公社书记的，就也将此人改姓涂，让二人同姓，埋下伏笔。草帽如何设置呢？换成公社书记下乡调查，路上碰上申请贷款的涂园园，见太阳大，"才子怜佳人"，顺手从车上丢下来的。这就是花旦与丑角的"对子戏"。前后"翻皮袄"，构成喜剧冲突。于是汪大哥趁劲写成初稿，名字叫《草帽》。

那青年将初稿拿回来，顺着戏路改了一稿，做了三点贡献。一是将公社书记升级了，升成了县长。公社书记太小了，构不成典型意义。二是着重塑造人物，将涂园园由普通农村青年，升级成大学毕业生，而且在南方闯荡多年，这次回乡创业，加强了时代特色。三是围绕心理活动，刻画人物个性，从文字上下功夫，紧针密线，让矛盾围绕草帽，在变数中展开。那青年与汪大哥合作过多次，所短和所长，双方心里有底。汪因为读书不多，说戏可以，但写就爱走偏，往往脱离人物性格和内在发展逻辑，为了做"戏"而走"神"。特别是唱词，只是个意思，经不起推敲。那青年是写小说的，这方面的功夫比他强。那青年改一稿后，将名字换成《县长的草帽》，送给游老师看，游老师觉得顺了，基本立得住，于是报告江大人。江大人出面，组织各路大家论证，觉得是"戏"了，可以开排。在排练过程中，慢慢地打磨。

这个戏是安排三店百花半职业剧团排演的。因为上级有规定，参加业余会演的小戏，必须由业余剧团生产，专业剧团不能参与。所以这个小戏的导演，不是县剧团的华老师，而是郭老师。郭是文化馆业余文艺辅导干部，属于群众文艺系列。江大人安排华老师当艺术顾问，不署导演名字，只说不动手。小戏得奖的名字《飞来的草帽》，是郭排演时灵机一动改的。郭年轻接受能力强，特别聪明，对戏的理解，超出常人。那一天排练时，郭将涂县长的出场戏安排到幕后，只听幕后汽车喇叭响，台前的涂园园与幕后的涂县长几声对白，一顶写有红字的草帽，就从马门呈弧线抛到台前，涂园园一个"鹞子翻身"，就接到手上了。哎呀！那身段漂亮极了。众人欢呼。郭导演当即决定："戏名改了，就叫《飞来的草帽》。"神来之笔，画龙点睛。漂亮！名字一改，让戏增色不少。

这戏在省里获奖后，上级并未安排进京调演。安排进京调演的是另一个戏。使领导改变决定的关键人物，是省里的一位德高望重的戏剧专家，姓龚。他听说浠水县有个小戏不错，特地赶来看。看后大加赞扬，说："此戏不错，是戏。"于是省里的有关领导听从他的建议，将那戏拿下来，让此戏上。如果不是龚老慧眼识珠，"草帽"也飞不到北京。

此戏的两个主演，开始都是三店百花楚剧团的。男的姓汪，女的不知姓什么，名字也忘了，只记得艺名叫"黑子"。这黑子长得虽然黑了点，但是化妆之后看不出。眼睛大，炯炯有神。她是郭导选中的，说演涂园园非她莫属。这个黑子极磨人。进京之前拍录像片，反复打磨时，她随男人下海，到南方准备开公司赚钱，跑了！害得郭导演亲自带人到广州去请她。第一次她尊郭导的面子，跟着回来了。回来后，临上台前一副"死相"，说病了，浑身无力，像条软骨虫儿。这可怎么办？郭导耐心给她化好妆，她还是一副活不了的样子。哪晓得锣鼓一响，她精气神全上来了，演得比哪一场都出彩。这个死东西！叫人哭笑不得。临到拍录像片时，她又跑了，害得郭导又带人到广州去请，好话说尽，还是将她"押"上火车。车到武昌站，郭导一不小心没看住，她又回了广州。所谓"强扭的瓜儿不甜"。经济大潮席卷而来，人各有志，她起了发财的心。没有办法，只好请县剧团的名角王替代她。王当然比黑子演得更好，只是少了一些野性。这是专家说的。两个主角后来都调到了省楚剧团，先后当团长。名角效应，锦上添花。

你说一个戏得奖容易吗？

戏得奖后，汪大哥将"受孕"过程，作为介绍成功的经验，在各种会上不知说过多少次，就像演员背台词，背熟了，总也忘不掉。汪大哥后来不知迷上一种什么功，据说能治百病。最后病得要死时，两个女儿将他送到医院，让他大难不死。那次那青年回到县里采访，为了叙旧，住文化馆他的家。他前面的婚姻不顺，离婚后再婚又不顺，分手了，到底过不惯庸常日子。年纪大了，离群索居，孤魂一个。半夜鸡叫前，他就盘腿，坐在床上练功。隔室的那青年起来看，他问："我浮起来了吗？"他以为自己功夫练到了家，整个身子如坐莲台，朝上升哩。那青年就笑，说："没有。我看你还坐在床上。"他说："你的境界没到。"还能说什么？纱窗透白，坐尊一个。这是没办法的事。

近来，南和那青年发起本县老文化人在百杨山庄集会，AA 制。会上主持人提议，每个人说十分钟，介绍各人近况。汪同志将当年"受孕"过程，说了半个小时，还打不住。那青年与他邻座，用手碰他的腿，对他说："算了，说短点，这不是创作会。"他说："啊，不是创作会。"总算明白过来。

唉！"寥落古行宫，宫花寂寞红。白头宫女在，闲坐说玄宗。"我的个汪大哥，那戏把你"害"苦了。

六

秋深了，街道两边梧桐树的叶子渐渐黄了，风中有了寒意。那青年是在广场边上县文化局会议室开研讨会时，发现汪大哥看人的眼光与平时不一样的。那戏得奖之后，汪大哥与那青年见面后基本上不说话，看见他像没看见似的。创作之人比较敏感，那青年心想，不知道什么时候"得罪"了他。

研讨会是庆功会之后开的。众人坐定，济济一堂。领导一排，导演和主要演员一排，参加会议的老师和作者代表一排。江大人将他身边的椅子，一左一右空了两个，让汪大哥和那青年坐。汪大哥穿着那副特置的行头，气象焕然一新。他将脖子上包嘴的长围巾掀了，朝肩后一甩，走了上去。江大人用手拍着右边的椅子，叫他坐右边，右边是首席。那青年不敢上去坐，说："我就坐下边。"江大人说："来来来，你也是功臣。"那青年那时"颜色短"，脸红破了，就上去，谦恭着坐左边，左边是次席。主次有别，这安排合理。江大人清清嗓子，宣读陈县长代表县政府签署的嘉奖令，掌声响起来。宣读之后，江大人说："下面请汪同志介绍《飞来的草帽》创作经验。"又是掌声。

汪大哥是绘声绘色介绍该剧的"受孕"经过之后开始露馅的。汪同志说："我是将何括当左手，帮我抄稿子的。"那青年开始蒙圈了，他没想到汪同志竟然这样说。这个小戏改了多少回，连他都不记得了。你中有我，我中有你。还有辅导老师和导演的心血。奖也发了，奖证上写着两人的名字，每人一张，资金也分了，这时说这话是什么意思？那青年默默无言。然而有人替他说话，那是《当家人》的作者。一起攻关搞戏，他知道内情。他说了几句，其中有一句是"没有何括就没有这个戏"。这话也有点过分。

江大人见闹起来了，并不动气，按着桌子，慢条斯理地说："同志们！这事就不要争了。要记住我们所取得的一切成绩，应该归功于党和政府的正确领导。希望大家再接再厉，团结一心，争取更大的成绩！"于是就宣布散会，不研讨了。华老师那天虽然没有参加研讨会，但对汪大哥在会上的做派，有所风闻。世上千人对你好，其中八百与我交。他老人家怎能不知道？

秋风起了，漫卷着街道两边梧桐树上的黄叶。汪大哥穿着那副行头，踌躇满志走在街上。路人侧目，以为是华侨。那副行头是陈县长给他特置的。这之前陈县长在百忙之中单独接见了他。一个喜形于色地汇报，一个聚精会神地听。相见甚欢，气氛相当融洽。之后陈县长为了表达爱才之心，将汪大哥带到商场，私人出钱五百元，让汪大哥选一身行头。"行头"专指戏装，民间泛指走人家"出人情"的衣裳。那时五百元钱不是小数，能买一身。汪大哥经过挑选，上衣是一件暗格花纹半长的呢子大衣，下身是一条混纺西装裤子，脖子上配了一条长围巾，头上加一顶鸭舌帽。蛮合身。高档，新潮。陈县长看在眼里，喜在心头。因为他知道创作之人爱炫耀，收不住话的人，必将此事宣传出去，那就是活广告，相当于恩赐的"黄马褂"。汪大哥果然"就味"，穿着那副行头，收一把长柄雨伞，挂手作杖，将长围巾包着半边嘴唇，走在风中的大街上，就是名士一个，极像当年清华园中的闻一多先生。

汪大哥是走到剧团巷，遇到出门买菜的华老师，开始上当的。华老师见了汪，驻足抬眼，打了一个惊诧，迎着风问："这不是闻一多先生吗？"汪大哥不敢造次，即刻站定，说："华老师，是我。"华老师问："你是谁？"汪大哥晓得华老师在做戏，不作声。华老师说："啊，老眼昏花，好险认错了人。"汪大哥脸红了。华老师说："听说你得了个奖？"这是明知故问，他哪能不知道？汪大哥说："是的。"华老师说："明天中午到我家来，我办酒为你庆祝。"汪大哥说："哪能要您破费呢？"华老师问："那不是你一个写的吧？"汪大哥说："合作的，还有一个。"华老师说："啊，明天你把他也叫来。"一日为师，终身为父。华老师的话汪大哥不敢不听。所以那青年第二天中午也去了，搭着沾了个光。

第二天，风和日丽，天气相当好。汪大哥和那青年买了两盒点心，提着孝敬华老师。华老师的家在剧团宿舍的二楼，楼是筒子楼，简陋。从院门进去，是狭小的院子，顺着粗糙的水泥楼梯上去，只见右边的门半掩着，有门帘遮着。掀开门帘，只见华老师端坐在饭桌前看书。厨房里师娘在做菜，砧板一遍响。气一阵，香一阵。往日汪大哥来向师傅请教，华老师总是把弟子叫到书房里谈话，那是说戏的地方。那青年随汪大哥来过。书房挂着字画一幅。两边对联的字，是文化馆书法家郑老师写的正楷："疏影横斜水清浅，暗香浮动月黄昏。"中间的画是东坡老梅。告诫自己的。有学生来说戏，老先生必点檀香除俗气。今日不同，书房的门关着，换在厅里。厅是什么？吃饭的地方。吃饭地方正门墙上也挂书法，补壁，自己写的："墙上芦苇头重脚轻根底浅，山中竹笋嘴尖皮厚腹中空。"教育子孙的，伟人也引用过。

汪大哥一看大事不好，进门之后，丢下那青年，钻到厨房里帮师娘择菜。华老师气笑了，朝厨房里喊："出来！今天不是叫你来择菜的！"汪大哥就乖乖出来了。华老师指着椅子说："坐！"汪大哥哪里敢坐，说："徒儿站着听。"华老师对那青年说："他不坐，你坐。"汪大哥不敢坐，那青年也不敢坐，陪着站，气氛有点紧张，师娘在厨房里说："老壳子，你做什么相？莫吓着伢儿们。"华老师说："君子远庖厨，与你不相干。我说我的话，你做你的饭。"

汪大哥真的吓着了，可怜巴巴地说："我想抽支烟。"华老师抽烟，桌上摆得有。他想拿一支抽缓缓气儿。华老师问："县太爷没赐你好烟吗？"汪大哥说："没有。"华老师说："啊，那是关心不够。今天我不抽，你也不准抽。"汪大哥脸上的汗就出来了，说："我想喝口水。"华老师说："喝水可以，等我把话说完你再喝，不然你装不进去。"汪大哥说："我听师傅的。"师娘出来倒茶，被华老师挡回去了。

华老师坐端正了，问："你知道我今天叫你来做什么？"汪大哥说："徒儿愚蠢，望师傅赐教。"华老师问："还不明白吗？"汪大哥不作声。华老师指着墙问："那上面的字，你认识吗？"汪大哥说："认识。"华老师说："你给我读一遍。"汪大哥就读。华老师问："知道什么意思吗？"汪大哥说："不太明白，好像是个比喻。"华老师气上来了，指着汪大哥说："不明白是吧？把身上那张虎皮给我脱下来！刺我的眼睛，我望着不舒服！听见没有？"一声令下，可怜的汪大哥，马上将上身的呢子大衣脱了下来。华老师开始叫板了。这才是"戏"的高潮。华老师说："你菩萨的儿玩神了？不就是一个小戏得奖吗？用得上招摇过市，趾高气扬？你还记得你娘姓什么？是哪家的女儿吗？"汪大哥的两股就战栗起来，浑身流汗。华老师说："听着，你再得个大奖我看看。我指望你再得个大奖，打马游街时，老夫愿意为你牵马。"

"堂前训子"到此结束，于是吃饭。可怜的汪大哥不敢坐，站着吃。那青年也不敢坐，陪汪大哥站着吃。汪大哥哪里吃得下去，半碗饭哽哽咽咽吞不下去，双手颤抖着，说："我淘点汤。"汤是鸡汤，师娘特地炖的。舀了两汤匙，总算连汤带饭吃干净，粒米不留。这是华家吃饭的规矩。师娘出来对汪大哥说："伢儿，饭要吃饱。"汪大哥的泪就流下来了，说："师娘，我吃饱了。"那青年知道他不是重点对象，他是"陪斩"的。一曲《辕门斩子》，"陪斩"的他，也惊出了一身冷汗。知道天有多高，地有多厚。

这叫爱之深，恨之切。从此后汪大哥乖多了，发奋努力，写了很多戏，有小戏，也有大戏，但是都没有搬上舞台，更不用说得奖。写戏的事，谁也说不清楚。不是你写出来就算事。才华和功力，还有境界是不是上得去，能不能达到要求，时代变了，市场变了，有意栽花花不发。

如今的汪大哥与那青年关系很好，毕竟是同吃过一碗饭的，对他亲如兄弟。那青年叫他汪大哥。每次回到县里，那青年与他，也采风，也聚会，有说不完的话。汪大哥对那青年说："我这一生，算被那两个'老壳子'说死了。"这是历风经雨后的觉悟。汪大哥叹口气说："那两个'老壳子'，真心爱我，胜过儿女。"

两个"老壳子"，一个指游老师，一个指华老师。汪大哥对两个老师极有孝心。游老师临终时，是汪大哥在医院送的老。游老师一口痰卡在喉咙里，半天吐不出来，咳了半天，艰难地咳上来了，却不肯吐出来，含在嘴里。汪大哥捧着痰盂说："您吐出来。"游老师将那口痰吞回肚子里，喘着气儿说："自己作的孽，不能污了这个世界。"然后撒手西归。汪大哥双膝跪在床前，失声痛哭。华老师也是汪大哥送终的。华老师临死之时，躺在床上，不能说话，扯着汪大哥的手，用手指头在汪大哥手心上颤抖着画字："我藏的书给你。"这是遗嘱。说到此时，汪大哥流下了眼泪。

华老师和游老师葬在清泉寺边的凤栖山上。春天到了，坟上的青草连着山坡。林子里各种花儿开放了，布谷鸟飞来，叫着："快快播谷，快快播谷！"那鸟学名叫子归，啼血的。

如今汪大哥已追随两个老师去了。

下卷

画眉深浅

第一章

一

应了父亲唱的那两句贤文："运退黄金失色，时来铁也光辉。"三十而立的何括，是一九八七年春天转正，告别竹瓦文化站调到县文化馆的。转正是县科干局依照国家有关政策实行的。那时候国家在各级设了科技干部局，专门为科技人才服务。文学纳入了科技。

如今长江之滨，五月风好。古城黄州阳光明媚，窗外遍地鸟语花香。如今老成的何括，能够坐在微风之中、电脑之前，从容地回忆时间进行写作，应该是此生一件非常奢侈和惬意的事。哲人说时间本来是人为的。地球上的人类发现日出日落、月圆月缺、潮涨潮落之后，用沙漏和日晷刻度，标记时间，而巴水河畔的先民们，则用点香替代，其效果也是同样的，表明有时有刻，人活在时间之中。何括坐在微微的夏风里，点燃一炷蕲春李时珍种植园出产的艾香，用时间回顾二十世纪八十年代，犹如坐禅，口鼻闻香，清肝润肺，细苦微甜。二十世纪八十年代之于业余文学创作，应该是公认的黄金期。

那时不断有好消息传来。远在天边的，比方说北京的刘心武，一个短篇小说《班主任》在《人民文学》发表后，轰动全国，得了全国短篇小说奖之后，他也身价看涨，随即步入中国文学的最高殿堂。比方说上海的卢新华一个短篇小说《伤痕》，更是一炮打响，众人瞩目，引领文坛一代风骚。近在眼前的也不乏其人。这些足以说明我国文学创作的高端人才，是二十世纪从基层业余作者中，发现和培养起来的。榜样的力量是无穷的。这足以说明那时的业余文学创作，对创作者来说，不仅可以"立命"，同样可"安身"。用通俗的话说，只要优秀，就可以出人头地，拿写作当饭吃。这对于从事业余创作的青年来说，诱惑力相当地高。何括身临其境。

坐在现在时间里，回忆过去的时间，此时需要说真话。何括从事业余文学创作，是高中毕业后，受了本县四位农民作家的影响，无路可走，别无他选。如果当时想到了"立命"，那是溢美之词，朝自己脸上搽粉的。那时主要是痴迷，自认为有一腔正气，写得出叫人眼亮的句子来。八爹和陈老师不是说"天生我材必有用"吗？如果写出了名，说不定能闯出一条生路来。但是何括决定走这条路时，希望是渺茫的。因为那时提倡农民作家，本县四位农民作家写到全国有名，登峰造极之后，上级还是决定让他们继续保持本色，身份还是农民，只不过后面多了个作家。但是到了二十世纪八十年代，事情在时间里悄然发生了变化。什么变化呢？以上举例的皆是。父亲见儿子的创作有了盼头，于是高兴，于是对儿子唱毛主席的诗句："莫道昆明池水浅，观鱼胜过富春江。"何括没想到，他居然盼来了，可以用文学"安身"的机会。

何括能改变命运，此生以文学当饭吃，得益于与汪大哥合作那个小戏《飞来的草帽》。那个小戏应运而生，幸运地得了当时国家文化部农村小戏调演创作二等奖。那时改革开放掀开了序幕，上级文化主管部门，提倡农村题材的小戏创作，通过调演设奖实行奖励，同时国家人事部门制定有关政策，通过获奖改变作者的命运。何括就是靠这个小戏获奖之后，改变本人和全家命运的。回忆起来，这个小戏获奖，也暗合了父亲那时对他的谆谆教导。

那时家里穷得叮当响，何括与父亲相依为命。父亲在隔江的黄石做泥工挣钱，让儿子有点活钱，好做梦中之事。何括在家写诗，写很多很多的诗，朝外投，退得多，发得少。父亲总觉得儿子不得要领，功用的不是地方。过年时，虽然穷，也得买两支红烛供祖人，沾喜气，图发旺。供完祖人吃年饭时，蜡烛的红光，照亮了漆黑的屋子。读老书的父亲就兴奋起来，在红光闪耀中，为了启发儿子苦苦写诗、发表甚少的觉悟，让他掌握其中的秘诀，忍不住又唱诗。唱什么诗呢？唱唐代诗人余庆馀的诗："洞房昨夜停红烛，待晓堂前拜舅姑。妆罢低声问夫婿，画眉深浅入时无？"

何括那时知道这是一首"拜帖诗"。唐代开始实行科举考试，举子们进京赶考时，将自己写的诗誊正后，夹一封信，送给朝中有名望的老师，投帖拜师，老师看中了就是门下弟子，日后好关照。这是夹诗的信，诗外之诗。余举子心中没底，不知他写的诗好不好，不好明说，只好借新婚娘子之口，问老师他的装扮符不符合时宜。余举子"参赛"的正诗，历史上没留下来，他"投名帖"上的这首诗，却留了下来，让后人体会他那时惴惴不安、甘作人妇的心情。何括那时笑了，装作不懂地说："又不是结婚。"父亲愤然作色说："你这个梦稚子，何时才能开窍？死写无用，需要揣测'圣意'。天下文运，古今一理，'文章合为时而著，歌诗合为事而作'。识时务者为俊杰。一句话可以说破：'画眉深浅入时无？'"何括当时就吃惊，没想到父亲的话，说到点子上了。可惜了父亲，他要若是不做泥工，以他的悟性，搞创作文学，肯定比他的儿强。多少年何括苦苦追求的，不正是在时代潮流中，新的精神生长点吗？希望笔下的东西，与时代息息相关吗？泥沙俱下，大浪淘金。细细检讨下来，其作品若是成功，肯定在于此。若是不成功，恐怕也在于此。总之《飞来的草帽》之所以得奖，是符合时代当时的潮流。当时捷足先登、拔得头筹的作品，无一例外。其人都是手擎红旗旗不湿，勇立潮头的弄潮儿。其作品都是潮头之上，涌动翻滚的浪花。父亲英明。

小戏能在全国得奖，不是小事。首先得奖之人，一个农家小子，忽然转正成为国家干部，轰动家乡一方天。接着包括全家的三代，都能按照当时有关政策，从农村户口转为城市户口，更不是小事。"一人得道，鸡犬升天。"由农业人口转为非农业人口，叫作"农转非"。由吃"谷"变成吃"米"，那是"商品粮"。何括在家乡的口碑，是在那时挣下的。那时的家乡人提起《飞来的草帽》，谁不知道何括？时过境迁，现在的何括在家乡，倒是默默无闻了，就是建书屋，刻石碑冠其名，悬于门楣，作用好像也不大。家乡人再没兴趣和精力管那些"闲事"。如今日渐荒芜的燕儿山下的燕山村，倒也树绿花红。人都挤到城里了。"乡村五月闲栀子，布谷声中石榴红。"比不得当年"风在蛙声里，蝌蚪满池塘"的景象。

何括的转正，突破了老婆对他的希望值。老婆家成分好，只是没读书，下嫁家里成分不好的何括，原指望嫁个安分的种田人，过一辈子男耕女织的日子。哪晓得何括不安分，搞什么文学创作，搞文化站又转不了正，害得她又要种田地，又要养儿女。开始是大集体，后来分田到户，她家成了"半边户"。父亲做泥工去了，她又要扶犁，又要打耙，轻活重活一肩挑。虽然农忙时何括也请假回来做，时间有限，就那么几天，那是帮忙的，算不得主角。由不得老婆不埋怨。一个大男人，工不工，农不农，算哪块料呢？事在田里做，怨在田里说。何括并不恼，说："我要是吃商品粮，看你有什么话说？"老婆说："你要是吃了商品粮，我就不要你做，把你当菩萨供着。"好了，政策下来了，全转了，不仅男人吃商品粮，全家都吃商品粮了。那婆娘该欢喜了吧？但是她并不欢喜。她说下嫁之前，并不想找吃商品粮的。这违背了她的初衷。由此农家女儿朴素的本色，可见一斑。何括服了她，不是一阵子，而是一辈子。

何括举家从燕儿山下的老屋垸，搬到县文化馆那一天，在垸中办了一桌酒，请垸中长辈和兄弟们来喝酒庆祝。老婆主厨，杀鸡买鱼肉，丰盛不用说。垸中长辈和兄弟们轮番敬何括的酒，盛情全在酒中，这不能不喝。喝着喝着，得意忘形的何括喝醉了。老婆扶他下席时，他就摇摇晃晃。老婆扶他躺到床上时，他就吐了，吐得一塌糊涂，不省人事。老婆打热水，绞毛巾，给他又是揩脸，又是敷额。哪晓得那东西，竟然像三岁娃儿，在床上号啕大哭，一声赶一声地要他的娘。这是三十多年，从来未有的事。酒醉心里明，酒醉话儿真。三十多年来压抑在心中的情感，那时一下子迸发出来了。那东西三岁多就死了娘，脑海里一生没留下娘的模样，叫他潜意识里怎么不想？女大了，儿也大了，都读三年级了，做了父亲的儿，此时哭天喊地要娘，叫老婆流下了眼泪。那东西乱窜着下床上厕所时，发现年老的父亲，坐在堂屋房门边的椅子上，听儿哭喊着要娘，禁不住潸然泪下。那样子叫人肝肠寸断。父亲流着眼泪对他说："儿哇，二回莫要喝醉了。"事后那东西写了一篇散文，叫作《不敢醉酒》，千多字，写时饱含热泪。有什么用？朋友笑他，隔不多时他又照喝，而且还醉，只是不敢醉深。何括全家转户口时，父亲坚持不转。他说："儿哇，我就算了。我年纪大了，来日无多。树高千丈，落叶归根。我就留在老屋垸守屋吧。"浪费了一个指标。那时候一个"农转非"指标，若是开后门，要用很多钱，才能买到的。

搬家那天是正月十八，双日子，好日子。大清早，叫的一辆大车到了。垸中兄弟们帮忙将家具搬到车上。家具不多，都是必用的，没装满，也就半车。诸事妥了。何括一家四口上车，父亲放了一挂送行的长爆竹。红烟紫雾腾风起。垸中兄弟们也上车，说兄弟一场，要送一程。车开到公路上，送君千里终有一别，再也不能送了。于是车就停住，让垸中兄弟们下去。车子开动了，何括同垸中兄弟挥手告别。何括没有想到，就在这时九岁读小学三年级的小儿子，竟然抱拳向车下的伯叔们揖别。小儿用的是古礼。何括不知这个小东西，是从哪里学来的？车下的兄弟们抱拳还礼。那依古礼抱拳深深揖别的场面，让何括动了感情，热泪盈眶。小儿的心情就是他的心情！

"谁言寸草心，报得三春晖？"

二

何括全家搬到文化馆那天，正是姓周的女同志书记兼馆长卸任，胡同学接任她。何括在文化站工作时到文化馆，馆里的人都把他当客待，调到文化馆就是"主人"一个。文化馆开群众大会，双管齐下，迎"新"送"旧"。会场气氛紧张，"危机"四伏。文化局长亲自坐镇，这才顺利交接，现场没有节外生枝，局长松了一口气，念完文件，夹着公文包就走人。

那时的文化馆真是藏龙卧虎之地，集中了本县文化界各领域，退休或即将退休的、久经考验的优秀人才，老同志居多。那时正值改革开放之初，县财政吃紧，文化馆每月工资难以按时支付，办公和活动经费严重不足，上级政策提倡以文补文，弥补资金缺口，仍然捉襟见肘。文化馆是县直公认的穷单位。僧多粥少，众口难调，按下葫芦浮起了瓢，以不好管著称。派谁去文化馆当领导合适呢？这事叫宣传部和文化局历任的领导头痛。

文化馆的老同志，都有"受压"的经历，"摘帽"和"平反"之后，觉悟迅速提高，馆领导在明里，他们在暗里。老同志们以监督领导为己任，最爱"告御状"。他们"告御状"采取两种方法，一是"暗告"。"暗告"不署真名，以文化馆"群众"的名义，越级直接写信给县里主要领导，他们都有这个水平。如果不及时处理，他们还会越级的，越级到地区和省里。他们都有这个勇气。二是"明告"。"明告"是署实名的，署名者抓住一点不及其余，上纲上线，直接攻击文化馆的当家人，县主要领导不得不派专案组下来调查，调查结果，大多无中生有，事有那事，但没有所说的那样严重，让人哭笑不得，骑虎难下。

周的前任是马馆长。马馆长不是正馆长，是以第一副馆长主持日常工作的。马虽然在文化馆工作一生，由于种种原因到死没有转正。人说一块好豆腐被筷子搅烂了。马主持日常工作时，上级给文化馆配了一个书记，但是不到文化馆上班。人说他望风生畏。那人文化馆的书记是兼的。说是管方向的。但他很少来，有了矛盾，马打个电话去，他说个意见来，让马去磨合。马很难磨合到位，于是将矛盾上交，搁置起来，在时间里慢慢冷却。马逆来顺受，处变不惊，仍然心宽体胖。何括在文化站工作到文化馆领工资，见过马馆长被矛盾缠得脱不了身，焦头烂额时的名言。马用大拇指按住肉鼻子揉半天，然后松开，朝天打一个响亮的喷嚏，说："炸它，炸它！都炸它！"炸什么？他并不明说。明摆的一个和事佬，可以"息事"，但"宁"不了人。

于是上级就派周到文化馆一肩挑，当书记兼馆长。周原来是剧团的书记兼团长。此人是公认的女强人，做事雷厉风行，外行领导内行，三年时间将县剧团治理得井井有条。领导以为周到文化馆一肩挑必定有效，但不到三年，还是中招，当不下去了，调到县文化局。组织上只好派文化局艺术科长胡同学来接任。接任也是一肩挑，书记兼馆长。这是组织上的明智之举。既然是是非之地，再也不能含糊了。众人划船，需要明确一人掌舵。

那天周黯然离任，心有不甘，仍然关心文化馆后继无人。局长开群众大会，宣读了两人的调令之后，群众热烈鼓掌，不知是欢送老的离去，还是欢迎新的到来。会散之后，周还不忍离去，领着何括，到挂着"书记馆长"牌子的办公室里，与胡亲切会谈。三个都是家乡人，都是从巴河边上走出来的。周在文化局任社文股长时，何括在家乡文化站工作，与周多有配合，何括做出了成绩，周对他印象很好，像个大姐姐。周对胡介绍何括，说："他是个人才，要好好培养。"胡微笑着，含蓄着，并不急于表态。这用得上关照吗？周并不知道胡与何括是高中时的同学。周这样做是为何括好，为胡好，也是为文化馆好。周离开文化馆时，胡送到大门时止步，不敢多送。那滋味让何括心里不好受。

何括"入主"文化馆之后，文化馆的老同志和新同志，对何括都很好。何括不是生人。何括搞业余文学创作多年，终于杀出一条"血路"，众所周知，离不开文化馆。朱副馆长和游老师，以及周大哥都是他的辅导老师。学生出息了，他们看在眼里，喜在心头。都是他们的成果哩。客居在文化馆的王老师，更是高兴，将何括视作己出，一口一声"小子"，那亲热劲，形同父子。汪大哥也同何括一起调到文化馆，同命相怜，感情不同一般。还有搞美术的王大哥，搞摄影的蔡老师，搞书法的郑老师，搞艺术辅导的各位，何括都叫他们老师。还有搞阵地活动的一帮，他们比何括年纪小，他们叫何括何哥。何括觉得亲切。何括的群众基础不错。

文化馆老同志新同志对何括好，还有一个深层次的原因。那就是何括与胡馆长是高中的同学。这瞒不过他们，想当年何括到县里开创作会，"风流"事件发生之后，不是胡馆长和王老师出面解的围吗？虽然时过境迁，但圈内人还是记得的。老同学当了馆长，何括调到了文化馆，一个好汉三个帮，胡不依靠他吗？何括正年轻，创作成绩明摆着，升官那是早晚的事。馆里的人，心知肚明。果然胡馆长让何括当了一段时间群众调研部主任，写群众论文和信息，收集资料编文化馆志，之后，又向组织提名，让何括当文化馆的副馆长。文化局的领导通过考察和民意测验后，批准了。

何括当副馆长时，文化馆有三个副馆长。一个是占，一个是郭，何括排名第三。占是搞美术的，郭是搞艺术辅导的。胡与何是同年生的。那两个比他俩的年纪大，资历老。胡馆长分工占管办公室和人事，郭管财务。那么业务一大摊子事，就交给何括管，叫作业务副馆长。文化馆的业务工作有哪些呢？文学创作辅导，艺术创作辅导，美术摄影书法辅导，阵地活动，开创作会，搞钱编刊物，配合形势举办各种文艺演出活动，还有民间文艺采风等等的，忙得何括顾头顾不了尾，病了打吊针，还不能歇着。那个官还真不好当。同志们都看着你，你得奋不顾身，身先士卒，拼命才行。何括的胃病老好不了，就是在文化馆当九年业务副馆长时落下的。那时文化馆真是穷，来了个客，三十元的招待费，还得四个馆长共同研究决定。那真叫清水衙门，透明度高，公正廉洁，可圈可点。

办刊缺钱，得找关系写报告文学。办活动需要钱，得拉广告，分创收任务，工资缺口用完成创收任务剩下的部分发。搞得何括成天一门心思想如何领导创收？成了叫花子的帮主。游老师担心他把创作丢了，对他说："你不是当官的料，莫忘你的主业。"王老师更是操心，对他说："陶令不知何处去，桃花源里可耕田？"何括的压力可想而知。

那时胡馆长既然知人善任，就不失时机，找何括推心置腹地谈心。也不在办公室，办公室人多口杂，言辞稍有不慎，传出去，授人以柄。胡约他出来散步，沿浠水河边路儿走，路大风儿好，杨柳依依，鲜花盛开，充满诗意哩。二人边走边说，何括说到为难处就急，胡并不同他急。何括脸红脖子粗，胡文质彬彬的样子不变。胡馆长细致了解何括心态之后，反复强调两点："你要记住我是正馆长，你是副馆长。业务工作要抓起来，个人创作也不能丢。"天上的鸟儿叫，胡馆长说，"不是因为你是我的老同学，才让你当这个业务副馆长。"风中的花儿香，胡馆长说，"正因为我是你的老同学，才让你当这个业务副馆长。"河水清清流，胡馆长能将他的意思用这两句话，通过哲理，表达出来，这才叫领导能力。何括当然懂，虽然疲于奔命，还得感谢他的知遇之恩。古人云："士为知己者死。"还是孟子说的那一句话："天将降大任于是人也，必先苦其心志，劳其筋骨，饿其体肤，空乏其身，行拂乱其所为也，所以动心忍性，曾益其所不能。"

回想起来，文化馆就胡馆长那任馆长当得比较好，外圆内方，刚柔并济，策略得当，当到了三年满。三年中文化馆告状的人少了很多，领导很满意。三年后是他主动要求调动的。于是他调到县委宣传部文明办，先当副主任，后当主任，接着当副部长退休，在官场没失一步。如今他含饴弄孙，修成正果一枚。现在何括有时与他通话，谈及对时事的看法，他的政治觉悟，还是那样高。

那几年何括就是按胡馆长的要求，有声有色开展文化馆业务工作的，个人创作也在其中。

三

那时那个文化馆小兄弟们戏称的何官，因为自己是个作者，所以理所当然把主要精力放在馆办的刊物上。

馆办刊物原来叫《浠水文化》，这是解放后文化馆办的刊物，据说是浠水第一任县长白水田定的刊名。改革开放了，随着文学思潮的推涌，作者们忽然觉得这个刊名显得土气，文学色彩不浓，要求何官改名。改成什么呢？作者们纷纷建言，朝本县全国有名的人身上靠。本县近代在全国最有名的文化名人，莫过于闻一多先生。他闻名于世的诗集有两本，一本是《红烛》，一本是《死水》。将馆办刊物改成《红烛》当然好，但是当时朱副馆长与游老师退休了，与全国民间文学组织联手，办了一个报纸，可以创收，捷足先登，先叫了《红烛》，总不能重名吧。重名了老同志不答应，就是答应了经济上会有诸多的麻烦，各人头上一块天，最好不要去惹。总不能叫《死水》呀？于是就退而求之，改成《二月庐》。二月庐是什么地方呢？二月庐是闻一多先生故居的书斋，先生健在时寒暑两个月回故乡读书的地方。于是打报告将刊名报上去，有关领导在报告上批示："这个刊名很好。"于是就用这个刊名办刊，办了许多年许多期，发表许多本县作者的小说诗歌散文等等，是培养一代文学新人的园地。三十多年过去了，现在刊名又改回来了，仍然叫《浠水文化》，办的人换作本县出名后、"入主"文化馆的第三代作者了。现在的主编是何官当年一手培养起来的学生胡。胡是竹瓦人。何官当年在竹瓦文化站编油印刊物《笋乡》时，每期发他的诗歌和小小说，他是从那里起步的。所以说不要小看了县文化馆、文化站办的文学刊物，它是一个县文学创作人才兴衰的晴雨表。

刊物的名字改好了，何官就领导文化馆的文学辅导干部们，一起同心协力地办。那时本县第一代文学辅导老师们退下去了，第二代上来接替了辅导，薪火相传。那阵容极其强大。何官分管编辑部。比何官大十岁的周大哥，任编辑部主任。编辑部还有比何官大五岁的汪大哥，有从里店中学调来写诗的曾，从县师范调来刚毕业同样写诗的周，还有从部队退伍安排到文化馆、也会写诗的诸位，都是年轻人。有办法调进来，也有办法调出去，人才一时间犹如过江之鲫，盛况空前。因为办刊没有经费，所以每人都有创收任务，得找关系，想办法拉赞助，开创作会，扯题材，改稿子，培养和提高本县业余作者们的创作水平出成果。

比何官小一岁的郝，一生从事业余文学，痴心不改，念念不忘，他就是那时想办法开创作会培养出来的典型人才。郝每次在创作会上都有不俗的表现。在那次创作会上表现尤其出色，只要提起来，笑谈至今，叫人格外温暖。郝一生雄才大略，是本县业余创作界的一枚"开心果"。

郝表现尤其出色的那次创作会，是在四级电站开的，是周大哥动用关系联系的。四级电站是浠水河上的梯级发电站，是按本县第三个十年规划蓝图设计的。百里险处拦腰做坝蓄水，建白莲河电站是为第一级。下游十余里长流湾处，劈开三十三座山头，取直做坝建电站是为第二级。快到县城东门河转弯处，又做坝建电站是为第四级。为什么没有三级电站呢？不得而知。反正现在只有第一级可以发发电，其余的都无水发电了。为什么呢？库容都被河沙塞满了。现在随着科学技术的发展，小水电不再提倡了，但那时设计的蓝图，就叫人欢欣鼓舞。

那时四级电站汛期还可以发电，但发电量微乎其微。电站虽然还保持着，但人员下放后，保留的不多，房子一大片，住人的少，空的就多。单位和领导还保留着，守摊子。那站长是个业余作者，平时喜欢写写东西，不时向县刊投投稿子。周大哥领着何官找到他。周大哥说："兄弟，能不能支持一下，在你这里开个小型创作会？"站长说："可以呀！办公楼房子空的多，住的地方有。吃在食堂吃，只收伙食费行吗？"周大哥向何官使眼色。何官说："伙食费恐怕也没有。"站长见何官面有难色，手一挥说："算了。我们就全包了。不过你得叫人给我们写篇报告文学，在你们办的刊物上发一发，我好报账。"周大哥笑了，说："好说。这不是难事。"事情就这么商定了，皆大欢喜。

回到馆里开始定参加创作会的名单。也不要那么多人，小型的，以能写可以出成果的为主，拟下来，也就那么十几个人，都是业余写场的老手，一帮从事业余创作多年的难兄难弟，以体制外的为主。体制内坚持写的人少，体制外坚持写的人多。体制内的人不拿创作当饭吃，昙花一现。体制外的人却拿创作当饭吃，朝暮于兹。体制外坚持写的人都有优秀品质，一百杠槌打不死，不怕失败，勇往直前，愈挫愈勇愈坚强。一马当先，只要开创作会、搞辅导就想到他。一个说："郝。"另一个马上响应，说："对。"于是郝阵阵不离，少谁也不能少了他。因为郝在全县业余创作界以狠劲和韧劲著称，谁也比不了。

郝不在体制内，业余创作界戏称他为"郝员外"。他如果将胡子蓄起来，从侧面看广额头，活像电影里演讲的列宁。郝是游老师搞辅导时发现的。游老师在馆办刊物上，发了他的小说处女作《聋子》，属于人物素描的那种，叫人耳目一新，从此引起圈子内人的注意。郝没有读多少书，写这样的作品难得。郝的老家在大别山里，家里兄弟姐妹多，家大口阔，穷得很。郝小学毕业后读了一年初中，就辍学去当兵。当什么兵呢？说是导弹部队，其实在后勤班养猪。养猪时他听收音机播送的曲子，喜欢上了文艺，买了一把小提琴，无师自通，就着收音机录下来的曲子，拉《千年的铁树开了花》。每天在猪圈里，将猪喂饱后，就抱着小提琴，偏着脖子拉，拉完一遍，择一个小石子放在旁边。他每天给自己规定，要拉一百遍，不拉一百遍不收手，所以将那首曲子拉得极其熟练，心想退伍回乡后，进县剧团找碗饭吃。三年退伍了，他提着装小提琴的盒子，找到县文化局局长办公室，毛遂自荐说："我是部队的文艺人才，应该安排工作。"局长问："你会什么？"他说："我会拉小提琴。"那时会拉小提琴的人少，听说拉小提琴的，叫人肃然起敬。局长觉得他是个人才，但需要专业人士鉴定一下。于是打电话叫来剧团拉大提琴的老师，让郝现场拉。就在局长办公室里，郝打开小提琴的盒子拿出小提琴，偏着头，把琴架在脖子上，满怀激情地拉。拉什么曲子呢？当然是他的拿手戏《千年的铁树开了花》。拉大提琴的老师闭着眼睛听。他将曲子拉完了，局长问拉大提琴的老师："怎么样？"拉大提琴的老师睁开眼睛说："拉得倒是蛮快的，就是全黄了，不在调子上。"结果可想而知。局长说："郝同志，你辛苦了。"说完拿出一张餐票儿，叫他到招待所去吃饭。那时招待客人发专门的餐票，吃了走人。郝气得不行，当面将那张餐票撕了，说："我是讨你一餐饭吃的人吗？"于是高昂着不屈的头，装好小提琴，扬长而去。局长被他的气势惊呆了。

于是郝得到了教训，看来小提琴是高雅的艺术，不是人想当饭吃就能吃的。于是他就立志文学创作，像农民作家徐老师那样写小说。这不难，有生活，能写字就能成。几篇练下来，投到文化馆，就有一篇被游老师看中了，在馆办刊物发表出来，觉得他是个人才，只是基本功还需要提高。这极大地增加了他的自信心。

既然是个人才，不就是基本功需要提高吗？那从基本功训练开始吧。

他拿出拉小提琴时的狠劲和韧劲，从背《成语辞典》开始。他从新华书店买了一本崭新的《成语辞典》，书的边子上，贴满纸条儿，按音序将辞典上的成语，从头背到尾，背得滚瓜烂熟。难兄难弟就笑他，问："见过搞创作用功的，没见过像你这样用功的。"他振振有辞地回答："先天不足，笨鸟先飞。心诚所至，金石为开。"用的都是成语，叫人啼笑皆非，哭笑不得。

在四级电站开创作会的那天夜里，天上有月亮，地上有和风。亮的亮，吹的吹。夜色美好，搞辅导的与搞创作的十几个，聚在四级电站办公楼二楼的楼台上，心情不错，扯题材说故事打趣儿，笑语连连。郭就拿郝开心，说："听说你成语背得很好？"郝说："那当然。下了功夫的。"郭说："我们来玩成语接龙如何？谁输了谁发烟。"搞创作都是吸烟的角儿。郝说："好。"欣然应战。一个起头，一个接一个说成语，首尾相接。几番较量下来，都是郝发烟，一包烟一会儿就发完了。在实战方面，郝不是那些角儿的对手。郭对郝说："你那一套行不通。哪能抱着老婆用死的呢？需要灵活运用。"郝说："西方一个有名的统帅说，不想当将军的士兵不是好士兵。"郝只记得话，不记得说的人。郭说："是拿破仑吧？"郝说："不是。"众人懒得与他计较，岔开话题，说别的去了。说了一个多小时，就在众人兴趣正浓时，郝双手猛地将胯子一拍，大声说："记起来了！拿破仑！"编戏的也是作者，写小说的也是作者。他们都知道拿破仑，忽然冒出个拿破仑，这就把众作者笑得肚子痛，笑出眼泪来。那时小楼月正明，星星缀满天，照着众人笑出的眼泪，闪闪发亮。痴人用的痴人功，痴人说与痴人听，惊的都是梦中人。原来这伙计志大才疏，一直将"仑"认作了"仓"。从此后圈子内的不叫他"郝员外"了，叫他"拿破仓"。

如今的何官回想本县业余创作界，四十多年来坚持得最好，坚持到今仍然在写，而且写了许多部长篇的，只有一个"拿破仓"。只是所写的长篇，一部没能发表或出版。他不甘心自费出版。

那次创作会赵出了成果。他写的一个短篇《祖母河》，经过辅导修改打磨，后来在省级一家刊物上发表了，成了他的代表作。现在圈子内有人说，这样的作品，生活扎实，感情充沛，本县还没有能写得这样作品的人。如今"拿破仓"仍然是"郝员外"，快七十岁的人了，通过多年打拼，搬进了县城，生活无忧了，上半天打理他开的工艺美术门市部的生意，这是物质追求，下半天仍然坚持他的文学创作，这是精神追求。人家可不是用笔写，早用上电脑了。用的是五笔，打字的速度，哗啦啦，出奇地快，与专业打字员有得一比。他晓得与时俱进。

四

不得不承认，郝员外是牛人一个，有"咬定青山不放松"的狠气。在当年难兄难弟中，郝员外一生追求物质和精神双丰收，当年那么多难兄难弟，没有一个能比得过他。他是一个敢作敢为、不断追求，想把日子翻新就能过新的人。

如今的郝员外，有时因为稿子的事，也给调到黄州的当年的何官打电话，因为何官退而不休，仍然在编一本叫作《问鼎》的刊物，郝员外也给此刊投稿。通电话时，他绝不改口叫何官"老师"。他不会掉那个价。因为论年纪，他只比何官小一岁。论创作写小说，二人几乎是同时起步的。只是何官"职前"的书，好像比他多读一点，进入写场后，运气似乎比他好一点，得了那么一个奖，摇身一变，就成了体制内的。说到底不都是码字的出身吗？在法律面前人人平等，何况在文学的旗帜下，不就是发表某篇作品吗？能发就发，不能发也就那么回事，又不为五斗米折腰？他有必要装学生吗？何官真心佩服他的骨气。

那次小提琴事件之后，郝员外活人没有被尿胀死，知道世界上从来没有什么救世主。他以敏锐的目光，在离县城十华里家乡的小镇，临街租了一个门面，开始想心思，做赚钱的生意。做什么生意赚钱呢？他的家住在大别山里叫作小天堂的山垲里，世代都是面朝黄土背朝天，在山田里扒土过日子的。他接受祖宗的教训，不会像他的父亲那样出卖苦力。他牢记祖

142

父生前对他说的话。祖父对他说："是艺好藏身。学得轻巧艺，赚钱不费力。"那时他看中了开照相馆，因为照相属于"艺"的范畴。他是艺术人才，做这样的事，才与身份相配。那时你背着一架照相机游走乡下，给人照相，就显得有学问，劳苦的人们就高看你一眼，觉得你是个人物，而且照了洗出来，人家就给钱，赚钱比较容易。

那时信息比较灵通了，街面就贴着小广告，招人开各种学习班。他交学费到文化宫摄影快速培训班，学了七天，比谁都聪明，取景光圈快门等等的，一点即破，一学就会，还学得了全套暗室洗印技术，很快拿到了工商局发的营业执照。拿了营业执照后，他就在租的门面，开张了他的艺术人像照相馆。照相馆的名字是他想心思取的。取得好，叫作"面貌一新"。新时代新生活，用艺术通过艺术照了，那不是焕然一新吗？馆名也不要别人题，自己写的，自己做成匾，挂在门头上，字也不错，花工夫练过的，上得了大雅之堂，不用花钱。他照人相，大人的，小孩的，全家的，也翻拍老人的作为遗像。也拍婚纱照。那更来钱，一照就是若干张，不同景色和不同角度的。绘景在室内照，背景，闪光灯齐全，那光线与角度可见艺术，与众不同。也到室外取景拍，那是摄取大自然与人和谐的艺术。他晓得宣传，临街辟一个偌大的玻璃展柜，将他拍的优秀作品展出来，吸引人的眼球，饱眼福。那些作品，开始是黑白的，用的是国产海鸥牌的机器。后来是彩色的，机器换成日本进口的索尼。这些设备都是他赚钱添置的。

他白天开门赚他照相的钱，夜里关门写他不赚钱的小说。那时他与前妻结婚了，前妻给他生了两个女儿。前妻是农村妇女，父母包办的。他一个人负担全家生活，前妻将这个有用的男人当菩萨供，前妻在他面前点说听提，唯他的马首是瞻。后来他觉得赚的钱够了，于是就将那个租的门面，索性买了下来，自己装修，变成他废寝忘食两手抓、两手都硬的精神家园。

那时在全县业余作者中，数郝员外写得最勤，写得最快，三两天一个短篇，五七天一个中篇，就新鲜出炉了。那时电脑还没出世，那些作品是用笔在纸上写的。也不是正规稿纸，用大白纸裁成的十六开。他训练有素，能在白纸上写成稿纸的规格，每面五百字，不用数，不用打格子，字的行距和间距对得很标准。写成后订成的大本子，装封面，用楷体写上作品的名字，体裁，字数，然后是作者的名字，拿在手里，沉甸甸的，很有成就感。他也不寄，骑着二手摩托车，到县城进货时，顺便送到新华正街上的县文化馆。他是文化馆的常客，文化馆的人都认识他，知道他是送稿子来的。不知道的人，还以为他是邮局送邮件的。他上二楼到编辑部坐，也不坐长，给编辑部在座的每人散一支烟，吸烟的他点火，让你陪他抽。不吸烟的，将烟还给他，他也不要，让人留着待人。他说明来意，放下稿子，吸完一支烟就走人，将稿子留下来，让人慢慢看。他不急，也不催问先前送来的稿子写得如何？他知道急的是何官、周大哥和编辑部的诸位，那么厚的稿子都得抓紧时间看。那时文化馆文学辅导有个不成文的规定，来稿必复。稿子既然送上来了，你们得认真看，还要不厌其烦地提意见。谁叫你们是辅导老师？郝员外足智多谋，不是一盏省油的灯。爱就有道理，恨就无理由，哭笑不得。

何官、周大哥和各位编辑部的人等，因材施教，辅导他的方法也比较独特。到了星期六的下午，如果不下雨，天气不错，何官就出来，在编辑部的阳台上，对宿舍区喊一声："文学部，下乡辅导。"坐班的在编辑部里，不坐班的闻声上来，知道时候到了。于是周大哥就从稿篮中拿出已经看过的郝员外的稿子，装进手提包里带上。三五成群结伴而行。有时也约在县师范教书、搞文学评论的商同行，以壮"行色"。商那时还不是教授，县师范是中等专业学校，不设教授。商当教授是若干年后，调到师院文学院后的事。大家统一指挥，集中行动，到县城车站乘车到那小镇。有时班车不及时，就乘"三马儿"，三个轮子，有篷遮的那种。票钱便宜，每人一块钱。车主有票，撕下来见人一张，由周大哥集中收起来，回后贴着好报销。那时没有手机，只有座机。座机也是有钱的主才安。有扩机了，那更是有钱的主。为了做生意方便，郝员外腰间就有一部。也不事先约，车到小镇"面貌一新"门口，众人乘兴下车。何官叫一声："郝员外！"他若在家，必定闻声跑出来迎接。那是春风满面。他若不在家，他前妻就慌忙用座机呼他的扩机："贵客来了！"还远，还忙，不一会儿，就听见摩托响，他一头汗水，屁颠屁颠地跑回来，"哎呀，哎呀"地赔不是。

他回来就将辅导老师们迎到后室。那里是他的书房，写作的地方。分宾主坐定，倒茶，发烟。喝的喝，抽的抽。他的前妻就到街上去买菜，不用吩咐，鱼要有，肉要有，酒也要有。相当于"吃大户"。贵客乐意，他也乐意，脸上笑开了花。坐在他的书房，那就是景致。粉白的墙壁上，贴满成语和警句，还有许多符号，那都是思想的火花和创作的规划。他不解释，你就看不懂。他指着符号解释后，你就得肃然起敬。计划写的短篇若干，中篇若干，长篇若干。当然还有发展宏图。画的是一架天平，一头是敞开的袋子，一头是盛开的花朵。袋子象征什么？你懂的。花朵象征什么？你应该更加懂。

客是一桌子。吃饭就是喝酒。酒管够，菜管够。不喝到豪气冲天，绝不停杯。饭一般不吃。酒足菜饱时，才坐下喝茶抽烟。喝茶抽烟时，才谈对他写的若干篇小说的意见。在座都看了的，各人根据自己的意见说一套。没看的只要听，也能说一套，都是聪明角色。他洗耳静听，并不做记录。别人说时，他忍不住插嘴。周大哥说："你等大家说完，你再说。"周大哥是权威。他听周大哥的。轮到他说时，他就激动起来，说的都是理论，将众人说的，再说一遍，众人说的他其实都懂。说是反驳可以，说是交流也可以。大家只有随他。对于稿子的修改意见，他接受得少，坚持得多。创作多年的人，哪能听风就是雨？没点定性能行吗？你若说这几篇不行，他说："我再写一篇。"他不会改旧的，只会写新的。

写新的，那得扯一扯呀！于是就扯题材，扯人物，出点子，升华着扯主题。你说你的，他说他的，很难达到统一。反正喝了酒，面红耳赤的不要紧，较真了也不当真，哈哈一笑。那气氛相当宽松，学术相当民主。夜深了，人是要睡觉的。于是由他包车，将大家送回县城。包车的钱，当然由他出。他不小气。这钱他愿意出。所以那时郝员外写的小说，发得少，没发得多。一旦发表的，必是不同凡响，惊世骇俗之作。

教学相长，那时刚从乡下文化站调到文化馆不久的何官，从他身上感受到了，什么叫脱胎换骨，什么叫蠢蠢欲动，那是大河开冻，春天即将到来的新气息。

五

那时何官给郝员外当责编，在《二月庐》发表的第一篇小说，题目叫《我走》。不长，是个几千字的短篇。人混熟了，郝员外直接将稿子送到何官的手上，要何官当面看。何官笑着说："你急什么？"郝员外说："你肯定不急，但我急呀！"何官知道他对这篇小说的期望值很高，一副急不可耐的样子。何官有经验，这时候不能就着他的性子来，需要冷处理。何官说："好花自然香。"郝员外说："那明天来听你的意见。"这是将何官的军。客请了那么多回，酒喝了那么多次。吃人家的嘴软。你能好意思，不答应人家的需求吗？明天就明天吧。

何官就连夜看那稿子。不看则可，一看大吃一惊。何官被郝员外的文采和气势征服了。这篇小说不以故事见长。故事很简单，是以"我"决心离婚为线索的。通篇以人物个性语言见长，直抒胸臆，畅快淋漓，像散文诗一般。设问，反问，那是理直气壮。排比，象征，比喻和拟人，那是咄咄逼人。通篇落脚到净身出户"我走"的主旨上，叫何官激动不已。这是一篇突破传统馆体小说模式，以激情统领的好作品。

何官看了后，连夜拿着稿子叫周大哥看。周大哥看了后，沉默半天，叹了一口气，说："这个郝员外瞎搞。"原来郝员外与前妻正在闹离婚。小说中的"我"就是他。怪不得写得如此真实，如此令人动容。周大哥与郝员外，一个写，一个辅导，打交道多年，知道郝员外的家境。郝员外的前妻是郝员外当兵之前，由父母包办的。他认为没有感情基础，不是真正的爱情。退伍回来结婚后，前妻给他生了两个女儿。前妻得了顽固性的皮肤病，用了各种药，老是治不好，用他的话说，给他的夫妻生活带来极大的痛苦。改革开放后，郝员外在小镇开了个照相馆，实现了自身的价值观，又坚持写作，随着文学潮流由"伤痛"到"反思"的变化，郝员外觉醒了，认为他到了同传统决裂，追求新生活的时候。所以他敢写《我走》。周大哥对这篇小说还是肯定的，但对于郝员外的做法，不以为然。但是作者归作者，作品归作品。好小说还是应该发表的。周大哥同意小说发表，但要何官配合做做郝员外的工作。辅导老师有责任对作者的家庭负责。

作品发表了，但郝员外的工作却做不通。此人有雄辩之才，不管从哪个角度讲，他都觉得自己有理。你们同情他的前妻，谁来同情他？何官就笑他，说："你是不是觉得一个写作者想成名成家，必得经过离婚？将浪漫爱情的生活，重新过一遍？"他不反驳，抽一支烟何官吸，说："那当然，不然笔下怎么写？哪来的生活和激情？这一生不白过了？"你不能说他说得没道理。说到底辅导老师只管小说该怎么写，管不了人该怎么做。小说之外的事，由法律管。郝员外通过漫长的拉锯，终于经过法庭离婚了。好在他说话算数，将家乡小镇上照相馆的产权过户给了前妻，两个女儿由她抚养，他净身出户，实践了小说里所写的《我走》的意义，文友们说他算得上一个男人。离婚净身出户后，他在县城万家街重新租了个门面，此地地处县一中附近，人进人出，热闹非凡。他不照相了，改做匾生意，这也是工艺美术的范畴。照相生意随着照相机的普及，再也不是赚钱的生意。他将所租的门面买下来，"寸空必争"，慢慢扩建成三层楼房，那是若干年渐渐赚的钱。如今三楼之上可以出租，收房租，一楼的门面仍然开着工艺美术门面。虽说人仍然是郝员外，但日子过得无忧无虑，一点不影响，他上半天做工艺美术品，下半天写小说。

郝员外经何官之手，在《二月庐》上发的第二篇小说，也是短篇，题目叫《夜鸟》。也可读，写的是两个征婚之人，按时约会，入住宾馆后，经过彻夜长谈，以情动人，渐入佳境，水到渠成的故事。春风暖了，花开了，不知疲倦的鸟儿，站在窗外的枝头上，为他们彻夜歌唱，歌唱爱情，歌唱为之向往的新生活。以鸟喻人，情在鸟中，鸟在人中。何官看了后觉得不错，知道这也是郝员外的真实生活。那时社会上风行征婚，离婚之后的郝员外，也别开生面尝试征婚了。那时没有网络，郝员外在刊物上征婚。反正是姜太公钓鱼，愿者上钩。

郝员外征婚的联系地址是县文化馆，联系人是何官。郝员外为了隐避，也许为了神圣，找到何官帮忙转信。有心人看上他的征婚启事，动心了就按要求将照片和信寄过来，由何官代收，然后转交给郝员外。接上头后，由他们继续发展。

那时郝员外的征婚启事，最大的亮点，是介绍他是作家，在公开报刊上发表小说若干篇。这就像一盏明灯照耀着，极具诱惑力，让灯蛾来扑火。那时有许多女青年热爱文学，做文学的梦儿哩。羡慕作家，是她们的天性。已婚离异的女人见面了，"好"过之后，冷静下来，一般比较理智，不把"好"当回事，觉得不合适，也就好说好散。但是未婚的姑娘，特别是热爱文学的女青年，就把"好"当回事了，一"好"定终身。

郝员外的后妻小马就是这样的优秀分子。小马的家在大山里的鄂西的南漳，家里兄弟姐妹多，她高中毕业后，在县城一家纺织厂做工，热爱文学，在那家刊物的页缝里，看到郝员外的征婚启事后，就将自己的照片和简介按地址寄来，周大哥转给了郝员外，抛出了橄榄枝。郝员外收信之后，就写激情如火的恋爱信。三番五次，小马就招架不住，两人就约定时间，在县城文化馆见面。青鸟来仪，那当然是好事。

约见之日，郝员外早早地来到了文化馆，在文化馆大厅里打台球。何官就诧异，对于郝员外来说，时间就是金钱，他哪来的工夫打台球呢？何官问他："有事吗？"他说："没事，玩。"他就不说实话，瞒着何官。何官没往心里去。到了下午何官下班下楼时，一个姑娘从后院走出来，正好碰到了何官。这就是后来的小马。小马问："同志，同你打听个人。"何官问："你找谁？"她说："我找何括馆长。"何官说："我就是。"何官问："你怎么知道我的名字？"她说："郝告诉我的。"幸亏郝员外将何官的名字告诉了她，不然一个姑娘家，那天落日黄昏，人地生疏，千里迢迢而来，不知道怎么过。原来她到文化馆，问到后院，找的是周大哥。周大哥其实在家的后房，见如此漂亮的姑娘来找郝员外，怕惹是生非，不愿接见。周大哥对周大嫂说："就说我不在家。"周大嫂出来说："他出差了。"小马就失望地出了后院，记起了郝员外所说的何官，天无绝人之路，恰巧正好碰上了。

小马问何官："郝呢？"何官说："他文化馆打了一天的台球，刚才还在哩。"那时没有手机，联系不上。原来是小马的长途班车误点了，等到天快黑了，郝员外以为小马不来，就回家去了。怎么办？烫手的山芋还是落到何官的手上了。小马失了面子，坚决要走。天那么晚了，怎么走？小马就要何官出个证明，在县城下旅社住一晚，天亮后好搭到武汉的长途车回去。那时没有身份证，住旅社需要单位出证明。其实证明也不用开，对面文化宫就有旅社，人熟，只要何官带过去，住一晚上是没问题的。但这样做合适吗？对得起朋友吗？郝员外的家并不远，就在十里之外，没有班车有"三马儿"呢，送去不就行了吗？但是送去之后，依郝员外的手法，不是送羊入虎口吗？如果"不幸"，那又是谁的责任？何官左右为难，经过一番思想斗争之后，还是决定将小马送到那个小镇。都是成年人，让他们接受考验。

于是何官将小马送到新大桥桥头搭"三马儿"。路上小马问何官郝员外怎么样？小马说："我把你当大哥，你要跟我说实话。"创作之人，讲的是天理良心，要对人负责，哪能说假话呢？何官说："他过日子没问题。脑子活，会赚钱。"小马问："创作怎么样？能写出来吗？"何官沉默半天说："恐怕不能当饭吃。"那时落日浮天，天黄黄地苍苍，那情绪就悲壮。

将小马送到那个小镇，结果可想而知。小马与郝员外一"好"定终身，传为佳话。但是有一个基本事实郝员外事先没有告诉小马。那时郝员外因为有了两个女儿，做了男性结扎，不能生育。一个姑娘家做梦也想要个孩子呀！于是在漫长的日子里，郝员外经过了改扎的痛苦。改扎之后，喝了不少男性专科医院开的药，还是不能达到生育的水平。如今美丽的小马，不再年轻了，仍然与郝员外不离不弃，夫唱妇随，两个都是真人，叫人感动。后来证明小马说故事的水平，比郝员外强多了，讲起她的兄弟姐妹的故事，催人泪下，只是落到字面上，比郝员外差。郝员外的长篇小说《走出深山》就是小马口述，郝员外写成的，但感情色彩总觉得跟不上。

这段姻缘，好也罢，不好也罢。如鱼饮水，冷暖自知。现在想来，都是文学催化的结果。

第二章

一

那时文化馆星期天夜晚的后院，几家灯火闲，风吹树叶响。何官晚饭后总爱下楼到王老师的住处坐，一是看望他老人家，二是看看他如何开展业余诗歌创作辅导。

那时王老师成立的乡风诗社，已经轰轰烈烈办到了第六期，得到县文化局长的重视。局长号召文化馆的辅导干部们，向他老人家学习。因为他的辅导方法，比文化馆还正规，在社会上的影响力更大。这就给作为文化馆主管业务的副馆长何官，带来了精神上的压力。一个官办的辅导机构，为何比不上一个民办的辅导机构呢？其中奥妙何在？

乡风诗社的前身，是王的诗歌讲习班，仿的是第一次土地革命时，伟人当年在广州主办的农民运动讲习所的模式。王老师是写诗的，浪漫起来，理想就远大，与政治家有得一比。乡风诗社是在讲习班基础上，根据形势的需要，发展起来的，但比讲习班就正规得多。讲习班时没宗旨，诗社宗旨是"浠河长流，乡风常吹"。两句话对仗工整，朗朗上口，极富号召力。同时诗社组建了一套相当完整的班子，有他指定的社长，还有组织委员，学习委员，纪律委员等等的，一应俱全。办有社刊《乡风》，先油印后铅印，漂亮大方。社刊设编委若干，设主编一人，副主编若干。这与讲习班时不可同日而语。这都是他一手盘大的。

乡风诗社面向社会招生，采取自愿报名、组织审定的原则。不收学费，只收会费，可多可少，量力而行。会费用于办公和出刊。来的都是县师范爱好诗歌的学生，以及社会上的诗歌爱好者。两年为一期，一期也不招多，二十人为限。超过二十人，需要"走后门"特招。男女搭配，精神焕发，都是仰慕王老师，诗情高涨的年轻人。平时轮流值班，星期天夜里上课。平时值班安排的是两个女生，除了接受他关于诗歌创作的耳提面命之外，还负责料理他的日常生活。洗衣裳和被子，整理诗稿，帮助出行。相当现在的志愿者。

王老师那时腿脚开始不方便了，出门需要拄拐棍。值班的学生来了，他出门就不拄拐棍了，由两个女弟子扶着，左一个，右一个，他在中间。小鸟依人，那就是风景。画画的王大哥在楼上看到了，就喊："哎呀！王诗人，您的脚不跛了哩！"王老师就骂："你这个死东西！"由此证明，我们的王诗人，生活中的智商和情商，还是比较高的。乡风诗社办到了十八期，到他逝世前为止，在浠河两岸撒下诗歌的种子，培养了一大批诗人和诗歌爱好者。如今家乡写诗的中年人，都是他当年辅导过的学生。开创作会如若自我介绍，会说他是乡风诗社第几期的。那口气相当于说的是黄埔军校第几期的。

何官是知趣的人，晚饭后下楼，去得比较早。那时学生还没有到，不会影响王老师上课。王老师住在文化馆后院后排破旧的平房里。两间，前有室，后有房。前室大，墙上挂着一块小黑板，通常写的白字儿，当然是他的手书。里面有凳子若干张，相当于一个小教室，可以容纳学生们上课。后房小，一床一桌，两张椅子和一乘书柜，一尘不染，干净利索，只是阴暗潮湿，进门后需要日夜开灯；倒也氤氲，犹如仙人之洞。何官去时，王老师正在喝酒。这是他晚餐的必修课，不喝多，每餐一两。酒是好东西，可以把庸常日子化作诗情。他喝酒的过程比较慢，需要酝酿，小口小口地品，思在其中，诗在其中。菜是生煤油炉子炒的，通常只有一碗，加一盘花生米。晚饭也不煮，是早餐到街上买的，留的一个馒头，放在菜上热。由于通风条件不好，你走进去，必定闻到煤油和酒与屋里的霉气混在一起的味道。那味道很浓，挥之不去，构成他为诗一生的特色。怀念他了，那味道就涌上心头。酸酸的，暖暖的，还有一丝微甜。

何官进屋后说："王老师好！"王老师说："你这个死东西！好几天没来看我。"何官说："不是来了吗？"王老师喝点小酒后，面色潮红，见何官来了，兴趣陡增。何官虽然出息了，但也是他的弟子呀！王老师就得意地说："雅室何须大，花香不在多。"何官晓得"跟进"答："谈笑有鸿儒，往来无白丁。"王老师就夸："小子，长进了哩。"何官说："我来是向您取经的。"王老师问："我有什么经你取？"何官说："您的诗社办得好，局长叫我代表他向您表示祝贺！"王老师问："小子，你又来骗我！"何官说："是真的。我怎么敢骗您！局长叫我采访您，写篇报道，表扬您是如何进行业余诗歌创作辅导的，省报副刊要的。"这招有效。日子里文化馆的同仁们，经常用此类善意的谎言骗他。不管真假，他一律当真。他一生爱惜名誉，就像鸟儿爱惜羽毛。于是他就禁不住对何官传经送宝。喝着酒的王老师，听说要上省报，就更加可爱，开始引经据典。王老师品口酒说："小子听着！孔子当年有教无类，因人施教。然后三千弟子，七十二贤人呀！"于是又品一口酒，说，"'周公吐哺，天下归心。'然后有意栽花花必发，存心插柳也成荫呀！"然后乘兴趁意唱将起来，唱什么呢？唱他准备当天晚上教学生，写在小黑板上的示范诗："流金岁月几多情，万木黄鹂唱爱音。蝶恋鲜花花恋蝶，牵牛缠树树缠藤。"那是摇头晃脑，声若洪钟，如醉如痴。他拍着桌子说："小子听着！一'爱'，二'恋'，三'缠'，精髓自在其中。"何括朝他竖起了大拇指，于是陪他喝一盅，助兴。王老师问："你刚才说的是真的吗？"说明他不是没有警觉。何官笑了，说："局长说他要亲自采访您。"王老师知道又被骗了，说："你这小子学坏了哩。"于是二人哈哈一笑，倒也气通神顺。这时学生陆续来了。何括知趣，晓得及时退场，让他趁着酒兴，栽花插柳。你要知道，业余文学创作辅导，真的是"有意栽花花必发，存心插柳柳成荫"的事儿哩。

如今被何括戏称"细东西"的程，就是当年县文化馆《二月庐》编辑部，与县啤酒厂联合举办"溪泉杯"文学作品大奖赛期间发现的。当年的细东西如今不细了，通过文学创作走上了正路，功成名就，现在是省作协会员、市作协副主席、县文联副主席、县作协主席，成了家乡文学创作界，第三代名副其实的掌门人。多年来她在家乡文学创作界领导的岗位上，尊老爱幼，为作家添喜，为作者分忧，一直管引她入门的人叫"老师"，亲切得很，让人感动。弟子风范，有口皆碑。

发现细东西的过程，纯属偶然。那时改革开放的春风，吹拂初醒的大地，百业在兴。浠水河入江口的兰溪镇率先发力，建起了一家啤酒厂。这可是新鲜事物。为什么在那里建呢？因为那里得天独厚，水好。相传唐代茶圣陆羽遍访华夏山水，在此河边发现了"天下第三泉"，记入所著的《茶经》中。古人因此将美名刻在河边悬崖的石壁上，字大如斗，流传下来。清代本县县志明确记载："天下第三泉又叫虎跑泉，位于本县兰溪镇西潭坳河滨峭壁石下，有一石穴大如米瓮，深约三尺。穴中涌着泉水，甘冽芳香，茶圣陆羽发现的天下第三泉是也。"好水可以泡好茶，同样可以酿好酒。只是不是白酒，是啤酒。啤酒也是酒，同样需要好水。于是有识之士，抢着注册，将那啤酒叫作"溪泉"牌，引进人才，筹措入股资金，购买设备，轰轰烈烈造将起来。于是那开阔无比、杨柳成荫、江滩的田畈上，就塔罐林立，喷蒸气，飘酵香。啤酒厂是县轻工业局旗下的民营企业，每天车进车出，生意红火得很。那时啤酒在全国风行，势不可挡。乡下人开始喝不惯，认为那是马尿，喝着喝着就喝习惯了，还发现六月天喝最好，清热解暑又便宜，于是乐喝不疲。因为生意红火，财源滚滚，那厂长就身价百倍，提起他的名字，县城里无人不知。人们不知道轻工业局的局长是谁，但知道啤酒厂的厂长是谁。文化人就盯上了他。盯上他做什么呢？经费不足，拉广告，以文补文呀！

文化馆与啤酒厂"联姻"，也是周大哥搭的桥。周大哥与厂长不熟，但与办公室主任熟。办公室主任与周大哥是同乡，有关系就是硬道理。于是周大哥就带着何官，通过办公室主任的关系，找到厂长说明来意，没想到厂长欣然同意。同意什么呢？同意《二月庐》与该厂联合举办全国"溪泉杯"精短文学作品大奖赛。那时候文化单位与企业联姻，冠以"全国"

154

之名，举办大奖赛，犹如雨后春笋，也是新鲜事物。文化人晓得企业家的心思，只有冠这样的名字，才能打动他，让他舍得掏银子。

于是做方案，商定活动资金，在公开报刊做广告，面向全国征集作品。然后请评委若干，对所征集的作品，通过初选和复选，评出一二三等奖和优秀奖若干，发奖金和证书。得奖作品由《二月庐》结集推出，然后请领导出席，举行隆重的颁奖方式。那是紧锣密鼓，郑重其事，如火如荼。细东西就是在这个紧张激烈的过程中发现的。

那一天作品初评会上，办公室主任在场，他也是评委。征得全国作者的参赛稿子五百余篇，就是没有一篇啤酒厂的来稿。何官忽发奇想，问办公室主任："你们厂没有爱好写作的青年吗？"办公室主任说："怎么没有呢？有呀！"没想到还真的有。何官问："叫什么名字？"办公室主任说："姓程。"何官问："男的女的？"办公室主任说："姑娘呀！嫩得很，才十八岁哩。"何官说："你叫她写一篇参赛。"何官想如果有人真的能写，啤酒厂有得奖的，那不是既搞了活动，又培养了作者，事半功倍，两全其美，皆大欢喜的事吗？何乐不为之。

过了两天的下午，办公室主任就连人带稿子，亲自送上门来了。那姑娘真年轻，长得真漂亮。红扑扑的脸，向上飞扬的眉毛，有逼人的青春气息。办公室主任进编辑部的门，就指着那女子，隆重介绍："'山下兰芽短浸溪，松间沙路净无泥，潇潇暮雨子归啼。'这就是我们厂的才女。平常学的是苏小妹，巾帼不让须眉。"那女子横了办公室主任一眼，办公室主任就不敢再说。那女子就从包里拿出稿子来。周大哥接了过来。周大哥翻着稿子说："稿子有点长，是中篇小说哩。当面不可能看，只能留下来。"那女子没说一句话，就随公办室主任下楼到轻工业局办事去了。出门时街上下着细雨，两人只有一把伞，那女子并不怵办公室主任，让办公室主任撑开举着，她步在其中。办公室主任像是她的跟班。何官从那时候就看出，她不是池中之物。

何官和周大哥就抢着看那稿子。一人接着一人看，看过之后，一致叫好！那篇小说题目叫作《绿太阳》，写的是啤酒厂青年男女之间的情感生活。主人公是个志存高远的姑娘。不想随俗，又身处俗中。由于漂亮，追求者不乏其人，献媚的有，取宠的有，成天犹如蜜蜂嗡嗡嘤嘤围在她身边转，让她不胜其烦。其中有一个细节，集体女工宿舍里，早晨她与同伴们正在起床，衣裳还没穿好，窗外就有男的敲窗叫她，将早餐送来了，叫她趁热的吃。那个取好卖乖的相！恨得她想强暴他。一个姑娘家的，居然有此想法，真是大胆，写活了。小说有题目"绿太阳"的命意，有生命场景中许多的温馨和感动，虽然粗糙，如果顺一遍，绝对是篇好东西。那女子根据老师们的意见，很快将作品改顺了，在《二月庐》上头条发出。终评时，众评委一致推为一等奖。

细东西就是这样被发现的。从那以后细东西找到了正路，创作热情高涨，小说创作一发不可收，陆续在省刊上发表了许多篇小说，一跃成为本县业余创作界一颗冉冉升起的新星。

印证了王老师那句话："有意栽花花必发，存心插柳柳成荫。"

二

何官是啤酒厂垮了后，细东西通过同样业余写小说的王的关系，借调到县电台当记者解决吃饭问题时，才了解细东西的，并且知根知底。

王那时在县电台当主管业务的副台长，她老公是县委常委、县委办公室主任。这关系就比较硬，惺惺相惜。她家娘是音乐老师，爹也是音乐老师，爹作曲娘弹琴，日子里琴瑟和谐。姐弟二人从小耳濡目染，都是本县出类拔萃的文艺人才。惜花都是爱才心，借个有才能的文学青年当记者，解决再就业的问题，不是很大的事。况且县电台正缺当记者的人。

这之前何官以为细东西是啤酒厂的正式职工。原来并不是。细东西是个"土地工"。细东西不是本县人。她的家在邻县茅山的喇叭湖。那里是湖区，湖大水面阔，烟波浩渺，地少人多，出门走近路就得坐船，属于贫困地区。细东西读高二时，碰到一个能跳"农门"的机会。那就是与她家江岸相连的兰溪镇，要建啤酒厂。她家在兰溪有亲戚，亲是老亲，细东西的姑奶嫁到了此地。建啤酒厂征的是此地的江滩地。政府出面做工作，几轮谈判下来，终于达成征用土地的条件。那就是按面积换算，给此地搭若干个"土地工"的指标。这是给出路的政策。反正啤酒厂除了技术人才之外，还需要很多普通工人。但就是招收"土地工"，也规定了苛刻的条件，起码要初中毕业或初中毕业以上、年龄不超过三十岁的。姑奶家有孙，是表叔的儿，那儿年龄倒合适，但是只有小学毕业，不符合学历条件。表叔家不愿浪费指标，姑奶于是就想起娘家的细东西。她家三代只有一个女，那掌上明珠一样的细东西，不是正在读高中吗？于是两家商量，让细东西辍学，将户口转到此地，落户了就是袁家的人，说不定亲上加亲哩。户口转来之后，就让细东西穿着厂里发的工作服，兴高采烈地到啤酒厂上班。细东西终于跳出"农门"，当上工人了。

细东西上班干什么呢？因为学历比较高，人又长得漂亮，被办公室主任看中了，就在办公室打杂。每天打扫办公室，客人来了端茶倒水。办公室主任忙不过来时，也叫她帮着写材料。写材料只要办公室主任说到了，她就能文从字顺写到位。那活儿说轻也轻，说重也重，细东西随轻就重，也能从容应对，只是瞧不起办公室主任，心想他笔下那点功夫也配当主任？要是换她当说不定更合适哩。说明她有野心。所以表现出虽无傲气却有傲骨，成天桃花灿烂，一副没心没肺的样子。越是这样，办公室主任越是"宠"着她。她乐在其中。

哪晓得啤酒厂风光几年之后，说垮就垮掉了。其中有市场和技术的原因，也有管理不善的原因。改革开放之初，一切都在探索之中，其兴也勃，其衰也忽。啤酒厂倒闭了，工人怎么安置呢？有正式编制的，由轻工业局安插到其他县办企业。没有编制的，比方"土地工"，就无法安置了。变卖设备偿还货款后，拆厂还地，让他们从土地中来，到土地中去。但也不是绝对的，有关系的也可找路子想办法。因为"土地工"招收时，也转成了工人，虽然属于"大集体"，但可以找个地方安身，然后瞅机会改换门庭。

细东西就离开此地，只身来到县城，通过办公室主任据理力争，被安排到县毛巾厂，然后通过王副台长的关系借到县电台，当记者谋求发展了。

那时细东西在省级刊物《芳草》和《长江文艺》上发了几篇小说，就与何官和县业余创作界的人混熟了。王副台长那时小说也写得好，得了笔记体小说的真传，同样在《芳草》和《长江文艺》上发了几篇。王副台长比何官小四岁，比细东西大十几岁。细东西先称她王大姐，后来去掉了姓，称她为大姐。因为王副台长对这个小妹比家人还亲，爱她的才华，更爱她如花的漂亮。后来王随丈夫到海南发展去了。那丈夫与何官同年生的，开始是师范的老师，风流倜傥，知识分子受重视的那年头，被选拔到政界当官。此人也是人物，从政几年后，不愿"受绑"，抛下县办公室主任的"乌纱帽"，毅然下海。王不久也夫唱妇随，辞去副台长的职务，到"海"里去了。王下海之后，不搞小说创作了，给人做心理咨询。丈夫前年不幸得癌症去世了，那是多么好的一个人，有才有貌，说没就没了，留下她一个人。她从痛苦中挣扎过来后，仍然快乐着，令人感动。她养了一个优秀的女儿，是北大的文学博士，现在是独立的制片人，从编剧到导演都是她。说明文以人传。现在王的网名叫"王妈闲说"，通过联系，加了何官的朋友圈。她一"闲说"，何官必定叫好，点赞那是必须的。那感情因文而生，源远流长。

那时王妈经常在她家约何官和周大哥吃饭，扯小说和题材，相当于现在的文学沙龙。约会时细东西必定在场。席间少长咸集，高谈阔论，风生风动，那是情投意合，文采飞扬。细东西将周大哥当叔，将何官当大哥。何官像王妈一样将她当小妹。小的有了依靠，对长的尊敬有加。长的看到希望，对小的像花儿一样精心呵护，看在眼里，喜在心里。他们有一个共同的愿望，那就是共图本县业余小说创作的发展和繁荣。

那些年何官在《长江文艺》《芳草》《长江丛刊》以及《当代作家》都有小说发表，或短篇或中篇。那时是纸质刊物的黄金期，本省刊物的编辑们为培养本省作者，倾注了大量心血，尤其是对年轻的基层作者。那些年本县在省刊物上经常发表小说的有三个——王妈、细东西和何官。在本县称之为"一枝两朵"。何官出道比较早，又是文化馆的辅导老师，理所当然是领军人物。何官上来时，王老师就对他敲了警钟的。王老师经常挂着拐棍半夜敲开他家的门，对伏案的他说："小子记着！光说不练是假把式，光练不说是傻把式。"这是对创作辅导干部的严格要求，既要说也要练。何官说："我晓得。"王老师问："是不是在用功？"何官说："正是。"王老师说："这就对了。"于是也不坐，挂着棍子下楼去。楼梯上尽是"督促"的声音。楼梯上安的是声控灯，搞得一明一灭的。

那时《长江文艺》和《芳草》每年都要办一次创作会，以小说为主，通知投稿的作者到会上集中修改稿子。接到通知，何官这一"枝"就带着"两朵"去参加。创作会在下面各地市轮流办。带着"两朵"去参加创作会，何官就有压力。因为那时开创作会鱼龙混杂，出作品的大有人在，出轨的也不乏其人。风花雪月之场，得意忘形了，经不起考验，必定身败名裂。要说都是成年人，你用不着如此担心，但是你是何官呀。带队的，必须随时注意，严加防范。"花儿"开在眼前，你要防着狂蜂，也要防着浪蝶。王妈好说，她为人之妇了。细东西还是姑娘哩。所以那时带队参加创作会，让何官不省心，时时护着细东西那朵花。参加创作会的人见他那副小气的样子，就笑他，说他是"护花使者"。好在王妈也在身边，对细东西也关心有加。好在细东西看得破红尘，应对得当。

比方说那次参加《芳草》主办的孝感创作会，也是三人去的。孝感传说是董永的家乡，有戏曲《天仙配》为证。其中的唱词："槐荫开口把话讲，我来为你做大媒。"那是家喻户晓。何官带着一把雨伞，那是一把油布伞，老式的，与戏台上董永当年"路遇"拿在手上是一样的，分明老土一个，这就叫人笑掉牙，都什么年代了，还带那玩意？那时可折叠的，被称为"洋伞"的有呀。只是何官家里困难，两个孩子要读书，没有闲钱买。路上细东西禁不住，就拿何官和王妈开玩笑。那玩笑有点小暧昧。细东西不是省油的灯，说何官是董永，王妈当然是七仙女了。你看一个多土，一个多洋。

何官不能气，只能笑。

创作会到董永公园游玩时，天下着雨。何官打开油布伞，细东西不进来遮雨，矜持着，王妈就进来了，还拉着何官的手。王妈会演戏，起板喊了一声："董郎呀！"细东西晓得配合，在雨中唱："槐荫开口把话讲，我来为你做大媒。"这"现世宝"，让与会的同行们笑得眼泪滴。那时候"两朵"出外开创作会，就是这样捉弄何官的。这何官能容忍，外人就不能这样做。这叫内外有别。

细东西在何官和王妈的精心呵护下，后来终于找到了如意郎君。那郎君是县电视台的，姓王。本县人，有学历，有才华，现在是县电视的副台长，除本职工作之外，写小说，写故事，写电视连续剧的脚本，据说赚了不少钱。二人有了一个女儿，那女儿得了真传，大学本科毕业正在读研，写得一手好文章。这更说明文学的遗传功能。人说细东西与王的美满婚姻，是王妈撮合的。现在的王妈不承认，她说："哪能呢？是她自己相中的，我只是个侦察员。"细东西出嫁那天，是何官当的"摆手"。"摆手"是什么角色呢？是迎嫁的人。不是信得过的人，不让担当此任。何官培养之恩，细东西记在心上，很看得起何官。出垸时，只是嫌何官太笨了，她随陪嫁的姑娘在垸中过，喇叭湖的乡亲们出门放鞭炮时，他连烟都发不赢。何官笑了，说："我没有想到，你比我跑得还快！你那么性急干什么？"她笑着说："你晓得么事？不快不行。"原来那天喇叭湖除了她，还有一个姑娘出嫁。她要抢先，抢先吉利呀。

莫看这个细东西表面上新潮，原来骨子里比何官还传统。后来她在文联当家时，很管了几次本县创作界发生的风流韵事，仗义执言，才不管人家爱不爱。她说她一生眼里揉不进沙子。

三

当年的何官终于又忍不住，与同城所住、一年多没有联系的商教授打

160

电话了。用的是短号。短号是不收费的，一部手机本来可以设五个，但是何官只设三个。本人是520，儿子是522，那么523就是商教授了，可见没把他当外人。何官用短号打过去，见了短号就让商教授感动了，前嫌顿失，说明还是一家人。于是又召集何官与朋友一道，到他那里去喝酒。又用老手法，发动在席他昔日的学生，将何官"盘"个半醉。他的学生何其多，桃李满天下。

商教授是那年团风田园童话笔会讨论小说时，拂袖离会，得罪何官的。个中是非曲直，各有各的说法，是辩论不清的。总而言之，只痛不快。何官为什么回心转意呢？是因为早上到龙王山散步，听故事触动的。何括上山时天下着雨，那些跳舞的中年妇女们不能跳了，就聚在廊道里，坐的坐，站的站，说着闲话儿，打发时光。其中一个说了个故事，让何官有得一想。

那婆娘说的是她家楼上住着一对老夫妻，子孙不在身边，日子里二人最爱吵嘴。丈夫说不管什么话，婆婆都不爱听。说什么好像都是他的错，原罪都出在他身上。你说一句，她顶几句，一天到晚，絮絮不休。丈夫恨死了，烦不胜烦。这日子叫人怎么过？后来婆婆得病死了，留下丈夫一人，那日子就清静得很，成天连说话的人都找不到。他家的对门，同样住着一对老夫妻，子孙也不在身边，日子里也爱吵嘴，动不动就吵起来了，热闹得很。那老头就搬张马扎，坐到对面门外听。对门的老头吵不过，打开门出来时，发现门外坐着那老头，问："你坐在这里干什么？"他说："我在听你们怎样吵？"那丈夫说："吵嘴有什么好听的？"他说："兄弟，我连吵嘴的人也找不到了。"这话让何官感动。说明日子里不能没有吵嘴的人，如果连吵嘴的人都找不到，那就不叫幸福。于是他就想起久未联系的商教授，将短号打过去。

何官与商教授恩恩怨怨一辈子，几次翻脸不认人，想过来后，如果一方稍有歉意，于是二人就和好了，都因文学的缘分，不与经济利益有半毛钱的关系，更不关乎"风花"。用商教授的话说，他不欠何官的钱，何官也不欠他的钱。二人一个写小说，一个搞评论，相交三十多年了，开始有如初恋，互相欣赏，水乳交融。发展到后来，因观点和立场不一样，各守本性，摩擦就时有发生。两人都是较真之人，触及底线了，怒发冲冠，出言不逊，拍案而起，拂袖而去。朋友们晓得他俩的性格，不用担心，过不了几天，这两个"死脸"又坐到一起来了，天生一对"拆不散的冤家"。

商教授古典文学底子好，鉴赏能力之高，在本地文场那是出了名的。率性而真，有能力指点江山，那是激扬文字；反打顺敲，口无遮拦，那是神采飞扬。何官爱他敢说真话，恨他不择场合，口无遮拦，拿"狂"见长。商的古典文学的底子是受他老舅影响的。二人亲如一家的时候，商的老舅也是何官的老舅。每年老舅过生日，何官必定同去祝寿。在那"夏到初时绿上楼"的二楼喝酒，听老大人讲春秋大义，品他新写的诗。其中就有诗题为《谢聘还山之三》。诗云："此间失却好东西，常忆村前十里堤。新稻登场初试酒，清明节到燕衔泥。山花破晓红如火，乌柏撑寒白似梅。最是多年忘不得，长亭风雨鹧鸪啼。"老大人说的理好，大义微言；写的律诗好，古道热肠；办的酒更好，使人微醺而不醉。老大人一生虽然历经磨难，到老也是狂放之人。他"正名复出"，在武汉磨山植物园当工程师，退休归隐故园之后，很会当家过日子，将家打理得井井有条，绿树成荫，花果满园。领着参观之后，他问外孙："依我的治理能力，当个美国总统如何？"亲外甥说："那有可能，只是时不我遇。"一个问得好，一个答得妙。亲外孙得了他的真传。

商教授早在县师范学校教书时，就狂气初露。那时他才二十多岁，华中师范大学文学院本科刚毕业，会拉胡琴，会唱戏，会写律诗，同时写得一手好散文，那口味就重，能入他眼的人，就没有多少。当时县文化局的局长江大人，就看出他的狂气来。在那次县里召开的何官的小说《鼎足》的座谈会上，他发言时对《鼎足》虽然先说了一通好话，结束时还是忍不住，对小说的结尾，提出了严厉批评。因为小说后面直接把主题拿了出来。他说："什么'鼎足呀鼎足，中华民族的鼎足'，这叫什么艺术？分明是馆体小说的模式。"这就得罪了在座的一大批人。当时在座的是些什么人呢？

162

本县大名鼎鼎的四位农民呀！批评《鼎足》是馆体小说，不光得罪了四位农民作家，而且得罪了扶持他们的领导呀！所以江大人后来说浠水有三个半狂人，理所当然他占了一个。当年的何官充其量只能算半个。此话传到商教授的耳朵里，他不以为耻，反以为荣，哈哈一笑。

为文之人，你不得不承认，文学是有场的。在哪一级是哪一级的水平。那时何官写"闭"了，就问商教授："你说我俩的水平能到哪一级？"商教授笑了，就拿打麻将说事。他的麻将同样打得好，曾经放暑假期间，为了玩到极致，与朋友一起打过七天七夜，中间只喝了一碗参汤提精神。他说："不要小看了自己。好比打麻将，我俩都是随手翻出来的'宝儿'——百搭！不管打到哪一级，都能配一胡。古人云：'桃李春风一杯酒，江湖夜雨十年灯。'船随水涨，水涨船高，这要看水涨到哪里。"虽然有互相吹捧之嫌，倒也鼓足了信心。

那时的何官，虽然从乡镇文化站调到县文化馆，虽然发表了《鼎足》等几篇东西，嘴上虽然那样说，但还没有能入商教授的法眼。《鼎足》虽然发表了，但在他的眼里还是馆体小说，不能入大雅之堂，算不得什么，没有真的打动他，引起他的青睐。那时他年轻气盛，青眼看天，白眼看地，过着他隐士的日子。有诗为证："凤栖山下风月好，浅水一溪漾小舟。波澜无惊心不跳，是真名士自风流。"他忍得住性，那是因为还没看到"水"涨起来。

殊不知，那时候何官正在用功。从乡镇文化站调到县文化馆的何官，地位和身份变了，受文学思潮的涌动，眼界开阔了，文风开始转变，笔下的东西有了灵性。你看他那时写的《血马山纪事》，虽说是个短篇，也就三千来字，但是写那山风就活了，一条条从天边吹来，吹着连天的绿色，像吐着鲜红信子的蛇，那个住庙守林的老婆婆就带着一条狗，用鲜血和生命与盗林人做斗争哩。投给《湖北林讯》，居然得了个中南六省绿色征文大奖。不在奖金，而在于笔下的文风，给了自己的惊喜。从此何官开悟了，写了几篇得意之作。这算何官创作道路上第一个脱胎换骨、起死回生的里程碑。人说创作之人，在一生创作的道路上，要有几次死去活来的经历。此言不虚。但是得奖也惊不动商教授。《湖北林讯》又不是文学刊物，发个小东西，得了个小奖，用得着张狂吗？说得何官脸红。尽管那时何官总是到凤栖山商教授的住所当面请教。当面请教，也没有用的。他还是打哈哈，顾左右而言他。那叫什么呢？那叫不屑一顾。何官总想写篇好东西，送给他看，镇他一回，于是就有了中篇小说《感觉》。

《感觉》就不是《血马山纪事》。《感觉》是何官的用心之作，用的是散点透视，写河边的父亲带着儿，挑沙填地基，寸土必争造屋，历经数年，千辛万苦，让他有"弑父"情绪的儿，结婚之后，明白了人生殊途同归的道理。小说写出后，那时还没有用电脑，是用稿纸按格子写的，一个格子一个字，没有错落的。那"作业"就整齐美观。复印好了，装订整齐，送到商教授的住处，让他看看，希望能镇得住他。商教授接到稿子后，用个铁夹子，挂在书房的墙壁上，那排钉子是用来挂稿子的。他不是干部，没文件可挂，挂的是课程安排和学生的作品。那时县师范办了个凤栖山文学社，他是指导老师，学生送作品来，他就顺手用个铁夹子夹着，朝墙壁一挂，等到兴趣来了才看。他那时将何官的作品，等同于他学生的来稿。这也没什么？能者为师嘛。

过了一个月，中间何官去过一回，以为他看了，想听听他的意见。他说他忙，还没看。那稿子还挂在墙壁之上。何官不好说什么？就出来了。心里就不是个滋味儿。有什么办法？只得由他。

那篇东西是汪大哥在夹河桥遇到商时，对他重新提起的。汪大哥说："何括最近写了篇好东西。"因为汪大哥和周大哥都看了，觉得好。商问："是吗？"汪大哥说："是的。"商问："叫什么名字？"汪大哥说："《感觉》呀！他说送给你了。这篇你要看一看。"商"啊"了一声，这才引起警觉。于是商连夜就看，看后打电话叫何官到他家，大加赞扬，然后赔小心，说："对不起，我以为还是馆体小说。这回不是，突飞猛进了，可喜可贺！"于是呼朋唤友，于是欣喜若狂，搓着手儿，叫老婆到食堂叫菜，拿酒出来，开瓶将大杯倒满，说："会当同醉，不醉不休。哪个不喝，就是后街细驮的儿。"后街的细驮儿，单人一个。街人劝酒时，总是拿他说事。这叫雅俗共赏，互相激进。

那天夜晚，这个狗东西，硬是把何官喝醉了。他也差不多，走路像跳迪斯科。他将何官他们送到校门，不能再送了，拱手说："士别三日，当刮目相看！"何官说："是三日吗？我可等了一个多月！"他又弄古，说："试玉要烧三日满，辨材须待七年期。"

夜色深沉，秋天正下着大雨。风雨中，流水有声。凤栖山上的水，都朝清泉寺前浠水河里流，河水翻着浪花朝起涨。于是他唱将起来："山下兰芽短浸溪，松间沙路净无泥，潇潇暮雨子规啼。谁道人生无再少？门前流水尚能西，休将白发唱黄鸡。"好嗓子，声如洪钟。

伞少人多。他以伞赠友，打个科头，兴味更浓了，接着唱："君问归期未有期，巴山夜雨涨秋池。何当共剪西窗烛？却话巴山夜雨时。"哎呀！那也是醉了，醉了，更是醉了。

四

那时候文化馆住房条件差得出奇，何官全家搬上来后，根本没地方住，反复腾挪，搬了几次，才有了后来的住宅楼，免除了后顾之忧。现在的商教授和文化馆的同志们都知道，何官的许多篇小说是在"楼上庐"呱呱坠地的。条件之艰苦，现在说起来令人动容。但何官倒觉得没什么，习以为常。何官在县文化馆九年，除了工作之外，就是潜心地读书和写小说，一条路儿走到底。

周大哥不是轻易夸人的人，向来以严格著称。现在县里开创作会请何官回县指导时，说到何官成功之处，不夸他的才华，只夸他有韧性，说他写作有个好习惯。那就是一篇东西构思好了，不管多忙，他都能够抽时间坚持不懈地写下去。周大哥说他就不能，一篇东西没有成块的时间写，思路就乱了，成不了形，狗子咬刺猬无处下嘴。周大哥说："养成一个好习惯，对业余创作之人来说，受用终身。铁棒才能磨成针。"这话何官愿意听，深以为然。周大哥夸这个比夸有才华，有用得多。

其实这个所谓的好习惯，何官早在高中毕业后务农时，就养成了。想当年在兴修水利的工地上，每个月只有一号和十五号两天的休息时间，条件多么艰苦。住在人家的堂屋里，那是挤出来的空间，十几个人睡的是通铺。在堂屋的后边，一层稻草铺地，用土砖围个长方形的框子，是入夜人"安息"的地方。哪来写字的桌子？清早起来就得将铺盖卷起来，挨墙壁放，防鸡上来扒食时拉粪脏了。书和稿纸是带着了，用袋子连同带咸菜的竹筒和加餐的米，一起挂在墙壁之上。夜里是不可能点灯写东西的。趁主家的亮，早点洗了睡，那才是硬道理。那时候一号十五号放假了，何官就背着书包，到山上去，找大石头当桌，找个小石头坐着，伏着写，写热血沸腾的东西。那东西叫诗。像火山爆发，让岩浆沸腾喷出胸膛，那才叫过瘾。在那样艰苦条件下，都能坚持写作的人，还有什么不可以克服的呢？写东西的人，生下来有一个特点，那就是在任何时间，到了任何地方，都善于发现有利于自己写作的空间。好比母鸡下蛋，需要一个安静的巢。

何官争取到得天独厚的"楼上庐"，安身立命地写作，是颇费了一番思考的。那叫别有用心。那一年文化馆为了解决干部职工的住房困难，下决心克服重重困难，集资建宿舍楼。这对于一向贫穷的文化馆，是件惊天动地的大事。楼是五层，两个单元，二十家。好不容易建成了，分房时文化馆就吵成了一锅粥。为什么呢？因为文化馆老同志多，他们都愿意住好一点的楼层。这就不好分。谁愿意住一楼和五楼呢？一楼"立地"，五楼"顶天"。一楼潮湿阴暗，不利于健康。五楼要爬，那时候又没有电梯，况且年岁久了，漏雨是免不了的，这是明摆的。搞文化的人一个比一个聪明。那时文化馆的官们，都不住文化馆，他们到县城过日子比较早，早在外面有了房子，不屑与文化馆的老同志争高低。要分房的官，只有何官一家。于是依照惯例，按条件制订打分方案，给各家打出分来，张榜公布，然而

"树"欲静，而"风"不止。

按当时分房所打的分数，何官家不可能"顶天立地"。文化馆的一个老同志，就找何官吵。因为比较下来，在老同志中数他的资历浅，极有可能分在五楼。他对何官说，他有高血压，不能爬五楼。何官说："五楼阳光好。"他就朝墙壁上撞头，撞得咚咚响，差一点撞出血来了。还好没有。人说他练过气功，这是他的拿手戏，他认为组织上对他不公平时，就用这一手，让官们晓得他的厉害。何官问："我的话还没有说完哩，你撞什么头？"他说："你是不是想住五楼？"何官说："我正想住五楼哩。"他问："你说的是不是真的？"何官说："君子一言，驷马难追。我家就住五楼。"于是何官就真的住五楼，将分配他家住的三楼，让给老同志。于是那个老同志很受感动，拉着他的手就握，说："真没有想到，你有这高的觉悟。"

其实何官选择靠东的五楼住，与觉悟无关，是他早就谋划好了的。为什么呢？因为顶天的五楼隔热层之上，可以搭间小屋子哩。搭间小屋做什么呢？另有所图呀。分到他家的两室半一厅，格局比较小，只有六十多个平米，现在叫它筒子楼。儿大了，女大了，各需要一间。他和老婆一间。做泥工的父亲，从黄石探亲回来，就没有地方住了。在五楼之上搭间小屋子，他既有了安心写作的巢，父亲回来也有睡的地方。这叫两全其美。这点心思，叫那个撞头的老同志怎么参得透？

新楼建成，搬家之后，父亲从黄石探亲回来，听了儿子如此安排，自然欢天喜地。父亲带着两个徒弟，常年在黄石工业学校做泥工。那学校现在升级了，叫作理工学院，今非昔比。那时父亲快老了，不可能揽大活，只是搞维修，厕所坏了，由他修，下水道堵了，由他扒，赚点辛苦钱。父亲睡在学校的门楼里，兼带夜里守校门。虽说门楼有两层，但又窄又小，两个人进去，就转不过身来。父亲一生什么苦都吃过，什么地方都住过，听儿子说能在楼顶上盖间小屋供自己住，他不在家时儿子用来写作，连夸儿子想得周到。

于是父亲就带着儿媳妇做小工，他做大工。在五楼之上，辛苦连天地盖屋。那时宿舍楼刚做起来，有的是断砖，从楼下捡着挑到楼顶就行。辛苦点没什么，又不花钱。工地上还有没用尽的石灰，用沙子和了，父亲就依着楼顶的楼梯屋砌墙，单砖的三面，在楼梯屋的一面墙开门，这样可以不淋雨。墙顺楼梯屋起脊，前后低处一人高，从市场上买来一棵杉树架在脊上，再用买来的六块水泥瓦，上面用钉钉在脊树上，下面压在前后的砖墙上，就大功告成。屋子搭好了，算起来也有九个平方米。简单地粉刷后，放了三样东西进去，床一张，桌一张，椅一张，再不能放别的东西了。但是那是名副其实的一间屋子呀！前面安一个大窗子，后面安一口小窗子，只是挂了帐子后，后面的小窗就遮住了。这不要紧，白天可以将帐子撩起来，楼顶开阔，前后对流，也有风吹。

父亲探亲的时候少，一年也只有过年过节才回来。那么这间小屋就成了何官的写作间。书是不能放上来的，要用时朝上带。也牵电线安电灯，也安插座，买一个小电扇回来，将插头插进插座，就可以转，转动也是风。亮也有，风也有。那时候用笔写，稿纸也有，构思也有。何官就在夜里和节假日，忙里偷闲凭着心气，在上面写东西。那小屋好，三伏天可以听骤雨，风吹来一阵接一阵，雨点打在瓦面上，好像沙街外婆的炒豆声，与《黄冈竹楼记》所描写的，有得一比。三九天可以观瑞雪，那雪落在楼顶上融化得慢，写累时可以开前窗观看，晶莹不染，赏心悦目。有客来访，也在小屋里接待。何官就坐在床沿上，让客坐椅子。有作者来谈稿子，同样到小屋来谈，椅子就是何官坐，作者站着或者坐床沿。这要看年龄和关系，也要分男女。这样的时间必定短，谈完人就走了。来人看那情景，知道何官的时间金贵。夜里何官写累了，通常不下楼睡，就睡在父亲睡过的床上，不打扰妻子，也不惊动儿女。蛮好的。梦中可以进一步地构思小说情节。

那时何官在楼上那间小屋里，很写了几篇像样的东西，其中就有《没有眼泪》。这篇小说在《长江文艺》发表后，被一家电视剧制作中心看中，拍成上下集电视剧，改了个名字，叫《先生与家长》，居然也得了个奖。因为何官在小说中，化用了他的写作间，让教书先生欧阳乾坤与做生意发财的妻子，感情破裂后，也住上了楼上的小屋。小说中何官将楼上那间小屋，拟了个雅致的名字，叫"楼上庐"。他还让那教书的先生在国庆节那天，在女儿的最后通牒下，决定与妻子和解时，站在楼顶上，唱那巴水河畔无字的古谣。这叫"设身处地""灵魂附体"，艺术效果就好。于是何官的写作间，就在本地出了名。搞创作的人都知道何官的"楼上庐"。

那时商教授来得最勤。他来了响声就大，与众不同。来了先敲五楼的门，若无人应，他就知道何官在"楼上庐"。于是就上来了，不等他敲门，何官必定开门在先。于是一个坐椅子，一个坐床沿。坐床沿的当然是何官。他怵他，也敬他，来了就先打趣。一个问："庐主，又在写什么呢？"结庐之人，必是"庐主"。一个答："施主，我在写一个新东西。"谒庐之人，必是"施主"。一个问："不经过我，你能写得成功吗？"一个颜色短，脸色就红；一个底气足，就哈哈笑。于是一个拿起桌上在写的东西看；一个站在旁边像学生样等待施主的批评。那施主也不全看，翻了几页，就要庐主谈构思，人物故事，以及主旨等等的。一个说完了，一个就补聪明。那些聪明虽然是临时生发的，但是真聪明，补过之后，大多能说到点子上。那时候一个庐主，结"草"为庐。一个施主，随"缘"布施。一个挑柴卖，一个买柴烧。知音相觅，相见甚欢。施主能同庐主谈文学艺术，那是莫大的幸福。日子里都是水涨船高的角儿。

然后施主对庐主说："老舅带信说甚是想念我，叫我很感动。我回信说，青鸟来音频相约，官令无端绊马蹄。他说没听说你当什么官，骂我佯狂，没办法只好回老家一趟，见过老舅，陪着他喝酒谈了一整天的诗。老舅新写了一首诗，题目叫《谒成都草堂遇雨》。"于是一个叫："说来听听。"一个就脱口而出："杜鹃声里泊寒溪，拜舞清癯泪眼迷。潦倒江湖怜剩酒，颠连家国痛残棋。何堪故土千村疾，忍见劳民一世饥。我来正是巴山雨，万壑飞声吊蒺藜。"原来是"送教"上门的。听过之后，让庐主领教了什么叫"纸上得来终觉浅，绝知此事要躬行"，什么叫"风檐展书读，古道照颜色"。还不算完。于是一个拿起笔来，在稿纸写出全诗，逐句讲解。因为那诗里难字很多，又有很多的典故，不落实到纸面，怕人弄不懂。一个洗耳恭听，清音入耳，肃然敬然。那叫"现场诵经"，教学相长。气韵生动，"楼上庐"为之一新。

这还不算完。施主环顾"楼上庐"，搓着手儿，兴趣更加上来了，就背《陋室铭》："山不在高，有仙则名。水不在深，有龙则灵。斯是陋室，惟吾德馨。苔痕上阶绿，草色入帘青。谈笑有鸿儒，往来无白丁。可以调素琴，阅金经。无丝竹之乱耳，无案牍之劳形。南阳诸葛庐，西蜀子云亭。孔子云：何陋之有？"你看看，他扯到哪儿去了？搞得庐主无地自容。

礼尚往来，又得喊老婆回来，办菜喝酒。

尽管生活不富裕，这一餐是免不了的。

五

何官是那个秋风兼细雨的黄昏，接到魏老先生在乡下去世的消息的。作为文化馆分管业务的副馆长，他知道需要下乡悼念了。

黄昏，记得是黄昏。清晨阳气上升，新一代大多选择在这个时候呱呱坠地。黄昏阳气下沉，老一代大多选择在这个时候回归自然。作为本县农民作家之首的魏老先生，也不能例外。

消息是从文化局传下来的。那时候的魏老先生，不能像王老师那样，"吃五保"住文化馆了。组织通过调查发现，原来他是有儿的人。他年纪大了，有病在身，组织上就通知他的儿，他的儿只得把他接到乡下去住。

消息传到文化馆，何官心里一震，将文学辅导干部们召集到编辑室里来商量魏老的后事。大家心里戚然。周大哥叹了一口气说："该走的，还是走了。"大家就集在一起议论，魏老先生一生的为人。这时候何官发现，在座的竟然谁也说不清楚，魏老的家究竟在哪里。原来魏老一生浪迹天涯，居无定所。儿子看他老了，病了，才将其接回家的。那家并不是他的，是儿子的，是儿子长大后，在异乡拼下来的。

这是怎么回事呢？人死了，是盖棺定论的时候，需要还原事实真相，供后人研究，才叫"原生态"，才有"原生力"。想那个"老壳子"一生，在文学创作方面，为本县做过多大贡献？赢得了多少荣誉？对于他的家乡，众人居然众说纷纭，像雾里看花。于是大家坐望着周大哥，希望通过他的口，更多地了解魏老先生的一生。因为本县除了三位农民作家之外，周大哥与魏老年纪挨得近，他在小说创作上、语言艺术上得过魏老的真传。周大哥喝口茶润嘴，说："你们知道吗？解放之前魏老年轻时，就是走江湖的老手，谋生手艺比较齐全。做什么呢？剃头兼带打鼓说书，双管齐下，游走乡村过日子。他说，剃头'虽是须发手艺，却是顶上功夫'。他说，打鼓说书，'宣讲圣谕'，劝人行善积德。他说，这些都属下九流，被读书人瞧不起。在乡下受人尊敬，那是乡亲们高看他，混口饭吃。"何官提开水瓶来，给他续水，让周大哥继续说。周大哥说："魏老在游走乡村剃头打鼓说书的生涯里，对鄂东风俗、人物掌故、民间谚语，熟练于心，如数家珍，所以他后来写小说，语言生动活泼，幽默有趣，被省里辅导他的老师们誉为'语言大师'，甘拜下风哩。"众人只是听，并不插嘴。因为这些并不新鲜。

这套说辞都是当年经过主管领导授意后，魏老在创作会上教导后辈的东西。何官他们早就听过，谁说都是一样的。那时候魏老在创作会上发言都很正规，可不能乱讲，只能如此说。这样说才能体现农民作家，文化上翻身做主人的正能量。其他方面不能说出来，因为有些事见不得阳光，只能遮蔽着。比方说："前生作了恶，今生搞创作。写又写不倒，推又推不脱。"这话是他老了，"魏郎才尽"后，才不看领导的脸色说出来的。领导拿他没办法。你以为当个农民作家容易吗？

因为魏老是省里挂了号的名人，作为文化馆分管业务的副馆长，何官于是依照惯例，打长途电话，向省作协汇报了魏老逝世的消息。还好，那时省作协还有人知道魏老。于是发了封唁电过来，说领导很忙，指示何官代表省作协送个花圈。这是托词。何官心里清楚，时代变了。再说魏老已封笔多年，没有新的作品问世，属于过气明星，没有兴师动众的必要。何官戚然，心里不是个滋味儿。

县里也没有领导出面，只是派文化局社文股股长龚成俊，领着何官，买了一个花圈，花圈的挽带上，署着省作协、县文化局和县文化馆三家的名，另外带上三百元的慰问金，开一辆吉普车，连同司机坐了三个人，趁着暮色，沿着崎岖的山路，朝乡下开。魏老的家在哪里？何官不知道。车朝哪里开？何官也不知道。只是一路群山，暗影相随。秋风淋着车窗，只听雨刮来回地响。

车走了很长时间，开到一个小山坳前。司机说："到了。"到了哪里？何官也不知道。司机并不下车，坐在车上，扶着方向盘睡美觉，说："我开累了，需要休息。"这家伙一向看人打发。如果局长在，看他敢不敢这样做，那定是跳下去打开车门，帮领导提包拿杯子，屁颠屁颠忙不赢。

龚股长和何官下车，沿着进坳的小路走。坳子里静得出奇，并没有听到哭声，只有秋虫唧唧叫。走到一家大门口，发现有灯在亮，透过窗子，看见一群人影，在灯亮里忙。何官知道到了，在门口点响一挂鞭。出来一个人。是不是魏老的儿子？不知道。那人把二人领进屋。何官就看到魏老下榻了。临头处点着一盏灯。那是送他上路的。魏老身穿黑衣裳，头戴黑帽子，如山样地仰躺着。那架势还在。"虎死不倒威。"只是不说话。没有了昔日在创作会上"指点江山，激扬文字"的雄风。那群人并不悲戚。何官心里说："魏老，后生来看您来了。"那群人不悲戚，何官也不好悲戚，只好忍在心里。

龚股长例行公事，念了唁电，送上慰问金。那人接了，并不言谢。龚股长问那人："有无遗嘱？有没有向组织提出的要求？"那人说："没有。临死前他一句话没说。"龚股长问那人："有没有手稿、著作和到北京与领导们开会时合影的照片，需要上交档案馆保存的？"那人说："没有。病重回来时，他一张纸没留。"

还有什么可说的。龚股长和何官，只有走人。那人也不送。二人上车，龚股长叫醒司机。司机问："完了？"龚股长说："完了。"司机夸龚股长会办事。龚股长没好气地说："你醒了哇？"于是车子沿着山路朝县城开。车窗上，秋风打着秋雨，被雨刮，刮过来刮过去，雨水像泪水一样，朝下流。一路之上，三个人再也没说一句话。有什么可说的呢？

何官知道，一世英名的魏老，是第二天太阳升起的时候，下葬的，入土为安。这是鄂东的习俗。但是何官不知道他葬在哪里。何官不知道，其他人更不知道。从此"黄鹤一去不复还，阴阳两隔无消息"。

何官能做到的，只能在馆办刊物《二月庐》上，开辟了一个专栏，悼念魏老，刊登了省作协发来的那封唁电，配以魏老的像。那像是王大哥，在当年创作会上，魏老发言时画的速写。头戴老人帽，袖着两只手，线条简洁，栩栩如生，像个返璞归真、慈祥无比的老农民。

还好，魏老和本县其他三位农民作家的代表作，后来在省领导的关心下，编成了一本内部资料，书名叫作《泥土的芳香》。王副省长是本县团陂人，是从浠水走上去的。他在本县工作时，就是业余作者，当时写了一篇报告文学——《一座油榨房的诞生》，发表在当年的《长江文艺》上，影响很大。王副省长亲自为《泥土的芳香》题写书名，作序，并由当时本县宣传部的周部长担任主编，在后辈们的共同努力下完成。这本书虽说是内部资料，但对于后人研究本县的农民作家现象很有价值。现在看来，这本内部资料像个出土文物，实属难得。

创作之人，心情很重要。何官很压抑，缓不过神来。何官回馆后，王老师细问了魏老的丧事。何官如实地说了后，王老师潸然泪下。为悼念那个"老壳子"，王老师连夜写了一首绝句，题目叫《杜鹃》。于是他不管不顾，在深夜文化馆小院子里吟诵。你听那诗："千啼百啭唤东风，布谷声声只为农。落下忠魂惊大地，报之一片映山红。"何官精神为之一振，轻装上阵，走上"楼上庐"开始笔耕。

一夜辛勤，纸上有所收获。清晨何官打开"庐门"，站在楼顶之上，放眼望去："细雨秋风雁阵过，浮云朗日暖同开。天边一水向东去，两岸青峰送出来。"不是说"天将降大任于是人"吗？不是说"必先苦其心志，

173

劳其筋骨，饿其体肤，空乏其身"吗？不是说"行拂乱其所为，所以动心忍性，曾益其所不能"吗？何官告诫自己："小子记住！你不能忘记了，你在文化馆所担任的角色哩！"

匆匆地吃过早饭，时间到了。该去上班。

第三章

一

　　并不是危言耸听。那时去上班，对于从乡下上来的那个后辈来说，也是一个前所未有的考验。

　　现在想来是他的主板不行，不能兼容随着时代大潮涌来的新气象，他的听觉和视觉艺术经不起强烈挑战。那时他就像一只冬眠的井底之蛙，刚从梦中醒来，就放进了春天活水四溢、阔大无比的海洋。一时间"五色纷至，五音杂来"，使他在很长的时间里，找不着北，很难适应在文化馆所担任的角色。

　　现在的何括只要想起那时的现象，就心跳加速，血压升高，想呕吐了。他去看医生，说了病因。医生对他说："这叫文化焦虑综合征。吃药作用不大，需要加强抗干扰的心理暗示。"他问："如何加强抗干扰？如何心理暗示？"医生指着门牌，微笑着对他说："对不起。这里是内科。你问的不关我的事。你得到精神科去看心理医生。"他倒是分得清自己的职责，比较称职。

　　那时那个后辈上班的地方，在新华正街临街面，文化馆新落成的综合楼二楼之上。那综合楼因为有国家第一批扶持公共文化专款的支持，是请省里有关专家，按当时文化场馆的最新理念设计的，号称"前十年可洋，后十年不土"，占地面积很大，是在原址上，拆了半截临街面，花了一年多时间建成的。如果太阳出来你去看，外墙通体贴着牙白色的瓷砖，走廊内喷着淡黄色的涂料，鹤立鸡群，雄伟壮观，有庙堂之气势，可谓大雅之堂。综合楼聚活动办公于一体，左边三层，右边两层，因为是公共活动场所，每一层的空间就高不可攀。为什么设计左边三层，右边两层呢？这在建筑学上有讲的，叫作"错落式"，是公共活动场所应具有的典型风格。你看三楼错落下去的右边，建的是表演一个通体的大厅。大厅可容千人，四扇对开的大门外，连着二楼之上可容相应人数的露台，供进出的观众，站在上面休息观景。整座综合楼有宽阔无比、前后互通的走廊，这些都是花了不少银子得来的。鸟枪换炮，昔日破旧寒酸的"土地庙"，一跃变成众人瞩目的"金銮殿"，这的确令人振奋。但是这崭新的"金銮殿"，随着形势的发展，后来到底做了些什么用呢？这是考验耐心的事，心急不得，需要娓娓道来。

先说一楼吧。一楼原先设计的，是一字排开的四个大厅，供各类展览和活动之用。开馆一段时间之后，零打细敲，一律隔成了单间。一个单间朝街上开一个门，改成了经商的门面，或电器，或服装，或百货，当然还有银行营业所，琳琅满目，百花齐放。这些单间按面积出租，按年收租金，以文补文。那叫见缝插针，寸土寸金。产权当然是属于文化馆的，但使用权就不归文化馆了，相当于"租界"。

开始文化馆可以使用的，还有个宽敞的门厅，面积不小，可供上班的人们和集散的观众，走那宽阔的楼梯，一点不用担心人多拥挤出安全问题。后来门厅也改造了，右边隔成打字复印室。那时四通打字机和复印机面世了，不是国产的，是日本松下电器的货，承包给本馆职工徐带资经营，也收承包金。那时徐因计划生育超生受了处分，文化馆网开一面，虽然保住了工作籍，但班是不能上了，不能上班就拿不到工资，那么正好贷款购设备，做那生意哩。那生意不错，复印按张收费，打字按面收费，来的人多，几年下来，很赚了些钱。他因祸得福，因此在相当长一段时间内，很瞧不起在文化馆上班的人。此人虽然读书不多，恢复工作之后，通过自学，练就了不错的摄影技术成了摄影家。现在见了何括，消除了史上的对抗情绪，人前人后，一口一声"何官"，亲热得很。事实证明，文化馆真是一个出人才的地方，只要路子走正。

门厅不是还有空间吗？于是又由本馆干部，有胆有识的周，承包下来了。承包下来做什么呢？从银行贷款买游戏机摆着玩呀！批量进货，一买就是十几台。那游戏机顺着门厅四周的墙壁摆满了，让有闲的后生和好奇的孩子，来买了铁坯儿，一元钱四个，喂进去，激活了，声光闪电，双手并用，精神抖擞，喊声震天地玩呀！这比打字复印来钱更快。那时你走到文化馆的大厅，尽管你是主人，但没人理会你是谁。莫说副馆长，你就是正馆长，也管不了那里的事。来玩的都是目中无人的角，一门心思都在游戏里。吸烟的，叫骂的，甚嚣尘上，叫人头皮发麻，用"乌烟瘴气"来形容，毫不为过。那时到文化馆大厅玩游戏机的人，夜以继日，推进涌出，门庭若市。多少小子读不进书，就害在这个地方。多少玩家打架滋事，也发生在这个地方。喜的是承包的主，赚的钱，那叫日进斗金。也害了那主，害得他换了老婆后，挑花了眼，老是定不下来是谁。若干年后，人财两空，他单着不说，还背了一身的债。事实证明，钱是好东西，也不是好东西。

跳上去，说三楼吧。错高的三楼是舞厅，通体的，面积很大。开始是馆里开的。按部就班，入不敷出，没开多长时间就开不下去了。于是又承包给馆里的人。这些人就不是职工了，是正儿八经的文艺辅导干部。一人承头投资，几个合伙，有钱的出钱，无钱的出智，会打鼓的打鼓，会弹琴的弹琴，会唱歌的唱歌，会伴舞的伴舞，积极性空前高涨。文化馆只发他们的基本工资，每月百分之七十，其余百分之三十，就不用馆里操心了。好处是有。但是到了白天，他们出工不出力，分工时挑肥拣瘦，你就不好管他们。这就让你头痛。因为他们都是馆里在册干部，所发百分之七十的基本工资，那是人头经费，是他们名分应得的，与做与不做、做多做少没有关系。承包舞厅的三个人，都姓周，俗称"三周"。打架子鼓的周，与唱摇滚的崔健只是姓不同。弹电子琴的周，他能作曲，能写能编，天生一副好嗓子，更能唱。搞灯光音响的周，是他将承包一楼游戏厅赚来的钱，投到了三楼舞厅以求发展的。"三周"都是聪明角儿，知道怎么吸引顾客。他们给舞厅取了个响亮的名字。叫什么呢？叫作"梦也"。这名字多好！

多么引人入胜！是的，人生如梦是也。"梦也"两个大字配着音符，用霓虹灯制成巨大的招牌，竖在三楼的楼顶上，五光十色，闪过来是梦也，闪过去还是梦也呢。

那时的梦也舞厅，为了招引顾客，一年四季吵得出奇。特别是夏天。夏天太阳还未落山时，你会听到宿舍楼对面的梦也舞厅，周的闹场戏就开始了。他先噼里啪啦打了一阵架子鼓，这时间不会短，然后边打边模仿崔健唱："我曾经问个不休，你何时跟我走？可你却总是笑我，一无所有。我要给你我的追求，还有我的自由，可你却总是笑我，一无所有，噢啊啊！"他也是个沙嗓子，与崔健相同，但是他的嗓子没有崔健的高，但他有的是办法，先降下来然后再朝上翻，翻上去后就比崔健的还高。这才叫艺术。那声音通过混响放出来，回声一串串，响彻了半边城。那效果爱听的人说好，菩萨的儿像神了。不爱听的人骂，唱的什么东西？鬼哭狼嚎。舞厅一开就是半夜，还不散场。让文化馆的人心身受尽煎熬。谁叫文化馆是穷单位呢？

那时候天热，文化馆的人都在对面宿舍五楼的楼顶上乘凉。你说那样闹腾，叫人能睡得着吗？那时舞厅主唱的周，随着轰响的曲子，或独唱，或男女对唱，唱了一首接一首，无休无止。能唱多少呢？估计他心里也没数，也懒得去数，都是流行的劲歌哩。那一天夜里，汪大哥的外孙，那时只有三岁多，吵醒了，爬到楼顶上的隔栏处，扶着手儿问："这个周，哪来这好的精神，唱过夜？"你有什么办法？人家得唱的钱。"潮"退之后，这"三周"都返璞归真，书归正卷了。如今成了文化馆的当家人。

告诉你，二楼才是文化馆的核心部位。但核心只有半边，办公用的，是为静区。那是错低的露台下面的几间。设若干干部室，门上挂着牌子，办公条件也不错，但是并不清静。没有相当的定力，没经过相当长时间的强化训练适应，你是做不成事的。将门关上也没有用，将窗帘拉上也没有用。因为街对面的文化宫，同文化馆一样，吵得人不得安生。两家对面生财，都是提供人们娱乐和精神粮食的地方。国门打开了，各种文化思潮，随改革开放的潮流，从上而下地涌进来了，谁也抵挡不住。港台歌星们的歌碟引进来了，为了生意，也在疯狂地唱。那些歌儿唱得你耳朵起了茧，不想记住，也强行记住了。你听："十八的姑娘一朵花……红红的嘴唇雪白牙！"你听："美酒加咖啡，一杯再一杯。"你听："你究竟有几个好妹妹？"此起彼伏，煮成一锅粥。你有什么办法？以文补文呀！

二

为了表达那后辈，那时蛰伏在心中复杂无比的情感，这时候需要援引一下，唐代罗隐题为《蜂》的诗了。

你看罗隐的诗写得多好！"不论平地与山尖，无限风光尽被占。采得百花成蜜后，为谁辛苦为谁甜？"那时那后辈像一只蜜蜂，飞行在"五色纷至，五音杂陈"的文化馆，对如此纷扰的文化现象，能没有思考吗？

会有的。不是说有耕耘就有收获吗？后来被商教授戏称"时无英雄，使竖子成名"的中篇《画眉深浅》，就是那时那后辈在"楼上庐"写成的。那个商教授对那后辈的创作，总是反打顺敲，不按常规出牌，意在让那后辈，在顺水顺风时，明察秋毫，高悬明镜，不至于忘乎所以。你奈他何？只得摇头苦笑。《画眉深浅》是那后辈早期写出来，曾经征服过他的作品的其中之一。

《画眉深浅》写的是什么呢？古人云："铁肩担道义，妙手著文章。"《画眉深浅》是以发生在梦也舞厅的人物故事为素材加工虚构而成的。写的是县剧团当家花旦山秀，下岗后被组织上分配到县毛巾厂当工人，因生活所逼，到梦也舞厅当清洁工，扫地抹桌，给客人端茶倒水。她每夜钱拿得不多，却受到红男绿女们的呵斥和白眼，心里很不平静。后来她发现那些到舞厅伴跳、神气活现的舞娘们，卸妆之后，长得并不如她漂亮，而每夜挣的钱，却比她多得多。她心里不由得好笑。原来是化妆的呀！不就是化妆吗？老娘是剧团的出身，化妆的高手，化起妆来，肯定不比你们逊色。不就是伴舞吗？老娘受过专业训练，跳起舞来，肯定要比你们迷人得多。她心有不甘，不想穷死，想下池一试，但又不愿放低身段，怕此事传出去，被人笑话，好说不好听，真是左右为难。为此山秀去征求师傅"太"的意见。"太"无儿无女，独居陋巷，只山秀不时来看看她。"太"将她视同己出。想当年山秀农家姑娘一个，为剧团招生进深山，是"太"听到她在山头唱山歌，唱得水秀山明，慧眼识珠招进剧团的。"太"是她的再生父母，每到人生关键的时候，她就想"太"给她拿主意。"太"听了她的诉说，沉思半晌，淡然一笑，说："从艺之人，从古到今，未能免俗。有诗为证："洞房昨夜停红烛，待晓堂前拜舅姑。妆罢低声问夫婿，画眉深浅入时无。"说的就是如何化妆的呀！我一生就是靠化妆过日子的，有什么不当的？世风日下，洁身自好能当吃喝吗？卖艺不卖身，身正不怕影子斜。不是说假作真时真亦假，无为有时有还无吗？"山秀觉得在理。

山秀得到"太"的支持后，就不扫地了，每夜精心化妆后，就趁着夜色遮脸，到舞厅里伴舞挣钱。山秀是什么人？花旦出身，悦人的高手。与人伴舞，什么曲子能难倒她？她跳起来婀娜多姿，出神入化。那是粉面含春，顾盼生风，什么男人迷不倒？她妆化得那样妙，身材保养得那样好，迷离的灯光下，就像一个小姑娘。于是那个大学历史系毕业，刚分到县博物馆的"夫子"，以为她没有成家，向她求爱。她并不说破，有必要说破吗？害得那夫子两个月下来，为她伴舞付出了不少小费，算起来数目不小。真相大白之后，双方为此陷入了一场道德官司。事实证明作为演员，在任何时候，妆可化，但不能乱化。一篇《画眉深浅》，写出了社会转型期人生在世的酸楚与眼泪。

稿子写成之后，那后辈心中没底，送给商教授看。他那时在县师范教语文，还不是教授。教授是调到市师范学院后，到了分，理所当然评上的。商教授看了之后，打电话将那后辈叫到他那里。何官乘兴去了，到屋里坐了半天，喝了一杯子水。商教授还是不说话，拿着稿子看，那是再看。看完了商教授还是不开口，站起来望着窗外深远的天空，胸膛起伏着，好像心潮难平，好像装腔作势。这就急死人。那后辈问："'眉'画得怎么样？"商教授这才缓过神来，吐口气说："这需要夸吗？"那后辈问："什么意思？"他说："什么意思？你还看不出来吗？你是真蠢，还是假呆？"于是二人会心一笑。那后辈明白了，在商教授看来，这篇东西，连夸也不需要了。如果想听夸，那就"小巧"了。小说写到这种境界，只能窃喜，说明"眉清目秀"哩。"养在深闺人未识"，只需要商量找一个好"婆家"嫁出去。

那日子是夏天。《芳草》编辑部，正在本地蕲春太平山庄开笔会。太平山庄在大别山里，风景优美，山高凉快。不知是什么原因，那次笔会并没有邀请那后辈参加。往常他们在外地开笔会都会邀请他参加的，因为他是他们的骨干作者。但这次在本地开笔会，竟然忘掉了他，这于情于理有点说不过去。手头上既然有了新作，那后辈想参加的心情，不难理解。谁都知道那是推新作的机会呀！多少新作就是在这样的笔会上定稿，得以发表，然后引起反响的。

商教授就怂恿那后辈将稿子带上，"打"上山去。那后辈觉得不合适，说："人家没请你，能厚着脸皮自己去吗？"商教授哈哈一笑，说："你呀！就是脸皮薄。没点胆量，搞什么创作？你有什么可怕的？我陪你去。皇帝的女儿不愁嫁。你不用说话，我去帮你吆喝。"那后辈说："那多不好意思。"商教授说："这有什么不好意思的？如果他们看不中，说明他们的眼力不行。那就不是他们瞧不起我们，而是我们瞧不起他们。这样的编辑，你还用得上打交道吗？"商教授狂气上来了，出口成章，一副志在必得的气概，叫那后辈自愧不如。有兄弟出面，义薄云天，还有何话可说？那后辈只得依计行事，叫了专车，决定第二天下午携稿子上高山。

一夜无话，第二天上午吃过中饭，何官带着稿子，让司机将车从浠水县城开到蕲春县城，把隔夜在蕲春县城朋友处，唱了半夜歌，喝了半夜酒的商教授，接上车来。车子顺着山路盘旋而上，正是伏天，一路青山绿水，鸟叫声声，不在话下。车子径直开到笔会住处的大门停住。商教授下车后，就点名道姓，大声喧哗，引人注意，惊动了编辑部的主编。此人姓钱，谦虚谨慎，和蔼可亲，见面都是熟人，一一握手。钱主编将他俩迎进门厅坐定。钱主编说："不好意思，惊动你们了。"商教授说："听说你们在山上开笔会，我们特地送稿子上来。"你看说辞用得多好，"听说""特地"。钱主编问："是你的吗？"商教授说："我倒没有。我不是写小说的料。"商教授指着那后辈说："是他新写出的，刚出炉，还是热的哩。"那后辈将稿子拿出来，商教授接过去，交给钱主编。钱主编接过稿子，说："稿子留下来抽时间看，你们吃了晚饭再走。"商教授说："那不行。我建议你们现在就看。如果看中了，我们就在山上吃晚饭。如果看不中，我们就不吃晚饭下山去。你看我们带车来了。"这"一军"将得钱主编极难为情，于是就叫一个姓胡的编辑看。姓胡的编辑不想看，说："这么长的稿子，一时看不完。"姓胡的编辑心里不服，心想不就是一个县级作者吗？见过牛的，没见过如此牛的哩。钱主编面子上过不去，就叫李副主编看。李副主编也是熟人，同样感情上过不去，只得拿着稿子进房，加紧看。钱主编忙事去了。太平山庄风好，凉快。那后辈和商教授就坐在大厅里，等李副主编看完，再定夺。

等了大约三个小时，西边的晚霞上来了，到了吃晚饭的时候。只见李副主编拿着稿子，从自己的房间到了钱主编的房间，说明稿子看完了。那后辈知道是去说稿子的事。一会儿，钱主编和李副主编从房间出来，就招呼那后辈和商教授去吃晚饭。晚饭是新开的一席，并不与开会的作者们同桌。钱主编和李副主编招呼商教授和何官围桌坐定，商教授问李副主编："稿子怎么样？"钱主编示意，李副主编马上起身，将桌上摆的大杯子，倒满啤酒，举起他的杯子，与二人的杯子，碰了一下，掇起来就敬，一饮而尽。这说明什么呢？当然是好。问："可以发吗？"答："那当然。"于是就互相敬酒，不亦乐乎！这餐酒就喝得浑身冒汗，酣畅淋漓。那天那后辈自始至终，没说一句话，这方的"戏"，都由商教授独唱。那时那后辈脸皮还薄，腼腆得很，像个姑娘。不像现在脸皮练出来了，厚颜无耻。

商教授说："这篇小说能上选刊。"这又是狂话。能不能上选刊？你说得准吗？后来"狂话"成了事实。这篇小说被《芳草》头条发出后，果真被《小说月报》选载了。那时《小说月报》发行量很大，影响那是自然的。那篇小说被选载，为那后辈在小说创作的道路上，奠定了坚实的一步。你说创作之人，离得开这样牛的批评家吗？比方说脂砚斋之于《红楼梦》。有此才有彼。此是狂言，不敢高攀。文坛逸事，乐此记之。幸甚！

从那之后，商教授对于那后辈的创作，格外上心，那后辈稿子写成后必送给他看，形成了依赖。他像改学生的作文那样，敢用红笔将感情色彩批得满纸流红。那是爱之深。后来由于商教授对那后辈的作品，特别是长篇，拿捏随心，褒贬不合，两人各执一端，争得面红耳赤。那是恨之切。由于两人观点不同，翻脸时，彼此视作仇人，反省后，又和好如初，天生一对冤家。有什么办法？同在屋檐下，有敢写的，就有敢提出批评的。"既生亮又生瑜"哩。怨不得谁。现在想来都是"主板不兼容"惹的祸。

此是后话。后话缠绵容后叙。

三

斗转星移，新旧交替，文化局早换了局长。业余作者见了都怕的江大人，升到县政协当副主席。不说假话，那怕是真的，就像老鼠见了猫，说敬也可以，说惧也可以。你想本土四位农民作家，都是他一手培养起来的，也成为他一生中的政绩。想当年县里开创作会，如果在会上你得到了江大人的点名表扬，哪怕是几句，也如点石成金，成为大家的榜样，在本县文坛身价涨十倍，令人刮目相看。你会精神为之一振，像打了鸡血，思如泉涌，新作不断。如果在会上江大人点名批评你，你就莫想在本县文坛再混了，那是一剑封喉。

这时文化局换了局长。局长姓陈，是从县计划生育委会主任调过来的。从管出生人，到管文化人，此人有平常心。那长相一点也不张扬，又黑又瘦，就像一个老农民。他也喝酒，也抽烟。酒不论好坏，能喝就行。抽的烟也便宜，估计不是人送的。如果有人送他好烟，他也要送到商店，换便宜的抽。

他苦人出身，是考上大学分工出来的，晓得过日子的艰难。

自从换了局长，你就会发现本县文坛的风气，悄然发生了变化。那变化是随时势变化，领导人换了思路合成的。那时创作会照样开，陈局长在会上认为对作者的要求，应该宽松，不能"一刀切"，因为"金无足赤，人无完人"。伟人教导我们说："凡是有人群的地方，就有左中右。"陈局长援引伟人的教导总结本县文学现象说："凡是有人群的地方，就有业余作者。孔子当年三千弟子，只有七十二贤人。那是有教无类，遍地开花结的果哩。"这话说到点子上了。

本县业余作者向来就多。一九五八年各行各业"放卫星"，王老师也"放卫星"，写诗说："千门万户出圣人，七十二万皆老舍。"老舍是什么人？全国著名的作家呀！那时本县五十二万人，人人都是他，那还了得！个个成了圣人哩。这当不得真。但说明本县业余作者存量不少，其中有他们四位农民作家作为代表。他们是农民又是作家，是作家却还是农民。作家是什么人？他们都是拿国家工资，又拿稿费的人。比方说刘绍棠，据说解放初他的一本书的稿费，可以在北京买一幢四合院。农民作家是什么人呢？他们不拿国家工资，又不拿工分，是靠财政补贴，吃救济的人。所以商教授在创作会上，不同意农民作家这种说法。他认为农民就是农民，作家就是作家，不能混同。由此引起误会，有人以为他否定农民作家的成就。哪能呢？你要知道他的良苦用心。这有个既得利益的问题在里边。他的意思是："不在杨边，应在柳边。"不能饱人不知饿人饥。陈局长听后，深以为然，只点头不说话，面色凝重。那是拳拳之心在跳动，随着文坛形势的发展，现实考验着这个局长的"执文"能力哩。

上级传来好消息，乡镇文化站又要招人了，是为第二批。这是新老业余创作者的福音。这之前招聘了像那何官这样的一批，都是业余创作中有一定成就的骨干作者。那时四位农民作家中，魏老师和王老师被请到县文化馆拿财政补助，养了起来。张老师和徐老师，一个安排在绿杨文化站，一个安排在团陂文化站，由于年纪大了，第一次招聘时不符合要求，没有上，只好每月拿四十二块五角的临时工资。文化局留了后路的，说以后若有机会，想办法，安排他们的一个子女，解决他们的后顾之忧。他们盼望着哩。

全县文化站站长的招聘指标分下来了。全县十八个文化站要补充招聘十三个人。陈局长就下到文化馆开专题会，讨论研究布置招聘事宜。这次招聘，陈局长的想法很朴素，一是将全县符合条件的优秀业余作者招上来，二是解决张与徐历史遗留的问题。陈局长充分信任从文化站调到文化馆的同志们，比方说周大哥，比方说那何官，比方汪大哥。他们熟悉全县业余作者的情况，陈局长叫他们根据要求推荐名单，然后组织考察。

陈局长那时多么信任从文化站调到文化馆的老站长啊。只要他们推荐的，后来都上了。这至今都传为佳话。比方说在华桂山区的胡，那时他虽然只初中毕业，连高中都没上，但他人聪明，下乡粉白墙绘太阳葵花向阳开，那画无师自通，后来发展成漫画大家。他还会作曲哩，虽然没有受过专门训练，但也像模像样。他还会写诗和写小说哩。他写的诗别具一格，写的小说也能叫人眼睛亮。这当然是个人才。那时他在华桂文化搞了一段时间，跑南方打工去了。周大哥赶紧打电话叫他回来应聘。他回来了，一帆风顺，选上了，进了"笼子"，安排在清泉镇文化站。后来他觉得文化站钱拿得不多，停职下海，到南方淘金，打拼多年，钱赚了不少，有房有车，同前妻离了婚，找了个红粉知音，比他年轻不少。前些年他回老家办工作室，以图发展。发展什么呢？上级搞秀美乡村建设，他带着一班人，重操旧业，又画粉墙哩。这就是赚钱的生意。他自恃身体好，参加冬泳活动。那一天下雪，他破冰和一班泳友下浠河游泳，人家上来了，他却没有上来。他躺在水里，一边手脚不能动了，原来不幸中风了，被人拖上岸来抢救。虽然中得轻，保住了命，但右手一边不灵活了，走路就不像原来便利。他就动员后妻与他离婚，好在没有子女。后妻见他情真意切，于是含泪而别。好在前妻没有找人，于是又与他破镜重圆，回到他的身边照料他，两个女儿自然欢喜。这是人生的一个圈，他沿着圈走了一趟，回到了原点。如今他自强不息，改用左手写字绘画了。左手艺术给人的感觉，那是全新的，别有一番滋味。

　　写小说的胡是那何官举力推荐的，写小说的胡搞过文化站，后来被人挤对了，在电影队放电影。电影队归文化站管，这也符合条件，得到了陈局长的肯定。考察写小说的胡时，费了一番周折，差一点"黄"了。为什么呢？因有人说他家超生。他家有两个儿子，两个儿子是双胞胎。那时候计划生育抓得厉害，如果不是双胞胎，按照政策，是不能招聘的。好在胡那时人缘好，家里穷，人家同情。人事局招聘的人，到镇上走了一圈，问了两个人胡家的情况。问："他家是不是双胞胎？"答："是的，是双胞胎。"写了证明，按了手印。写小说的胡有惊无险，顺利过关。现在胡在文化馆编刊，当上了副馆长，辅导作者，薪火相传，成了新一代本县文坛的掌门人。

四

　　不久，如愿招聘上的写小说的胡，被组织任命后，来到巴水河上游，千年古镇，由一个新作者和一个老作家，共同经营一个文化站。

　　胡既然任命了，就是"站长"，那么徐老师呢，就是"站丁"。你想一个是先入为主，壮心不已，全国有名的老作家。一个是反客为主，初出茅庐的业余新作者，那就相形见绌，反了阴阳，叫胡心里过意不去。

　　胡上任之后，牢记陈局长关于主内和主外的权宜之计，住在镇政府安排的一个房间里，好像一个散官。平常胡也经常到文化站里去，不去那就说不过去。胡去了之后，不是布置工作，而是向徐老师汇报和请示工作。新的甘当小学生，虚心求教。老的客气和尚，虚怀若谷。二人对面坐着。老的也说话，也微笑，不时指点一二，适可而止。二人互相尊重，各守各的底线，面子上过得去，相安无事。这是当然的。老的就是对组织还有意见，也不能对新的发呀，又不是他要求到这里来的。他是服从组织统一分配的呀。文化站虽然小，但也是一个地方的文化中心。你想胡风华正茂，多么想名正言顺进得站来，放开手脚大干一场。毕竟他是站长哩。老是受制于人，说是说，笑是笑，心里就不是个滋味。

那古镇是什么地方，胡是做过专题研究的。那古镇向来是县北的文化重镇，历史上沉积着深厚的辉煌文化。县志记载，宋代建镇，谓之市。一条黄土山岗，三面环水。水上之高坡，称之为陂，被水围着。陂上一条街长三华里，古色古香，木板子的店面，相对而开，虽然时代变了，但人走进去，青石板铺路，阴凉扑面，古韵犹存。陂上一条直街下来，到石桥畈。畈是阔的，两岸绿树丛丛，那是住人的垸落。中间的曲港，与巴河相通。桥是古的，白石栏杆，荷花绿水。昔时，桥下是码头，走水路的帆船，到这里下货、上货，格外繁忙。桥上是路，是从大别山里出来，到巴河的必由之路。山货走旱路从桥上过，或用车推，或用肩挑，送到巴河口，人流如织。经济发达带来的文化繁荣，有陂上的古戏台为证。那戏台靠陂面水，能纳如云的观众，各色人等，趋之若鹜。想当年台上人唱，台下人看，沧海桑田，古戏台上台下，有过多少风流韵事？那古戏台两边的对联，引起多少今人的联想？"三川松风吹解带，一轮山月照鸣琴。"如今石桥畈的古戏台，作为"乡村大舞台"修复了，整新如旧。那对联是写小说胡的杰作。"莫忘石桥涨落事，能传巴水往来风。"作为一个地方的历史，这些都是死的，那么依然活着的有吗？

当然有。胡发现作为古镇文化的活化石，有两首民歌。一首是《走进团陂街》。这首民歌传唱大江南北，表的是一个优美的野合故事。"一进团陂街，大门朝南开。他家有女裙衩，胜过祝英台。大姑娘十七八，走路回娘家，手拿洋伞一尺八，走路甩莲花。走进麦儿冲，麦儿黄松松，麦沟跳出小杂种，扯手不放松。"你看多么生动有趣，引人入胜。歌儿有好长，用的是鄂东小调的曲子，叙事抒情，都是儿女好年华。现在作为创作会上的保留节目，人唱人喜欢，拍着胯子，敲着桌子，和声连天，"玩乎所以"哩。另一首是《送郎当红军》。胡发现徐怀中在二〇二〇年《人民文学》七期上发的小说《万里长城万里长》中，居然引用了这首歌。他老人家八十多岁写的《牵风记》得了第十届茅盾文学奖。他是军人，曾经跟随刘邓大军，千里跃进大别山。他所引用的歌词，第一段原汤原汁，后面是经过革命者改编的，人情味就差多了，不如原词。原词为："姐在房中闷沉沉，忽听门外在调兵，不知调哪营？送郎送到窗子边，打开窗子望青天，月亮未团圆。送郎送到堂中间，手搭手儿肩并肩，舍不得抽门闩！送郎送到黄土坡，再送十里不为多，情姐送情哥。"谁敢说这不是《十送红军》的原始版？就像《八月桂花遍地开》，当年原创地也在黄冈哩。你看在这块土地之上，不同时期沉积下来的文化多么深厚！流传得多么久远！

光阴荏苒，现在算来，胡在团陂文化站，当挂名站长，搞了十三个年头。始终没有"入主"文化站的希望，只能当散官，在镇里配合形势打杂。

当然他也要完成县文化局所交的文化任务。比方说会演，比方说文物普查。这属于文化站主外的工作，由他牵头来做，徐老师协助他。在如此艰难的过渡期，有了丰富多彩的生活，胡很写了几篇像样的小说。比方说《守候》，是以徐老师为原型写的。写的是那个全国有名的农民作家，老了后戴着老花眼镜，终年累月守着文化站的图书室，接待读者，保住每月四十二元五角钱的补助，指望着有朝一日政策松动了，将他的儿子招进文化站。比方说《乡村锣鼓》，也是以徐老师为原型写的。那年县文化局搞乡村小戏调演，那是徐老师的长项，他用两个月的时间亲自坐镇，剧本创作作曲选演员导演，都是他一手操持。小戏参加县里会演后，得了一等奖。不由得让人想到了当年他的成名作《胡琴的风波》。

十三个年头，新的不能"入主"文化站，也不忍"入主"。老的不甘心自动退出，盼着春天到来，施以雨露，惠及儿孙。那是新老两代，大作家与小作者之间，胶着和尴尬的局面。谁都不愿说破，但双双心知肚明。

徐老师是那年将胡叫到文化站，主动要求交出钥匙的。那是个干燥的秋日。季风气候，海洋的湿风吹不来，天一直无雨，旱得人嗓子冒烟。胡从乡下回镇，走在去文化站的路上，仰望青天，不见一丝云彩，比水洗得还干净。胡心里涌上无以言状的酸楚。他知道徐老师病了，而且病得不轻，说明来日无多。临死之前，他明白不能再等，该把钥匙交出去，以免后顾之忧。他知道若是不把钥匙交出去，死后他的儿子不会善罢甘休。

胡去后，徐老师将钥匙拿出来，那是一大串，大门的，各个活动室门的。徐老师对胡说："胡站长，十三年了，等老了一代人。今天我把钥匙交给你。"胡却不敢接。胡说："不急。文化站不能没有您。"徐老师动容了，说："十三年了，我对不住你。请你原谅我的不当。"闻此言胡有点想哭。胡不接钥匙有他的想法。他建议徐老师到县里交给文化局的领导。因为文化站的老房子，是徐老师当年借钱买下来的，还有站里的财产，也是他一手一脚挣下来的。局领导接了钥匙后会适当处理，对于困难的家庭，也是一笔钱。徐知道这是好心。

第二天胡陪徐和儿子到了县文化局。陈局长亲自接待了徐老师。陈局长找来计财股长，通过协调和折算，给了两千元钱的补助。二十多年的心血，也就两千元钱，可怜巴巴，但也是了结。徐老师不要。他说："我来是为了向组织交班的，不是为了钱。"但他的儿却不嫌少，收下了。徐老师对儿子说："你来就是为了钱吗？"他儿子说："对，我来就是为了钱。"父犟儿也犟。于是徐老师将钥匙拿出来，交给陈局长。陈局长代表组织将钥匙交给胡，胡才接，正式"入主"团陂文化站。处理得当，仁至义尽。

回到古镇，徐老师与胡一同来到文化站。徐老师叫胡用钥匙将文化站的门打开，让他最后看了一回。胡陪他看，看过之后，徐老师拉着胡的手，眼泪禁不住流了出来，说："胡站长，从今以后文化站就是你的了。"说得胡的眼睛红了，不忍对视。徐的儿子扶着徐老师沿着古街走了，拐个弯就不见身影。那情景正像徐志摩当年所写的《再别康桥》。"悄悄的我走了，正如我悄悄的来；我挥一挥衣袖，不带走一片云彩。"这是一位农民作家最后的情愫啊！

此情此景，写小说的胡历历在目，现在想起来，心如刀绞。

徐老师交了钥匙回家后，就倒床了，过了几天就咽下最后一口气，离世而别。胡将徐老师逝世的消息，打电话告诉县文化局。陈局长就带着那何官驱车，来到团陂古镇参加徐老师的葬礼。徐老师咽气前立下遗嘱："我死后不通知任何人，不给组织增加任何麻烦，不收花圈，依照本地风俗葬我。"是的。徐老师的逝世依照本人遗嘱，那何官没有通知省作协，这是何官的事。徐老师是个明白人，知道若是通知到了，也是署名代送个花圈而已。魏老师逝世时，也是这样的。那么县文化局就不能不通知，镇里也不能不通知。这是胡站长的事，他不能不懂事。

那何官陪陈局长去了。徐老师是古镇上的人。他的家就在陂上的东边，镇乡接合处，农家的样子。徐老师写《胡琴的风波》时，这里叫作春光社。镇里派人去了，没送花圈。儿子只收买花圈的钱。陈局长和何官去了，因为有胡事先的说明，陈局长和何官给了两份花圈钱。陈局长代表文化局，何官代表文化馆。当然那钱远不止买一个花圈。

与魏逝世不同，徐老师逝世有哭声。满屋的哭声，那是他家儿孙和媳妇，披麻戴孝哭的。那儿媳妇见了陈局长和何官哭得越是厉害，死去活来。那哭声的意思，不言而喻，叫陈局长和何官心里很不好受。陈局长带着何官低下头来，站在徐老师遗体前，默哀了好半天。估计地仙看的安葬的时间到了，他们要在约定的时间安葬，当年春光社剧团的老人还在，在忙着准备锣鼓和唢呐，送徐老师上山，所以忙得很。

陈局长问徐的儿："有什么要向组织交代的吗？"徐的儿说："钥匙不是交了吗？"陈局长问："徐老师生前的著作、手稿，以及开会与国家领导人合影的照片，需要交组织保存吗？"徐的儿子说："记起来了，好像有。"于是吼他老婆："还哭什么？有什么可哭的？把那东西交出来！"他老婆就进房拿出一沓，用发黄报纸包的发黄的东西，交给陈局长，陈局长顺手交给何官拿着。

那是徐老师保存的一生的心血和荣誉啊。徐老师一生发表过三十三个短篇小说，最后一篇是改革开放时写的，题目叫作《一篇没有写完的小说》，发表在一九七四年的《长江文艺》上。此为绝笔。

陈局长和何官又不能在古镇吃饭了，估计没有准备，就是准备了你有心思吃吗？只有离开。胡送陈局长和何官上车。上车之后，只听见爆竹连天响起来，锣鼓敲打起来，唢呐吹将起来。那是一场古老的葬礼。当年春光社的兄弟们，给徐老师吹打的是《江河水》和《丹凤朝阳》。

陈局长叫司机将车停在路边上听。众人将徐老师的棺材抬到陂上下葬后，只听见与徐老师当年在春光社办剧团的兄弟，站在山陂上朝坑里覆土时，齐声呐喊："春光社，不简单，打消自卑感，闯出神秘关，排除万难办剧团。不怕没有胡琴手，自做胡琴自己钻，培养琴师十一个，谁说农民操琴有困难？"伴着喊声，锣一阵，鼓一阵，黄土落纷纷。这是对徐老师最好的祭奠。

你知道吗？他们所喊的是什么呢？是徐老师《胡琴的风波》小说的开篇语，听得人心都碎了。陈局长和何官潸然泪下。

五

何官此生搞创作，深入生活的经验，与那时陈局长教导有方分不开。比方如何深入实地，如何采访，这是一个写小说的人必须具备的看家本领。思路的确立，感情的浸入，亮点与痛点的把握，时代精神的关照，这些用陈局长的话说："生儿要晓'么事'痛。""么事"指什么呢？与女人生育有关。你懂的。这是俗话。陈局长不跟你搞深奥，不在正规的会议上，他就爱打比方。你看这修辞手法，用得就好。简明扼要，通俗易懂。这一点他的前任江大人就做不到。江大人开口就是理论，而且是从原著上来的，有条有款。所以陈局长比江大人得人爱，让人感到亲切。

那时陈局长格外关心何官的创作，在他看来，何官是棵好苗子，可以结出果子来，深怕他脱离生活，写不出好东西来，耽误了一代作家的健康成长。所以一有突发事件，县里需要文化局一把手挂帅，带人下乡时，陈局长第一个就想到了何官。陈局长不要办公室主任通知，怕何官不买办公室主任的账。他知道大凡搞创作的，多少有点脾气，需得顺着毛儿摸，若是搞倒了毛，那就不好说话，个性摆在那里了。这样的时候到了，陈局长就亲自将电话打到文化馆办公室，点名要何官接。何官不敢不接。陈局长问："在忙什么？何官知道这是铺垫，领导讲策略，哪能一下进入主题呢？何官就汇报，说这一段好忙，在忙什么什么。让陈局长明白，文化馆分管业务的副馆长没有不忙的。陈局长就笑一声，说："将事情安排一下，马上随我下乡。"何官就知道没有讨价还价的余地。那时县里配合上级的精神，活动一个接着一个。活动一来，县里就抽单位的一把手挂帅下乡，他是文化局的一把手，在责难逃，而他从不抽文化馆的一把手，而是抽何官代表文化馆。陈局长格外看重何官，因为对于搞创作的人来说，这是深入火热生活难得的机会。

所以何官在文化馆九个年头，除了文化馆业务工作以外，要随时准备陪陈局长下乡。下乡有短期的，也有长期的。比方说县里组织的各项检查，需要下乡实地评估，量绩打分。这是短期的，三五天就可以。有长期的，比方说蹲点，蹲路线教育和计划生育的点，通常以一年为期。上报的名单上，陈局长是队长，何官是队员。开年陈局将何官带下去，与所在村的干部接洽，将要做的工作讲明，分期布置好。然后陈局长就不经常去，何官需要经常去。由何官了解和掌握点上的情况，定期向陈局长汇报就行。有一点好，陈局长并不要何官写材料。书面材料由陈局长亲自操刀。他是写材料的老手，才不要何官费那个心思。他认为搞创作的人写材料，那是套马磨面，吃力不讨好，浪费了才华，好钢要用在刀刃上。但是陈局长规定他，馆里的业务工作不能丢，丢了文化馆的业务工作，队驻得再好，也没有用。上级检查，队驻得好坏，并不要何官负责，那是他当局长的事。何官知道陈局长用心良苦，让他入乎其内，超乎其外，知世识人，游刃有余。陈局长是他的良师益友。说句良心话，这样的文化局长，到哪里去找？

何官与陈局长下乡，最惊心动魄的，是那年的那次。那一年本县北部山区暴发季节性山洪，连天的大雨下得人抬不起头来，山洪下来，浠河的水猛涨。清晨六点钟，陈局长将电话打到了文化馆，正好何官值班。何官拿起听筒，电话里就传来陈局长的声音："早饭吃了没有？"何官问："有什么指示？"陈局长在电话里笑，说："什么指示？用得上我说吗？白莲河开九孔溢洪，县防洪抗旱指挥部命令你，七点准时到关口镇报到，组织抗洪抢险。"何官说："不是命令我吧？"他说："啊，不是命令你？那我就命令你！迅速做好准备，车马上到文化馆门口，你随我上车！"何官急忙拿包装东西，提包下楼。车就开到了文化馆大门口，比闪电还快。上车，一辆吉普车，挤了九个人，破了吉尼斯世界纪录。车前不敢挤，司机要开车。副驾驶位子上，也不敢挤，那是陈局长坐的，只能堆东西，堆得陈局长不能动。挤的是后面。那么小的空间，挤了七个大男人，像沙丁鱼罐头。那七个人都是从文化局二级单位抽来的。

陈局长看手表，对司机说："快开！离报到时间只有半个小时。七点不能报到，我的官就当到了头，你们也没有好日子过。"说得众人头皮发麻，肛门发紧。特殊时期，军令如山。大家知道，这不是说得玩的。大家恨不得长上翅膀飞。司机加大油门，吉普车顺着沿河公路朝山里开。开始河里的水还没有大涨，那路还是路。一会儿只见河水涨起来了，涨得比看的还快。浊浪一阵接一阵，上游的大树连根冲下来，满河都是翻腾的泡沫。低处的路，就淹得不见了。车子不能熄火，探着水朝前开。开了一会儿，水淹到排气管，车子熄火了，再也不能动了。陈局长就命令众人下车，将裤腿扎到大腿根，在水里推着车子向前走。水太大了，冲掉了公路的浮沙，脚下尽是石子，脚踩在上面像刀割。洪水冲劲太大，若不是有吉普车作依托，人都会被洪水冲走，壮烈牺牲的。陈局长也要下车推，众人不让，怕他年纪大了，被水冲走，叫他坐在车上指挥。司机挂空挡，掌着方向盘。这时候就用得上伟大领袖的语录。陈局长在车上带领众人喊："下定决心，不怕牺牲，排除万难，去争取胜利！"就这样将吉普车推到关口镇所设的临时指挥部。临时指挥部设在棉花收购站，地势高，那水也淹到了门前的石级。何官看到那洪水里浮起的蚯蚓，黑黑的一层，有一尺多厚。腥风中都是腐臭的气息，令人作呕。

陈局长带着一群"落汤鸡"到棉花站临时指挥部坐下，看手表，七点刚好，松了一口气。县里的领导早到了，在那里督战，镇里的领导也到了，浑身透湿。于是镇里的领导就向县领导汇报。汇报接到县"防指"白莲河开九孔溢洪的命令后，如何连夜组织群众转移的情况。汇报的是镇里的副书记，他说他夜里组织群众转移时，掉到水里，如果不是扯住一根树枝，早就被洪水冲走"光荣"了。水淋淋的他说："洪水下来前，群众转移及时，请领导放心，人没有损失。其他的淹了的淹了，没淹的还在。"他再不多说。一夜劳累奔波，他说他要眯会儿，县领导同意了。于是他就闭上眼睛，坐下睡着了。这情景怎能不叫人感动？县领导开车走了，他们还要到上游去检查，留下陈局长一行人在这里继续工作，直到灾后组织人们恢复生活生产后，才能离开。这是惯例。

洪水当前。关口镇被洪水分割成若干岛屿。陈局长一行人被困在棉花收购站，一时无法行动，吃住都在那里，等着水退。电断了，这是必然的。棉花收购站虽说有客室，但那客室久无人住，又是梅雨季节，棉花站领导将客室的门打开，里面一股霉味，被子和垫单都长白毫，根本不能睡。为了照明，棉花站的领导就发蜡烛，每个房间发一大把，任人点亮。反正睡不着，做什么呢？陈局长就领导大家打扑克。打"升级"，打通宵。赢了的朝输了的脸上贴纸条，贴满脸。陈局长选何官作对家。陈局长输了总说何官水平差，叫手下的不贴他，贴何官。何官哭笑不得，只能"忍辱负重"。一副牌起到了手上后，陈局长就朝何官使脸色。何官总是不能及时领会领导的意图，输的时候就多。有什么办法？陈局长就教导他："你还嫩得很哩。够学！"那些家伙就在忽明忽暗的烛光中，看他出洋相，笑得热火朝天。

棉花站由于汛期供应不足，伙食就差。上面有规定，汛期是不能喝酒的。陈局长有个慢性胃炎，经常胃痛。那是经常下乡喝酒造成的，医生教导他不能喝酒了，说喝酒就会痛。这样的时候陈局长就想喝一点。酒是好东西，可以消除疲劳和紧张。手下的人说："你不是不能喝吗？喝了胃痛。"陈局长说："你们只知其一，不知其二。我不喝痛，喝了不痛。"手下的人就将酒买来了，大家陪他就菜偷偷地喝。但控制量，不让他喝多。他喝了之后，胃就不痛，很高兴，带领大家唱山歌。"山歌本是古人留，留在世上解忧愁。三天不把山歌唱，三岁伢儿白了头。"当然得控制音量。唱过之后，陈局长就问何官："我唱得怎么样？"何官说："可以。"陈局长说："岂止可以？我老婆当年就是听我的山歌看上我的，这时候你得学会夸人。场面上的事，你得学一学。不然将来作家怎么当？小说怎么写？"你听这话说得多好，比唱的不差。告诉你，这样的时候不多，机会难得，领导关怀，可亲可爱。

何官那次与陈局长下乡的时间不短，算起来有一个多月。直到组织群众恢复生活生产，抗灾胜利后，才离开关口镇长湖村。何官回来后，根据此间素材写了一个中篇，叫作《幸灾乐祸》，这个题目看起来有点"反动"，用意是感谢生活。何官搞创作，不习惯按套路出牌，有得有失。此小说先发在《二月庐》上。陈局长看过之后，夸何官写得好。然后说："你娘的个头！你怎么说我不喝酒胃痛，喝了酒胃不痛？尽说实话呢？"何官就紧张，说："那个局长又不是你。"小说中何官用的是化名。陈局长说："是不是我，难道连我都不知道吗？"何官就更紧张。陈局长说："不要紧张。我是检查你的作业哩。写得还可以，描写比较到位，细节很真实。告诉你，我一生就是在痛与不痛之间过来的。"

陈局长宽仁大量，笑得涎儿滴。

陈局长退休之后，胃就彻底不痛了。见了何官就问："最近写什么没有？出了书，送我一本。"陈局长真是一个好人。

好人一生平安。

第四章

一

其实人世间的许多道理，只有在关键时候，才能使人悟到。比方说二〇二〇年春，日本友人给中国送来抗疫物资，上面留言："青山一道同云雨，明月何曾是两乡。"许多中国人看后热泪盈眶，认为日本人比中国人有文化。其实这是唐代王昌龄的诗："沅水通波接武冈，送君不觉有离伤。青山一道同云雨，明月何曾是两乡。"据说还是留日的中国人的主意，只不过用的是时候。细想起来，编辑之于作者，何尝不是如此？编辑与作者，就像青山与溪流，百折千回，水绕山转，山怀水出。青山一脉水长流。

那时省里有多家文学刊物，繁荣昌盛。省作协办的《长江文艺》，这是月刊，每月出一期。省作协办的《长江》，这是季刊，每年出四期。还有长江文艺出版社办的《当代作家》，双月刊，每年出六期。还有武汉市文联办的《芳草》，先是月刊，后来改成双月刊。那时这些刊物以培养本省作者为己任，都是何官投稿的地方，而且经常发表他的作品，也有作品发出之后，被选刊选载了，不时给他一个惊喜。在投稿改稿的过程中，何官与刊物的编辑和主编混熟了，说起来都是他的良师益友。"铁打的营盘，流水的兵。"这些刊物有的还在办，办得如火如荼，办成了现代中国文学之高地。有的没有办了，停在时间的刻度上。当年那些编辑和主编们，逝世了的永垂不朽，健在的功成名就。"桃李不言，下自成蹊。"

那时何官写出了小说，就向省里的刊物投。电脑没有出世，何官像所有的作者一样，都是铺着稿纸，一个字一个字摸着格子用笔写成的。像修道之人，从不间断，晨钟暮鼓，冬诵三九，夏课三伏。那些手稿寄出去，如果发表，原稿就会失散，编辑部发到印刷厂，工人拆散拣字排版。如果编辑部不强调，不是名人的手稿是不会留下的。留下的只是发表后，编辑部寄来的样刊，通常只有两本。

如今，何官没有发表的手稿装在一个柜子里，禁不住岁月的风化，慢慢发黄。样刊装在另一个柜子里，也渐渐失去原有的颜色。当然也有新发的样刊，充斥其中，焕发着青春的色彩。发了作品，何官就朝一个小本子上记。那个小本子的扉页上，盖着县文化局的公章，那是当年开创作会所发的奖品。那是一本"流水账"，顺着年代记载着某年某月某篇作品发表于某家刊物。如若选载或者得奖了，就在下面加一行。那是何官记给自己看的，聊以自慰。除了自己之外，谁也不清楚何官发表、出版过多少篇东西。那些都是生命的印记，时间的产物。在创作会上，商教授有时褒何官，说他"著作等身"——那是连手稿算在一起的，说"一半是精华，一半是糟粕"——此话一半为真，一半是假。你听后，不必自喜，也不用自卑。

这些编辑中，何官与刘的关系最好。刘大学毕业后，分到《长江文艺》供职，先是编辑，后来当小说组组长和副主编。何官的第一篇小说《鼎足》就是他发现后，编辑发表的。刘是英山人，浠水与英山相邻，那真是"青山一道同云雨，明月何曾是两乡"，刘认何官这个兄弟。后来何官的多篇小说，也是经刘责编发出的，谆谆教导，鼓励有加。刘与何官同年生，只比何官大七天。所以通信时刘称他为兄，见面了除去姓氏，叫他的名字，他也乐意接受。那时文坛风气很正，与现在大不相同。现在行不通。现在不管作者年龄比编辑大多少，见面你得管他叫"老师"。不然人家不高兴。除非你管他叫"老师"，他自己觉得难为情。记住，这一点非常重要，意味深长。

回忆是件非常幸福的事。那之后许多年，有时候去省作协开会，或者到武汉出差，何官必定邀商教授同到刘的住宅去。那时他家就在省作协的院子里的一楼，方便得很。何与商在他家吃饭喝酒，然后在他家歇一晚上。说是歇，其实根本没有睡觉。那是说通宵，玩通宵。说什么呢？当然是小说的事，问投给他的小说怎么样？他说完修改意见后，三人就开始玩。玩什么呢？下象棋。刘的象棋下得好，得过省作协系统的冠军，所以那棋瘾大得出奇。商不会下，自然当看客。只有何官陪他。何官的象棋下得一般，不是他的对手。通常下一个通宵，下了多少盘，就不屑计数了。何官绞尽脑汁，拼尽所有的智慧，能和一盘，那就叫高兴。不为别的，为自己。就像你又有一篇小说通过了，即将发表。这就叫境界。

刘下象棋格外认真，见不得故意让棋的事，他赢了就赢了，他若是赢不了，你故意让他一着，自然瞒不过他的眼睛。举一例为证。有一个后来成为名家的人，当年也是他的作者，那一回那人看他的那盘输了，故意让他一着，讨他高兴，气得他将一副棋子拂到了下水道，使那人脸红脖子粗，下不了台。这叫什么事？人说他"不省世事"。他不以为然。刘一生做人做事，格外较真，见不得在他面前玩"水"的人。他华师毕业，两上北大深造，不是甘心屈就之人。和人交往，刘心里藏不住话，有什么说什么，我行我素，才不习惯看人家的眼色。

何官写作之初，他对何官的批评，也是一针见血，特别是来稿之中的错别字，他来信说见了错别字像是吃了一个苍蝇那样恶心。这就需要记在心里，认真学习。他的字也写得好，行云流水，来信必是亲笔的，编辑部印的暗格信纸，内容有长有短，根据情绪而定。只是那字你得连估带猜，才能看明白，领会真谛。前年何官整理书柜，将他的来信三十多封全部复印后寄给了他。那是友谊的见证，让他欣喜若狂。对于创作之人，那些"家书"中的真知灼见，让何官受用终身。

现在回想起来，让何官明白素材与创作之间，暗含"天机"的，是那次随刘回老家的"查儿山之悟"。那是春节前，腊月间，大雪连天。刘的老家在英山英太寨之下。那里是大别山腹地，群山环绕，溪水长流。他是那里出生的。一个贫苦农家的孩子，是从那里一路拼搏，奋斗到了省城。那时他的父母健在，一个哑哥陪着双亲。还有一个小女孩，他说是他哥的女儿。他哥一生未结婚，哪来的女儿呢？他眨着眼睛，悄悄地告诉你，那女孩是他堂妹超生的。因为要罚款，所以说是他娘从路边捡来，给他哥当孩子的。这不能与别人说。他哥就笑。他哥不能说话，但能听到人说话，那是小时候得病高烧，由于山高路远，没得到及时治疗落下的。后来刘把那个女孩子当女儿抚养，培养读书就业，直到成家。这说明什么呢？这说明他是重情重义、可以托付终身的人。

快过年了，那是腊月初八的夜里，他携妻带子，带着大包小包过年的东西，约何官他们，一同看望他的双亲大人和老哥。他没有见外，将何官当作亲兄弟。车是吃晚饭后，从浠水县城出发的。那时没有高速公路，到英山必翻浠水境里绿杨的查儿山。查儿山是大别山的一脉山峰，相邻的是望江山。这里是张老师的家乡，文化沉积相当厚。想当年陈沆考中状元之后，与友人同登望江山，留下一联："望江山上望江山，望江山一统。"那是何等的情怀？至今无人能对。张老师的"山石多，占地多，快快给我滚下坡。不！滚也先听我发落，我要把你锤成链，我要把你锤成锁，锁住山，锁住河，锁住肥土不下坡"写的就是这里学大寨时的情景。风雪之中，触景生情，刘会背，何官更会背。

那时翻查儿山的公路十八盘，风雪让公路上结了冰，群山之间，雪光遍地，车轮打滑。何官下车看路指挥时，被车带倒了，若是车轮方向不正，那就卷进车轮牺牲了，好在他的手没有松车门，在路上拖了一阵。他好不容易才顽强地站起来，爬到车上。何官倒地之时没有恐惧，脑子里呈现一片辉煌，像进入一个前所未有的新奇世界。为什么会出现如此的意境呢？告诉你，那是那天商教授在车上同他说新写的一篇散文造成的。商新写的一篇散文题叫《怀念公厕》。写的是大集体时垸子里修的公厕。那公厕建在垸头竹林边上，不是用土砖，而是用红砖修的。那时候农家的厕所都是土砖房子，那用红砖修的公厕就焕然一新，看着叫人眼睛亮，代表着农村新的气象。一个自然垸子修一座公厕，两边砌一人多高的矮墙隔着，通风敞亮，男一边，女一边，蹲位若干。清早起来，鸟雀噪林，风和日丽，男人和女人起床了，不约而同地上。一墙之隔，有说有笑，不见其人，可闻其声，其乐融融。那情景该是多少美好。那就是那个时代家乡的公厕。商的描述让何官感同身受，脑子里一片辉煌，这使他顿悟，原来生活是如此美丽。创作之路，不能有题材的局限。创作之人，没有什么不可以写的。不在于你写什么，而在于你得练就发现美的眼睛。原来在苦难的生活里，许多有价值的生命意义，隐含在看似庸常的过程当中。当年的"查儿山之悟"，使何官受用终身。这不是技巧。

柴门闻犬吠，风雪夜归"儿"。英太寨下的儿子回来了，那是举家的欢乐。那时候刘家还是一家大家族的模式。许多小家分住在祖先所建的，一进三重的老房子里，像一个巨大的胎盘，庇护着刘姓这一支血脉。有天井，那是取天光之用。有公堂，那是祭祖先和放家谱的地方。旧居虽然残破了，但格局仍在，温暖仍在。哑哥生火，火塘烧起来，喝了老米酒，然后吃腊八粥。那粥是老母亲清早煮的。她得知儿孙要回来，特地煮着留下。吃腊八粥是一年一度的传统，粥是用各种杂粮和豆子煮成的，浓浓的，瓷瓷的。吃腊八粥使何官想起了外婆。何官吃了两碗，还舍不得放筷子，不好意思再吃。商教授看透了何官的心思，说："你怕什么？想吃还吃一碗呀！"于是再吃了一碗，方才妥帖。那一夜儿孙们依着"胎盘"睡。一夜好梦到天明。第二天天亮之后，何官陪刘登英太寨顶赏雪，红日东升，红装素裹，兄弟俩壮志满怀，一片冰心在玉壶。当时的情景让何官感动，心通此心，情通此情，写了一篇散文《风雪夜归儿》。那时候何官与刘的关系真是亲密无间，水乳交融。

用刘的话说，何官与他的关系，后来渐渐疏淡了。因为什么呢？因为刘当上副主编后，决意离开《长江文艺》，到另一家单位就职。商教授和何官劝了一夜，他去意已定，劝也无用。刘自信地说："我虽然离开，但我还是作家，我们友谊永在。"何官说："不在一块田里'做生活'，会受到影响。""做生活"为浠水方言，话的意思是不在一块田里劳动了。刘离开编辑部后，感情虽然还在，但是真的受到了影响。见面的机会少了，说话的机会少了。相忘江湖哩。对不住刘老师！

现在只能叫您刘老师了！千言万语只能浓缩在这句话里。人必有师，无师岂能成正果？名利之场，原谅何官是俗人。

二

人之患，在于好为人师。

如果你有志献身文学创作事业，想当作家的话，作为过来人，何官郑重其事地告诉你，有一点必须弄明白，不然你搞不清奋斗方向，会遗恨终生。如果你有心研究新中国的文学史，你就会发现，在地市一级是不设专业作家的。对于文学创作而言，地市级只有辅导老师和业余作者两种角色。辅导老师是从优秀业余作者提上来的，进入体制后，编刊辅导业余作者。刊物是内刊，县市两级都在办。那些内刊，封面上标明内部资料，免费交流，并不公开发行，也不发稿费。不是不发，是无钱可发。业余作者靠稿费养活自己，那是天方夜谭。

如果你想当作家的话，那必须是专业的。那要凭实力和机遇，力争作品发表和得奖，从基层一步步杀到省里才行。省作家协会设了文学院。专业作家有许多好处，可以评职称。那职称有专门系列，叫作文创专业，最高可以评到正高二级。正高二级是我国文科到顶的职称。国家规定理科可以有正高一级，那是两院院士。文科是不可以有的。评上文创正高二级之后，还有稿费和版税，那才叫作家。并不是加入了中国作家协会或省作家协会就是作家，那只是一个名誉。所以说一个业余作者想当一个作家，真的不容易。你得不停地写作，同时与地方文化部门的领导和辅导老师搞好关系，引起他们的注意。比方说县文化馆和市群艺馆，这是业务辅导部门。比方说县文联和市文联，这是业务领导部门。你都得先放下身段入门再说，首先混个脸儿熟。入得门去，你得修心养性，就是还有个性和才华，也得隐忍着，不能由着性子来，不能发脾气，更不能翘尾巴。一忍得太平，再忍天地宽，才有练翅放飞的希望。这是一张大网，你要像鸟儿一样投身进去，但记住又不能被网死。此言不虚，情真意切。历史的经验，值得注意。因为何官当年就是从这张"大网"里拼出来的。

那年夏天，地区业余文学骨干作者创作会在风景优美的大崎山如期召开。那时还没有改成市，叫作地区。地区文联恢复了。文联全称叫作文艺家联合会，作家协会当然也在其中。这组织解放初就有，"文革"中撤掉了，百废待兴时，就需要恢复。地区文联与地区文化局在一幢楼里合署办公，一间办公室两个人，配了一个副主席和一个秘书长。文联与文化局分设，同为正县级，兵强马壮，那是后来的事。那时黄冈地区文联主席之职，由地委宣传部丁副部长兼任。为什么由他兼主席呢？因为丁是学者、诗人和评论家，时任省作家协会兼职副主席。他对解放以来本地区业余创作界的情况了如指掌。他温文尔雅，为人谦和，德高望重，关心前辈，提携后续，业余创作界唯他马首是瞻，如仰高山，他服得了众。

那次会是由地区群艺馆举办的。没有经费，地区群艺馆的王馆长，就想办法与地区林业局联系，让林业局出经费，举办为期七天的林业题材创作会，让全地区骨干作者，事先写出一批作品，集中在那里修改，然后由地区群艺馆办的刊物《赤壁》推出。林业局局长爽快地答应了。王馆长用心良苦。他也是专家，对本地区业余创作界的情况，应该说比丁更了解，因为业余文学创作本来就是由群艺馆抓的。参加创作会的是些什么人呢？各县文化馆编内部刊物的辅导干部。黄冈地区下面有十一县和一个国营农场，每个县都有文化馆，文化馆必配创作辅导干部编内刊，培养业余作者。他们本来就是业余作者，在本县都是业余作者叫作老师的人。王想让他们上来经过集会的方式提高创作水平，回去后指导各地业余作者的创作。

会前王到丁的办公室汇报。丁就笑容满面，说："好！是要集一集。"王说："鼓劲！打气！再上台阶！"王是从部队转来的，说话简明扼要，干脆利落。丁就表扬王，说："你这个馆长称职！"王说："那要请您到会上讲一讲。"丁是分管文艺工作的副部长，又兼文联主席，他到堂会提高会议的档次。丁说："那当然，但我不能全程陪同。"王说："哪能要求您全程哩！您讲个话就可以。"丁说："那行，我讲完话就下山。"王从包里拿出讲话稿，那是为丁准备的。丁就笑，说："稿子留下吧，我不会按稿子念。"这也是当然，作为下级为领导准备讲话稿是必须的，至于按不按稿子念，那是领导的事。该说的说完了，丁起身与王握手，那手温温的，软软的，是一只典型的文人之手，握过的人都知道。丁家庭出身不好，一生研究学问，从老师到官员，谦虚谨慎，在官场如履薄冰，不是刚烈之人。从官场退休之前写的七言诗，可见他的本色。诗云："信是空言自绝尘，大江堤外水无声。夜深夜浅窗移月，人去人来手半温。荒径徘徊草尚绿，栏杆拍遍梦难寻。西楼独上花无语，且看银河泊白云。"据说与初恋有关。这才是他。丁一生多难，前妻与他生下一儿一女，儿子念初中回麻城时，在水库游泳淹死了，留下一女。他的前妻抑郁去世后，经好心人介绍娶后妻，后妻比他年轻，日子过得并不幸福。丁退休那年去省城开会，车子下鄂州高速公路时，惨遇车祸死了。开追悼会时，来悼念的人山人海，其中大多数是从县里赶上来的业余作者。丁死后，他的一屋子藏书，被女儿当作废品卖了，叫人欲哭无泪。他女儿并不是业余作者，他的外甥却是，只从藏书里挑了几本认为有用的。这就不多说了，要说的是那时候，本地哪个业余作者没有吸过丁的"奶"？能忘记他吗？

大崎山风景好，山高凉快，让人精神好。骨干作者们在会议室台下坐定，王陪丁坐上了主席台。王说："同志们！现在开会。首先请丁部长做指示。大家欢迎！"掌声如松涛一样响起来。丁向下压手，说："指示说不上，说点体会吧。"丁果然不用稿子，他对全地区的创作情况如数家珍，能说出哪个时期哪个县出了哪些人，发表了哪些有影响的作品，同时说出作品的特色。听的人如有春风入耳，如饮甘露，全神贯注，没人敢开小差。这有一个重要原因，因为在这样的会议上，丁会点到在座的人和作品，如果被点到了那就是极大荣耀，说明作品入了他的法眼。入了他的法眼，就是全地区的典型，就有奋斗前程。这也是各级的惯例，现在还是这样。你参加省里的创作会，如果有幸被点到了名和作品，那说明了你在省里的影响。

你要明白，影响决定地位，地位决定前程。如果在中央创作会上，你的名和作品被点到了，那就离鲁迅文学奖和茅盾文学奖不远了。你能不高兴吗？此是戏言，切莫当真。功在诗外，奖难道不在文外吗？你应该懂。你到懂了的年纪，就不再在乎了。

关键的是何官那时候还没到懂的年龄哩。你听丁在会上，顺着点名，居然点到了他，点出他近期发表的作品，以及特色。这就叫何官喜出望外，信心满满，精神为之一振。丁讲完话就要走，众作者送，何官赶上去，同他握了手。那手真软和，温暖像电流一样传遍全身。"生不用封万户侯，但愿一识韩荆州。"这就是何官那时作为业余作者的心态和感受。

何官就是那次与主编发生不愉快的。那次创作会不是地区群艺馆举办的吗？丁讲过话后，稿子修改的事，就由《赤壁》杂志主编拿脉。何官那次提交的是一个短篇，也就两千多字，当然是写林业的，以第一人称写回乡后关于林业的见闻。主编发现何官稿子里流露出居高临下的得意劲，也就是在"得色"，或者叫"显摆"。当面听意见时，主编问："你这是小说还是散文？"何官说："小说。"主编说："小说怎么能这样写？"何官就受不住，心想不都是写小说的人吗？问主编："你说小说该怎么写？"何官心想，你比我小三岁哩，写作起步我还比你早，你凭什么在我面前充师傅？主编说："我知道你发了几篇小说，翅膀硬了？"于是不欢而散。何官就到王馆长那里去说理。王骑虎难下，只是笑，说："你根据他的意见修改一下吧。"何官说："不就两千字的东西吗？用得着小题大做？"犟着不改。何官说："能发就发，不能发就算了。"这让主编很恼火。这是挑战权威，叫板哩！于是很好的朋友，由于一篇小稿的事，闹得双方不愉快。圈子里的事很微妙，主编对何官不满，与会的兄弟却同何官亲近。何官郁闷在心。兄弟们陪何官下到清泉里洗澡，也不说谁对谁错，只是说笑。那大山里的清泉真清凉。一条溪水流下来，回旋成一个个的窝儿，像天然的浴池。众兄弟脱裸了，有如赤子，下到池里洗，流水激激，山风阵阵，洗得人清醒了。那几天兄弟们陪何官大碗喝酒，酒是高粱酒，本地造的，便宜，用大碗倒，一口一碗，那是浇胸中的块垒。当年那些在文化馆编刊的兄弟历历在目，有的已经作古，有的仍在，但渐渐退出了文学舞台。结果那篇叫人担心的小东西，出刊时还是原文照发，却让何官高兴不起来。"文章千古事，得失寸心知。"何官知道那是一篇应景之作，是编者顾全大局，屈就发出的。但自己因小失大露丑了，这让人久久难忘，纠结不安。这就不是小事。

其实这不是文章的事，是境界之别。主编说的是对的。虽然何官彼时不能接受，事后觉得还是他的错。在日后的创作生涯中，他加强修养，自觉克服作品中的"得色"情调，努力让作品见"大"。你说你一个农家子弟，业余作者，有什么可"得色"的？你一"得色"，老天就发笑。这叫"良药苦口利于病，忠言逆耳利于行"。"同船过渡，前世所修。"为文之人，这辈子谁都不容易。兄弟呀！多有得罪。老哥，这厢有礼了。

三

那一次那主编在市博物馆办他的书法作品展。何官去看了，真的被他感动了。有志者事竟成。他的书法经过苦练，丰润妍厚，独具一格，还真的不简单。他设了一个留言本，让观众留言。何官灵光一现，在本子上写了一句："笔墨从来不误人。"同去的商教授又补了一句："天才总有腾飞日。"落了两人的名字。两句对得还算工整，成了一副对联。看得出这副联他喜欢。因为何官的心情他懂，并不全指书法。笔墨统称文字。为文之人，是为同一个战壕的战友，是经过风霜雪雨，一同冲锋陷阵过来的。你说笔墨误过谁呢？除非你自己认为误了，那就不在此说之内。

正所谓："多难兴邦。国家不幸，诗家幸。"谁说创作之人不是战士？想当年在延安伟人写就《临江仙》称赞丁玲："壁上红旗飘落照，西风漫卷孤城。保安人物一时新。洞中开宴会，招待出牢人。纤笔一枝谁与似？三千毛瑟精兵。阵图开向陇山东。昨天文小姐，今日武将军。"在现代中国创作之人，哪一个不是闻风而动的？专业作家如此，业余作者也是如此，那是使命在身。在突发事件和突发灾难中，少不了他们活跃在现场，实地采访，歌颂时代和英雄的身影。这是惯例。作为编辑和作者，何官与那主编就珠联璧合过一回。

那年夏天洪水过后，正是"双抢"季节。这是鄂东季风性气候的特征，久雨过后必有久旱。鄂东大地天晴得发疯。一季稻收割过后急需用水，不然二季稻无法插下去，影响收成。那时农民吃粮主要靠二季稻，头季稻交了公粮。这时候神山村就出了一个抗旱英雄，姓宋，名初文，是神山村被群众新选出来刚上任的支部书记。那道山脉连绵起伏，坐落在浠水县城南，以山头分水为界，有两个以此山命名的村，两村并不在一个行政区划里。山北归巴驿区管辖，叫作城山村。相传三国时期，吴国孙权在山头筑城训练水师，发动了赤壁之战，成为中国历史上以少胜多的战例，写在《三国演义》中。那山城依稀可辨，供后人凭吊。山南归城关镇管，叫神山村。因为山上陡崖之下，有一座观音庙，每逢古历三月初三，观音菩萨生日那天，香火就很旺，夜里红了半边天。长江两岸的善男信女们来求子，或者来求药治病，灵效得很。同是一座山，因世人信仰不同，分开来叫，各取所需。群山之下，有一点是共同的，那就是水源奇缺。雨不得，旱不得。几场大雨，山洪暴发，冲山毁岸，一片狼藉。雨后放晴，山田干裂，禾苗枯死，满眼荒凉。所以山上的人们普遍贫穷。一九五八年大跃进，山上的群众在党和政府的领导下，在山腰建了许多小型水库，像眼睛一样，蓄着雨水，以备天旱灌溉，保收成。

那一年山洪特大，山上的泥土冲进神山村的水库后，要水灌田时，水库的闸门被泥沙封死了，想尽了办法，还是打不开。宋支书就挺身而出，脱成赤膊，从出水口钻进暗渠，试图将闸门打开。那放水的暗渠窄，只能容一人之身。因为他是支书，又比别人身子瘦，所以认为他钻最合适。大家都没想到的是，暗渠里虽然阴暗潮湿，但由于长期不通风，越往深越缺氧，所以他爬到离闸门不远处，便窒息而亡。这是一个多么好的支书，上任之后，带领村民想方设法脱贫，有口皆碑。他的死让神山村雪上加霜，村民们十分悲痛。

何官得到宋初文牺牲的消息是一个早晨，陈局长打电话给他，说："神山村出了个英雄，你知道吗？"何官说："我知道了。"陈局长说："你放下手里的工作，马上去神山村采访，迅速写一篇报告文学。"何官说："你就是不指示，我也准备去。"陈局长问："你知道为什么要得这么急吗？"何官说："不知道。"陈局长说："组织上正在准备材料，上报他为烈士。但是对于他的死有争议，有人认为他的死，是因为缺乏科学头脑，莽撞行动造成的。有关部门对于烈士的评定，有一个标准，那就是知道有生命危险仍挺身而出牺牲的。如果不知道有生命危险而死了的，属于意外事故。你去认真采访，搞清楚这个问题。力争让他评上烈士。这是组织上交给你的光荣任务，你必须出色完成。"这相当于战场上战士听到了冲锋号，叫人热血沸腾。

何官骑着自行车去了神山村。那时何官下乡采访，骑自行车是经常的事。正是三伏最热的时候，他冒着酷暑，深入神山村三天，早出晚归，采访了三十多人，做了笔记，掌握了大量可歌可泣的素材，准备动笔写。此时刘打电话给他，那主编正在编《赤壁》，地区领导也知道了这个典型，通知文化部门配合宣传，扩大影响。刘要求他在七天内写成，赶在当期《赤壁》头条发表。发稿在即，时间紧，任务重。天太热，根据素材，此文篇幅不可能短。何官觉得在规定的时间内完稿有点难。那主编就叫何官到黄州去，给他在赤壁宾馆开个房间，宾馆里有空调，可以让他日夜不停地写。何官应邀去了黄州，在宾馆装有空调的房间里，三天三夜奋笔疾书，完成了初稿。那初稿有四万多字，题目是何官含着热泪取的，叫作《光明与你同在》。导言是："请与我同行，光明与你同在。"完成初稿后，何官就回家修改润色。那时家里没有空调，热得人难受。那时没有电脑，修改必须用稿纸重抄，边抄边改。那三天何官每天只睡三个小时，白天修改，晚上睡会儿，爬起来继续修改。何官在写作和修改时，为宋支书流了不少眼泪。

四万多字的报告文学写成之后，遗憾的是何官还是没有弄清楚宋支书到底是知道危险而死，还是不知道危险而死的，这不能预设。不是想到和没有想到的事。事实只能证明，他是为民而死的。报告文学如期在《赤壁》头条发了出来。据说影响很大，看的人都感动得流了眼泪。报告文学随申报材料上报，庆幸的是，有关部门并没有纠结于"想到了"还是"没有想到"，将宋评定为烈士，告慰其在天之灵，宋的全家老小也有相应的优抚政策。那时他家穷得叮当响，称得上电器的只有一个照路用的手电筒。那主编在责编时被感动了。他后来写的一篇小说里，引用其中关于宋出外求人办事，拿优质烟敬人，自己抽劣质烟的情节，让人潸然泪下。可以说明文学之真的感染力是相通的。这篇报告文学投到《人民文学》，差一点发表了。后来投给《中国故事》，编辑改了个题目，叫作《追赶光明的人》发了出来。想当年何官在那主编的催促下，诞生了这篇关于英雄的文字。现在想起来，往事历历在目，依然让人感动。

何官调到黄州几年后，开始用智能手机了。朋友圈忽然传来消息，说何官有一张欠条被人收藏了，戏言要何官出高价收回去。何官心想，他一生没有欠过谁的钱呀！不相信那是真的。何官问："欠多少钱？"那朋友说："看怎么算？按照物价上涨的幅度算，那不是一笔小钱。"那朋友是文物收藏的藏友，危言耸听是他们圈子内的拿手戏。何官说："你拿给我看看行吗？"那朋友说："可以。"那朋友就邀了何官到东门路的大街上，拿出那张欠条让何官过目。何官一看，果然是真的。那张欠条是他的笔迹，是打给那主编的，下面注明了日期。欠多少钱呢？五十元。何官估计，那欠条是当年来黄州完成初稿，住宾馆离开后打的。那时何官家里比较困难，老婆没有工作，儿女都在读书，所以向那主编借了五十元钱，那时候五十元钱，不算少，所以何官就打了张欠条。借着做什么用呢？路费？伙食费？记不清了。

那主编将那张欠条随手夹在那期《赤壁》杂志中，忘掉了。后来调动当专业作家，搬家时将过期的杂志处理，卖到了旧书摊。那个朋友姓陈，是个书法家，也是一个淘书迷，将那本过期的《赤壁》廉价买了下来，翻读时发现这张欠条，据为独家资本，待价而沽。何官看了欠条之后就笑，鉴定那不是赝品，但不打算赎回去，心想让它"流"下去。既然是真品，那就让朋友收藏着吧。作为文物，让他看看有没有升值的空间，那个朋友当然也不会卖的。哈哈哈，只是笑。笑了半天说："大作家，你欠人家的钱没还呢？"那时候作者与编辑之间，就有这样的佳话发生。随着时光的流逝，债主忘记了，债权人也忘记了，算是捐赠了。赠人玫瑰，手有余香。

那时的人情多么纯洁，那时的天空多么明亮。

一轮太阳在天，光明与你同在。

四

王馆长动议调何官到地区群艺馆搞创作辅导编《赤壁》，是那主编调动当专业作家之后的事。

调动不是一件容易的事，特别是所谓的人才，从下面调到上面去，要"练"死一层皮。人们只知道官场升官不容易，不知道在文场想挪个位子的难处。文场从精神层面上讲，调动更不容易。因为官场上往上调的人多，文场往上调的人少。文场往上调的人，都是官场称为"人才"的人，若能调到上面去，那等于"放飞"，"海阔凭鱼跃，天高任鸟飞"，晓得你做梦也会笑醒的，能让你轻松过关吗？这还不是关键，关键的是，上面得有关键人物赏识你，愿意接受你，不然做梦也没有用。

那主编那时算是人才了。他的小说陆续在国家级刊物隆重推出，像一颗新星发出光芒，影响很大，引起了上级文化领导的注意，决定调他了。这是好事。但是好事多磨，那主编的调动前后花了三年时间，搞得遍体鳞伤，心灰意懒时，才得以成行。为什么呢？其中有许多难言之隐。当然"青山遮不住，毕竟东流去"，后来他还是作为人才调到上面去了。事非经过不知难，他是深知其难的。

那主编调到上面去了。地区群艺馆的《赤壁》需要人办。王馆长就在全地区物色能办刊物的人，当然也得是人才。所谓的掌门人，举得动旗，服得了众才行。王经过反复比较，觉得何官可以。何官在文化站时就与王熟悉，那时候何官作为全地区的重点业余作者，经常到群艺馆参加创作学习班，是丁部长在会上能点到名的人。王觉得将何官调到群艺馆补刘的缺，比较合适。

　　那年春天，王就下到浠水为调动的事，征求何官的意见。这不是正式的，属于预热。王礼贤下士，也不惊动官方，带着一个下级，来到何官的家里。何官的老婆准备了便饭，说是便饭，当然也算丰盛。二人就在饭桌上谈。王说："你知道那主编调走了吗？"何官说："知道。"王说："是人才了，应该输送。"何官说："这是你的功劳。"因为那主编是他从县文化馆调到群艺馆的。王说："是党的培养，我只是尽了我的责任。"这话说得多好。王开门见山，说："群艺馆急需创作辅导干部，办《赤壁》，想调你去。"何官说："感谢！"王问："你想不想去？"何官说："我当然想去。"创作之人往上面调，谁不想去？王说："我知道你想去，但是我有三点要求，你同意才行。"这叫"约法三章"，读书人都知道的。何官说："哪三点要求？你说。"

　　王说："第一条，调上去，不考虑职务。"这一点何官懂，也就是不让当官。何官不是文化馆副馆长吗？上去就莫想当官。想当官，必定造成麻烦。何官说："行。创作之人当什么官？"王说："第二条，调上去后，三年内不能调动，需要交三千元的保证金。"何官说："可以。"虽然家里困难，这钱不是小数目，但是这钱他会想办法。王说："第三条，单位不负责安排家属的工作。"何官也答应了。家里困难，单位如果能安排老婆的工作，当然是好事，但是不能安排也就算了。老婆不认识字，能安排什么工作？不给单位增加麻烦。王说："果真是个爽快人。"王很满意。于是就喝何官敬的酒。

　　王说："你有什么要求吗？"何官说："我只有一条要求。"王说："说出来我们考虑。"何官说："我只要求调去之后有房子住。"王就笑着说："这要求不为过。那主编调走了，房子腾出来后，由你住。"有这一条就够了。

这是起码的要求。创作之人，不能居无定所。王就给何官回酒敬。

说起来那时创作之人想往上调，真是退到生命的底线。那"约法三章"，是断创作之人非分之想的，说明需要纯粹，也说明与人才共事，需要策略的。事先约定，然后按章行事。其间的滋味，何官当然懂。作为文化馆分管业务的副馆长，也是同人才打交道的，有过经验和教训。

没想到，王那时从公文包里拿出来打印好了的协议。何官以为只是口头之约，没有想到王居然白纸黑字，大红公章也盖好了，好让何官在上面签字的。王说："你先看一看。"何官拿起协议看，前三条是说了的，没想到后面加了一条："人调上去之后，单位负责解决其住房。"这就叫人温暖。王真是老手，摸准了何官的心思。于是双方就在协议上签字，握手言欢，与正规签字仪式无异。王吃完饭夹着公文包，就下楼走了，也不要人送，轻车简从。何官以为这事敲定了，心中悲喜参半，那心情与当年李叔同出家时差不多。

何官等着调令，但是左等不来，右等不到，这事就不了了之。王也不解释。何官不好再问。想必是他有他的考虑哩。后来他借调了一个比何官更年轻的人到群艺馆办刊物，一年后那人出于种种原因也没有调成。

现在回想起来那叫什么事？那协议算得上对创作人才所定的城下之盟。不能升官，不负责安排家属工作，三年内不能调动，还要交保证金。这不是限制使用吗？幸亏没有既成事实，不然那阴影挥之不去，会影响那青年一生。

如今王退休多年了，深居简出，在街上遇见何官，双方像见了亲人，握手，问好。王问："还在写吗？"何官说："还在写。"王就哈哈笑，说："那好，那好！"这也是官人见面的惯例，说明关心。作为文官，他也是官场限用之才，官至正科怎么也升不上去，幸亏拿的是正高工资。一生真的不容易，个中难处，谁能理解呢？有那个必要说破吗？

秋山历历云烟过，何必细数辨分明？

五

无论如何绕不过去，现在要写何官与那个大企业家的交集了。

现在那个大企业家被商界称作老总，能直呼其名的，没有几个。除非你比他年长，是他当年创作界的老师，或者朋友，才能这么叫。这也在私下。如果在公开场合直呼其名，就有人笑你，不合时宜哩。

作为本地数一数二的企业家，他创立的控股有限公司早已上市。他到底拥有多少资产呢？何官一向对数字不敏感，并没有留心观察。但是他出钱为本省做了多少公益事业呢？说起来数目惊人。

你可能不知道，他之前可与文学息息相关。当年他是《鄂东文学》的首任编辑。那时地区文联要创办一个刊物，取名叫作《鄂东文学》，办刊物需要人。时任《赤壁》那主编，就向丁部长推荐他上来编。他那时是某站的一个合同工，爱好写诗，而且诗写得也好，丁就答应了。那时地区文联没有正式编制，那个《鄂东文学》编辑是聘用的。聘用是什么意思呢？就是不发工资，以刊养刊，给企业家写报告文学在上面发表，然后收取一定的宣传费，出刊物，同时养人。那是含辛茹苦，处境何其艰难。

想当年那个二十出头的小伙子，怀着文学的梦想，从大山里走出来，走到古城黄州，办那刊物。在龙王山之下，赤壁之邻，那间阴暗潮湿，看似古色古香的平房里，日夜想心思，找钱讨钱，同时组稿，编稿，开创作研讨会，过的那不叫日子。想起来，催人泪下。为了什么呢？为的是实现心中关于文学的梦想。那时那个小伙子多么善良，多么精明，多么可爱。一双明亮的眼睛，见人一脸笑。后来由于种种原因，《鄂东文学》办不下去了。他在走投无路时，决定到大城市去打拼。据说是两万元起家。他瞄准市场，寻找商机，筚路蓝缕，一路披荆斩棘，其中多少辛酸，多少屈辱，多少血泪，只有他装在心中，作为此生的财富。他的成功，只能告诉你，为文艰难，为商更加不容易。

无论商业成绩如何，他不忘初心，坚持创作，写了不少的诗和几部长篇小说，创作的诗歌，获得了湖北文学奖。那次他作为获奖代表发言，还提到要向何官学习。因为那次何官的长篇小说《太阳最红》与他的诗集同获此奖。他的发言让何官感动。他不忘家乡的创作人，知道他们处境的艰难，先后为家乡文学界出资，建立文学艺术发展基金，做了不少好事。用基金为拿不出钱来的作者出书，一出就是一套。比方说某县《文丛》，比方说某县《文集》，比方说《张诗人诗集》。还有很多，不胜枚举。他是遵行"苟富贵，勿相忘"古训之人。

　　他担任主编，出资创办公开发行的《中国诗歌》，发表了多少未名诗人的诗啊！多少未名诗人，通过他开辟的园地，登上大雅之堂！这也圆他当年编刊育人的梦。"长江绕郭知鱼美，好竹连山觉笋香。"他是从古城走出去的业余作者哩。

　　何官为什么绕不开他呢？因为事隔几年之后，何官调到市文联后，就是编《鄂东文学》，接的是他的班。尽管何官比他大十几岁，可以算作两代人，但在那个岗位上，何官是他的后继者。

　　如今的市文联坐落在风景优美的遗爱湖畔。当年苏东坡笔下有湖边可怜可叹的遗爱亭，现在建成有壮观无比的遗爱湖。"遗爱一湖开新境，放歌千古上楼台。"如今的市文联兵强马壮，一派欣欣向荣景象，是文艺工作者的"娘家"。多少文艺后辈，在这里崭露头角，展现才华，实现梦想，健康成长！春天到了，让人流连忘返。

　　何官能不有诗吗？诗云："水半湾，绿半湾，杨柳随风春半悬。人有心思天知否？风莫谈，雨莫谈。真正好过是晴天。花盼盛，月盼圆，一湖遗爱共婵娟。海棠红烛夜知晓，诗里写，词里填，不负风月越千年。"

　　盛世斯文。此为后话。

第五章

一

何官是在县文化馆工作九个年头后，被时任县委宣传部部长邹清民相中了，调到县文联的。

事情的经过，印证了王老师那首诗："转换歌喉新且奇，冬春秋夏四时宜。知音自有知音听，何患无人唤画眉？"那时的王老师，住在组织安排的文化馆院子里，那排平房角落低矮阴暗的前后两间屋子里。更深夜静的时候，寂寞了，他就自叹自艾地唱这首诗。外行人不知道他为什么总爱把这首诗拿出来唱？何官当然知道。现在想来那心境，与唐代元慎写的《行宫》——"寥落古行宫，宫花寂寞红。白头宫女在，闲坐说玄宗"——相同。

邹决定将何官调到县文联，没有后来别有用心的人说的那样复杂，那样肉麻，其过程相当简单。那时何官根本没有起心思要调动，绝没有巴结邹、给他暗地送礼的事，何官的心不在官场，并没有想到"好风凭借力，送我上青云"。那时何官在县文化馆当的是业务副馆长。这职务算什么级别呢？副股级。县文化局任命的，并不是县委组织部管的官。副股级在县里多如牛毛，根本算不上官。在县里算得上官的，起码要到副科级。副科级归县委组织部任命，在场面上算得上领导干部。

如果你想调到县文联，那就是破天荒。县文联虽说庙小，只有两个"菩萨"，但属于正科级单位，与县文化局是同级的。虽然县文联主席由宣传部副部长兼着，但副主席是副科级，秘书长也是正股级，相当于文化馆的馆长。熟悉官场的人，这账算得清。一个副股级想调到县文联，叫作越级提拔。

但是那时邹决定调何官到县文联了。为什么呢？邹那时思贤若渴哩。邹想搞一部闻一多先生的电视剧。闻一多是浠水人，全国闻名的诗人、学者、斗士。邹想在他的任上将电视剧搞出来在全国打响，作为政绩。这想法当然不错。邹将想法向上层层汇报，各级宣传部都叫好。那就着手搞吧。写电视剧首先得物色写剧本的人，"剧本剧本，一剧之本"，此为关键。邹首先想请时为省作协某专业作家出山来写，就与调到隔江文联的彭先生商量。邹与彭是大学同学，两人关系很好。邹与彭商量的意思是，如果某作家不愿意出山，那就由彭来写。彭就笑，说："何必去求外人？本县就有人能写呀！"彭对本县创作人才了如指掌，就在邹面前推荐了何官。周问："他行吗？"彭说："怎么不行？你将他调到县文联，给他下达任务，保证能完成。由他来写，不用给剧本创作费，可以节约一笔钱。"邹一想高兴了。为了保证名家效应，彭又给邹出点子，剧本由何官执笔，让当时地委宣传部的丁部长和地区文联的童主席冠名编著。他们都是全省的名家，保证事半功倍，顺利进行。二人一拍即合。于是邹做了方案，按方案进行。

忽然一日，正在上班的何官接到县文化局陈局长的电话，叫何官马上到宣传部邹部长家里去一趟。何官吃了一惊，担心犯了什么事。因为官场办事讲程序，从来没有部长直接找他的。何官问："他找我何事？"陈局长没好气地说："他要'谋龙卵子'。"又是"龙卵子"。何官听出这不是好话。现在想来，将他正用的人才调走，他又不能说不，心里不痛快才说这话。何官还要问。陈局长说："你去了就知道。"

何官得令，赶紧去了邹的家。邹的家在古城墙土门下坡处。土门是古时候为居民开的方便之门，作为地名留了下来。到了邹的家，院子的两扇铁门关着。何官敲门，那门就哗哗作响。屋里传来人声。二层小楼，人在楼上。一会儿邹下来开门，将何官领到一楼会客厅。有沙发，何官不敢坐。邹让他坐，何官才敢坐。邹在高靠椅上坐下，咧着嘴将两条腿抬到桌子上放着。原来他的痛风犯了，脚指头痛得很，只能改在家里办公。那姿势不雅，这次相当于"私会"，说明他没有把何官当外人。邹开门见山，说："经过慎重考虑，想调你到县文联工作，完成闻一多电视剧本的创作任务。我找你来，想听下你的意见。"何官一听，当然心情激动，但不敢随便表态。

邹说："时间紧，任务重。有人在我面前推荐了你，说你能行。你觉得你能完成任务吗？"这事能当即表态吗？何官还是不说话。邹说："既然调你来，职务的问题，组织上会考虑的。过段时间给你配个文联副主席。你要知道给你配文联副主席，意味着什么？"那时由于文联王副主席随丈夫下海去了，正好空缺。何官知道这是邹向他抛出的橄榄枝。何官说："我会慎重考虑的。"邹就笑了，说："你还考虑什么？我问你愿意不愿意？"估计换了别人，早该"谢主隆恩"了。在邹的眼里，何官那样子蠢得可爱。是时候了，何官点了点头。

于是邹就当着何官的面，用座机给宣传办公室主任打电话，说："那调令加紧办。"办公室主任说："调令写好了，就差您签字盖章，让文化局派人来拿。"邹说："你将调令送来，我签字。"一会儿办公室主任将打印好的调令送来了，邹当着何官的面签了字。邹对何官说："明天就来报到。"再没有什么可说的。何官退门而出。他走在街上，天上太阳很好，他内心百感交集。

事情出乎意料地迅速，第二天文化局就通知何官到宣传部报到。县文联虽然是单列的，但是人事和财务都归县委宣传部管，相当于内设机构，从文化馆调个人到县文联不是难事。何官上楼与文化馆的同行们道别，文化馆的同事们都来祝贺，由于陈局长的话封锁不严，同行们说"龙卵子"被人谋去了。王老师听到消息后，赶到办公楼上，喜形于色，当着众人的面，念他抄在红纸上送给何官的诗："转换歌喉新且奇，冬春秋夏四时宜。知音自有知音听，何患无人唤画眉？"念得何官面红耳赤，很不好意思。众人鼓掌，哈哈大笑，说："不是画眉呀！是'龙卵子'。"王老师不屑为伍，将手上挂的拐棍举起来，对着众人示威，说："你们这些小子，狗肉上不得正席。"气得挂着拐棍下楼扬长而去。众人这才言归正传，依依不舍，送何官去上任。说句正经话，对于创作之人，升迁不是一件坏事。

邹为了让何官安心，说话是算数的。就在那天清早，他将何官送到县文联办公时，等到了县委组织部王部长，此人修长高大，和蔼如风，二人就在古色古香的办公楼下会谈。那是二十世纪五十年代仿苏的一幢建筑，在高大的树荫下，洋溢着欧洲的浪漫情调，如今犹在。邹当着王部长的面，将何官介绍给王，说："这就是调到县文联的何括。过段时间给他配个副主席。"王同何官握手后，对邹说："可以。"显然是事先说过的。当面说是为承诺。两个部长的话使何官感动。你懂不懂？这就是"许愿"呀！创作之人别的不行，"士为知己者死"这一条你应该得做到。父亲不是说："一条耕牛就是再犟，还得服个人牵。不然蓄你有什么用？"电视剧对于何官是个新行当，调来看似很容易，想写好并不是一件容易的事。还是唐代白居易说得对："赠君一法决狐疑，不用钻龟与祝蓍。试玉要烧三日满，辨材须待七年期。周公恐惧流言日，王莽谦恭未篡时。向使当初身便死，一生真伪复谁知？"

何官深知那"愿"不是白"许"的，肩上的担子并不轻松。是骡子是马，他将你拉出来，你得遛出名堂来，让他看一看。

<h2 style="text-align:center">二</h2>

事实证明，邹并不是浪得虚名之人。

你想想，我们中华民族源远流长，地大物博，五千年来沉积着多少辉煌的文化？在历史长河中，任何一个地方，都可以称得上物华天宝，人杰地灵。这从电视台各地的宣传片中可以看到，所以每一地方的官员，根据不同时期的精神需要，都想打文化名人的牌，以文艺的形式，打造精品，提高本地的知名度。那么用什么样的文艺形式，传播面广、影响最大呢？聪明的地方官员们，特别是主管宣传的官员们深谙此道，那就是搞电视剧和舞台剧。电视剧只要搞好了，就可以在央视播出，然后得奖，可以得国家设立的专门奖项，叫作"金鹰奖"。舞台剧搞好了，同样可以得国家设立的"文华奖"。评上了这些奖项，奖金不用说了，还有层层扶持的资金，数目可观。

作为一个县的宣传部部长，邹知道根据本地实际情况，用什么形式，利用什么资源，怎样抓。他将本县近现代的名人排了一个名单，那是长长的几页。本县近现代在全国各个领域有名的人物还真的不少。其中最有亮色的，莫过于闻一多先生。为什么呢？因为闻一多先生是伟人毛主席在著作中赞扬过的人物，被现代中国史定性为诗人、学者、斗士。所以用他的事迹打造精品，是错不了的。但是用什么形式呢？舞台剧当然可以，但是本县楚剧团各方面条件有限，达不到打造精品的要求。那就搞电视剧吧。邹咨询有关专家，有关专家说，电视剧也不能搞长，最好搞上下两集。你只要把剧本写好后，演员可以请，拍摄单位可以请，投资也不用花很多的钱。如此说来剧本创作是关键。写什么确定了。怎么样写，就是关键中的关键。邹是个明白官。

所以何官调到县文联后的几个月，就经常应招到土门处，成了邹家的座上宾。邹坐在高椅上，将两条被痛风折磨的腿翘到写字台上，居高临下地接待何官。那姿势虽然不雅，但很快被何官接受了。开始是搜集材料的阶段。邹将他搜集的有关闻一多先生的材料，一大摞全部交给了何官。比方武汉大学出版社出的闻一多全集，其中有闻一多的诗集《死水》和《红烛》，以及当年课堂上的讲义、论文，还有闻一多的书法、篆刻、油画、速写以及家书、作品年表等，一应俱全。比方说后来收集出版的涉及当年西南联大闻一多牺牲的"一二·一"事件前后的资料汇编，内容翔实，有他的学生和他的朋友写的回忆文章若干篇，还有学生现场记录的闻先生牺牲前所作的《最后的演讲》。还有两本闻一多传记。一本是早年出的，姓王的人写的。纸质发黄，比较薄，一看就是"格式化"了的。一本是后来闻先生的长孙写的，比较厚，没有"格式化"，所用材料和行文风格焕然一新。还有《闻氏家谱》一套，这是清代修的，石版印刷，谱序上记载着浠水巴河闻氏是文天祥的后代，后人为了避祸才改文姓闻的。由此看来，邹为了写闻一多先生，是下了功夫的。邹对何官说："这些我都看了一遍，你拿去看。看够不够？不够，就去买，开发票报销。"这些资料，够何官啃一阵子才能消化。邹并没有强调何官阅读时，要做笔记的事。他知道对于创作之人，这是必修课，如果强调那就是对于人才不尊重。这需要你说吗？

那段时间，邹放不下何官，念念不忘。每过一个星期，他就将何官招到家里，当他的座上宾。还是用那种姿势，接待何官。问："看了哪些？"何官就汇报看了哪些。问："有收获吗？"何官就汇报有哪些体会。汇报时何官并没有把笔记本拿出来，他不愿在领导面前装小学生。那些体会是他阅读后，记在本子上，心中装着的。邹听了那些话，看着何官的样子，自然很欢喜，说明他没有看错人。于是就从桌子果盘里拿一个梨子，亲自用刀削了皮，递给何官吃，那样子就亲切。说实在话，那时候何官家里困难，还没过上用刀削水果皮的雅致日子。老婆偶尔买点水果回家，顶多用水洗一下，读小学的儿和女都抢着和皮啃，像两只馋猫，连核儿也不肯轻易吐出来哩。这说起来，比较辛酸。

邹就笑着感慨道："要知道梨子的滋味，就得亲口尝一尝。"何官吃着梨子点头。邹又说："做学问难，写做学问的人更难。"谁说不是呢？何官不点头，只是笑。业余作者出身的何官晓得事理，知道在邹面前不能多说，也不能少说，当说的说，不当说的不说，随时随地与邹保持着相应的距离和警惕。你要知道从古到今，座上宾不是那么好当的，不敢随便造次。何官小时候，父亲教导他，君子有三畏："畏天命，畏大人，畏圣人之言。小人不知天命而不畏也，狎大人，侮圣人之言。"此语出自《论语·季氏篇》哩。何官想到当年如履薄冰的样子就苦笑。哈哈，你现在当然笑得出声来。人老了，胆子粗了。

过了几个月，又是一年，春风荡漾，正是梨花开过的日子。邹又将何官招到他家。这回郑重其事，是听何官汇报写作提纲的。邹还将时为宣传部办公室主任的胡，也通知到他的家中。邹知道胡与何官是高中同学，胡也是搞创作的出身，如果何官固执己见，胡就说得开话。这等于请了一个参谋。三人坐定，何官将提纲事先打印了三份，两份交给邹，自己拿一份。邹接过后顺手给一份胡。邹笑着说："大家议一议。"三人拿着提纲看。

提纲上，何官将电视剧的名字取作《烛魂》。这是根据闻一多先生的诗集《红烛》拟的。巴河两岸的人们过年的时候，喜欢将木梓油化了后浇成红烛当灯点，满堂红光。这是楚地风俗，喜庆吉祥。所以闻一多先生自喻红烛。你看那《红烛》的序诗写得多好！"红烛啊！这样红的烛！诗人啊！吐出你的心来比比，可是一般颜色？红烛啊！是谁制的蜡——给你躯体？是谁点的火——点着灵魂？"何官每次读到就动感情。

何官想朗诵一下，邹说："不必了。"胡就笑。何官就汇报电视剧的创意，以闻一多诗集《红烛》里怀念家乡的诗《大暑》为线，选择事件，写出诗人的爱。闻一多先生说："诗人最大的天赋是爱，爱他的祖国，爱他的人民。"你看闻一多关于家乡的诗写得多好！"今天是大暑节，我要回家了！今天的日历他劝我回家了。他说家乡的大暑节是斑鸠唤雨的时候，大暑到了，湖上漂满紫鸡头。大暑正是我回家的时候。我要回家了，今天是大暑；我们园里的丝瓜爬上了树，几多银丝的小葫芦，吊在藤须上巍巍颤，初结实的黄瓜儿小得像橄榄，……呵！今年不回家，更待哪一年？今天是大暑，我要回家了！燕儿坐在桁梁上头讲话了；斜头赤脚的村家女，门前叫道卖莲蓬：青蛙闹在画堂西，闹在画堂东，……今天不回家辜负了稻香风。今天是大暑，我要回家去！家乡的黄昏里尽是盐老鼠，月下乘凉听打稻，卧看星斗坐吹箫；鹭鸶偷着踏上海船来睡觉，我也要回家了，我要回家了！"何官忍不住又要念。邹说："算了。"胡又笑。何官晓得他们也会背。

邹拿着提纲对胡说："你觉得这样写怎么样？"胡说："应该可以。"邹就将翘在桌子上的两条腿让胡看。那脚没有穿袜子，赤着的。邹问胡："你看我的脚指头消肿了吗？"胡就贴上去看，说："消肿了。"邹说："这痛风犯了，痛起来就要人的命，不能动。害得我吃这么长时间的激素药。"原来那是真痛，不像是损他的人所说的"摆架子"，喜欢招人"进宫听旨"。于是他将翘在桌面的两条腿拿下来，穿上袜子和鞋，站在地面上踩，发现不那么痛了，终于松了一口气。

吃中饭的时间到了。那天是星期天，周叫何官和胡不要走。他吩咐夫人下楼做几个菜，就在他家吃中饭。他夫人是县里一家单位的副手，不多言不多语，自然贤惠，亲自下厨房做菜，一会儿摆上了桌。有酒。邹叫胡开瓶摆杯子倒酒。他不能喝，叫胡象征性倒了一点，让胡将何官的杯子倒满，胡自然也将自己的杯子倒满。邹举起杯子朝何官和胡敬，品了一下，胡就邀何官将那杯酒一口干了。这是什么酒？能不干吗？吃过了饭，周又从果盘里拿梨子，这回是两个。他亲手用刀子削了皮，递给何官和胡吃。这回不说关于梨子的滋味了。领导的意思你得揣摩，不说也在其中。何官自然晓得的。这梨需要小口吃，细细品。

邹说："脚不痛了，我能走了。"邹接着问何官："北京，你去过吗？"何官说："没有。"这不是假话。那时候他真的没有去过，那是梦中的圣殿，神往而已。邹问："你去过云南吗"何官说："没有。"你说一个业余作者，哪来的机会和闲钱去旅游呢？邹说："从现在起我决定，带着你到实地去，开始采访。首先到北京，然后去云南，将闻一多先生工作生活过的地方走一遍。古人说得好：'纸上得来终觉浅，绝知此事要躬行。'"邹虽然出身贫寒，但到底是华中师范大学本科毕业的，引经据典，学问底子摆在那里了，不容人小视。深入实地去采访，这当然是好事，何官巴不得。因为他那时作为一只井底之蛙，正渴望有机会增长见识，扩大眼界呀！不然那不成了隔靴搔痒，纸上谈兵吗？写得出有血有肉的东西来吗？此决定合乎情理。理在情中，情在理中。所以拿在手中的那个梨子，滋味不错，水分充足，并且很甜。

你不得不佩服，邹的领导艺术。

三

在采写《烛魂》的过程中，邹部长礼贤下士，带着何官先后两次去北京，而且每次的时间都不短，依照采访的进度，长则十天，短则一个星期。对于何官来说，这是千载难逢、求之不得的学习机会。

为了节约经费，邹不敢多带人，也就是他与何官两个。邹是个细致入微的人，并不要何官管经费，出差的钱让办公室取现金，他先打欠条带上，由他保管和支配。这是财务手续，他是领导，必须带头执行。那时候没有卡，保管和支配现金需要冒一定的风险。他知道何官家庭困难，若是现金被小偷偷去了，那还得让他操心。他不相信创作之人的理财能力，术业有专攻，看何官那一脸的痴相，回来报账时，不见得算得清楚。这需要每天在本子上，详细地记录每一笔开支，车票和发票需要依日期用纸包儿包好，报账时对照本子上的流水，才能见分晓。于是出差的一切费用，由他一手包办。采访路线由他亲自设计制定。在外人的眼里，他不是什么领导，是专门为何官服务的，充当保镖和导游的角色，何官只要跟着他，不"卖眼睛"跟丢了就可以，省了何官不少心。尽管何官有被绑架的感觉，自尊心受到了损伤，但还是乐意接受的。跟路走，保持沉默就行。

先说第一次吧。何官第一次到首都北京，心情没有理由不激动，脑海早已是一片辉煌的梦。九曲的黄河，燕山的长城，故宫的神秘，都是从书上得来的，这回终于要得以亲见了。去时坐的是京广线的火车。那车慢，从武汉站上车，要坐一夜一天才能到达北京站。那时候没有高铁，京九线还没有建成。这是坐火车进京的唯一路线。说起来叫人脸红，那是何官平生第一次坐火车，坐上去就开始心潮澎湃，浮想联翩。何官坐在临窗的位子上，那是邹特地给他选的，邹知道他的心思，想将沿路祖国的大好河山看个够，特别想看的是车过黄河。但是车过郑州铁桥时是深夜，由于何官兴奋过了头，睡过去了，睁开眼睛时，车到了河北平原，错过了机会。后来虽然多次到过北京，但走的不是那条线，坐的不是那趟车，又不是在月亮很好的夜晚，有种与"恋人"失之交臂的遗憾。那一夜何官发现邹上车后，就坐在离他不远的座位上闭上了眼睛，一点不激动，那是在深谋远虑哩。他之前多次到过北京，有什么可激动的？何官现在想起那情景，就惭愧，你看那副没见世面的相。

车到北京，邹领着何官住进东四十条一家旅社。这个地方离要采访的地方近，办事方便。也不开两间，一个双人间，一人一床，不分级别地住下了。此次进京的任务有三。第一是与民盟中央联系上，就闻一多的事迹，采访民盟中央的有关领导和专家，听取他们关于电视剧的意见。那时民盟中央办公在翠花胡同。民盟中央的领导和专家对来自闻一多家乡的人格外热情，安排人进行专题采访，同时提供大量的有关资料。这样的时候就是邹问，专家和领导讲，何官像小学生一样，老老实实地记笔记。没有想到，事情过了半个多世纪，民盟中央的领导和专家们，说起闻一多来，依然饱含深情，可见爱国热情是相通的，经久不息，叫何官深受感染。

第二是采访闻一多的家人。闻一多有三个儿子和两个女儿。大儿子当年陪父亲参加那次纪念会，会后闻一多先生中弹被特务暗杀时，他为了保护父亲也中弹了，经过抢救活了过来。他饱经磨难，没有后人，活到一九七九年"平反"后逝世，依照遗嘱，骨灰撒在滇池之上。二儿子解放后改名了，他退休前任职于中宣部宣传局，相当于副厅级，对于宣传政策的觉悟高。闻一多先生逝世后，为了统一宣传口径，闻家一致推举他为"法定"代言人，凡是涉及闻一多的事迹，对外怎么宣传，由他把关定调子。三儿子是闻名的油画家。建在家乡的闻一多纪念馆进门的油画《红烛》，就是他画的，他的夫人写的字。他的夫人同样是著名的书法家。闻一多的长女和二女儿，都为闻一多研究做过贡献。还有闻一多的长孙，高中毕业后，经历过"上山下乡"，吃过不少苦，他是新《闻一多传》的作者，现在是著名的学者。还有闻一多的二儿子的儿子，初中毕业后，也经历过"上山下乡"，自学成才，后来成了摄影家。这些都是需要认真采访的。还有闻家的第三代，有男有女，大多出国深造去了，采访那就免了。

细节决定成败。值得注意的是，采访闻一多的家人，要抓住关键人物。因为闻一多的二儿子是闻家的"法定"代言人，所以首先采访的必须是他。这就需要事先约好时间，到家里去谈。他那时从中宣部宣传局退休了，家住芳城园。去的那天晴得很好，艳阳高照。那里高楼林立，鲜花盛开。他的家住在一幢楼房的二十七楼，还不是顶层，顶层是三十二楼。坐电梯上去，到他家门口透过玻璃窗子朝下望，就有"危楼高百尺，手可摘星辰"的晕眩感。那时候何官哪里见过这样高的楼房？他有恐高症。他在想若是停电了，该怎么办？"刘姥姥"进了大观园，操的是富贵心。

按门铃，是闻的夫人开的门。她是北京人，身材瘦高，素颜素装，古典美人，一口京片子，悦耳动听。邹将从家乡带来的礼物送上，那是不值钱的东西，一袋巴河藕粉和两支巴河芝麻湖的鲜藕。闻一多的二儿子喜形于色。在沙发上分宾主坐定，夫人沏茶，何官与邹将杯子捧在手上。望着满屋满架的书，望着身材高大，酷似闻一多的人，那是活着的偶像。邹见领导的样子，肃然起敬，也像一个小学生。邹说明来意，其实这在电话里沟通了的，无非是重复汇报。闻一多的二儿子问："不是有电视剧吗？"邹说："那是纪录片。我们想搞艺术片。"闻一多的二儿子不是很赞成搞艺术片。因为他知道搞他父亲的艺术片难度很大，家乡人热情虽然很高，但他怀疑能力不够。你看带来的这个作者这么年轻，一身土气未蜕，显然不看好。这对何官来说是个伤害。但既然来采访，那他还得说呀！于是他将他父亲的事迹从头到尾说了一遍。有新鲜的，但不多，这些都能从资料上看到。但何官还是认真地记。采访结束时，邹说："到时候剧本出来了，还是请您审定。"闻一多的二儿子说："那行。"也不留饭。就是留饭，邹与何官也不可能在他家里吃，那多不方便。于是主人开门送客到门口。邹和何官进电梯。二人长出了一口气。从那时起你就知道写闻一多的电视剧，超出你想象的难度。剧本那老先生不认同，你就拍不成。一夫当关，万夫莫开呀！

采访闻一多的三儿子和他的两个女儿，以及闻一多的孙儿，还比较顺利。他们都是搞文艺的，性情随和，他们说故事、提供有价值的资料，但不定调子，反复说明调子由家里指定的发言人定。这是由家庭决定后宣布的纪律。接下来参观水木清华，也就是清华大学。当年闻一多先生是在这里攻读十年，完成留美预科学业取得资格之后，作为公派学生到美留学的。他从美国留学回国后，又在这里任教哩。清华大学作为原皇家园林，太大了，所看的只是冰山一角，主要是看荷花盛开的湖呀！那里的荷花与巴水河畔的荷花是一样的颜色，所以闻一多先生写得出《红荷》的诗来。在清华园，邹带着何官特地采访了闻一多的同学汤教授，汤那时健在，八十多岁了，依然健谈。这老先生是一九〇三年生的，活到二〇〇〇年，享年九十七岁。他是"两院"院士。这"两院"不是现在的中国科学院和中国工程学院。他是中华民国中央研究院和中华人民共和国社会科学院的院士，是中国植物生理学的奠基人之一，研究领域与农业有关，并不关乎文学。汤也是浠水人。他的父亲任过民国初期北京临时参议院副议长、众议院议长、教育总长兼学术委员会会长，与立宪派首领梁启超的关系密切，是民国初立宪派的头面人物。他的弟弟也是立宪派的风云人物。汤教授就读清华时家境比闻富裕得多，在闻一多眼里他就是纨绔子弟，因此闻一多很瞧不起他。汤比闻一多小，低两个年级。那一次汤爬到学校塔楼的顶上，宣传赤红色，被闻一多发现了，叫下来骂了一通，叫他莫做无谓的牺牲，要是滑下来死掉了，那有什么意义哩？汤说闻一多那时的政治立场还是保守的，主要是反苏。汤坐在轮椅上把这些当作笑话讲，在家乡后人面前，他亲切得很。他的一条腿是在田间做科研时摔伤的，造成终身残疾，只能坐轮椅了。这个胖乎乎的老人像个天真无邪的小孩子，是个乐天派。见了家乡人，说起家乡事，也是笑含泪花。

接下来就是到北京大学采访闻先生。那时他是闻一多四兄弟中唯一在世的小弟。他是北大中文系教授，退休了，仍然住在北大校园内。闻先生湖边的别墅小，也就两室一厅。想当年他们兄弟四个在武昌磨石街祖产置屋处攻读的情景，那是情意绵绵。说起家乡，他忘不了望天湖边的祖屋。夏天湖边荷花盛开，白鹭成群飞在天上，一年四季风儿盈门地吹，不停不息啊！他们兄弟四个就在那里长大。他的夫人也是浠水人，见到家乡的人来了，那是喜出望外哩。这些就让何官感动，看来北京与浠水虽然远隔千山万水，但是那脉脉跳动的拳拳之心是相通的。这与看资料的感觉真是不同。

采访间歇，邹就让何官休整，叫他出去玩。想到哪里就到哪里。邹并不出去，他待在旅馆里，继续联系采访事宜。出去玩的钱邹就不出，他晓得何官带了"私房钱"。邹说："回去后，按天领出差补助。"这当然亏不了。何官就出去玩，看天安门广场，看故宫，看祖庙，到八达岭看长城，到十三陵看皇墓。想看什么就看什么，只要不走丢，晓得从哪里出去，从哪里回来就行。

这就不需要细说，按下不表。总之那是自由和愉快的。

四

何官和邹到云南昆明采访，也是乘火车去的。

那条路线与当年闻一多先生同西南联大的师生们从北平迁到长沙后，由于战事吃紧，再从长沙迁到昆明的陆路相同。想当年闻一多先生为了将路费节省下来，好让家人从海上绕行到昆明同他团聚，从长沙徒步绕行入滇，走了一个多月，一路带领同行的学生写生、采风，吃了多少苦？如今火车畅通，只用一天一夜的时间，就到了春城昆明。那时是古历八月初，昆明无雨，秋高气爽，满城尽是黄花。只是风干物燥，每天要喝很多水，才能保持身体内的水分，嘴唇才不至于干裂，脸上才不至于死皮。

何官与邹到了昆明之后，凭介绍信，入住在闻一多先生生前任教的西南联大的招待所。那时该校已改名叫云南师范学院。也是两人一间，一人一床。二人买了饭菜票，每人领了两个饭盆，每天就像学生一样，在学生食堂排队到窗口打饭菜，端到闻一多先生当年给学生课外演讲的"民主草坪"上吃。草坪上竖立着闻一多先生演讲的塑像，栩栩如生。吃完饭，邹并不要何官帮他洗碗，各洗各的。这就做到了绝对平等，在此地邹一点架子都没有。改名后的云南师范学院，学校围墙边有一条铁路，那是通往蒙自的。闻一多当年到蒙自住过一段时间，可惜邹并没有带何官去。据说那里的铁轨比普通的窄。何官只能望着延伸的铁轨，想象闻一多先生当年"何妨一下楼"，专心攻读做学问的情景。

那段时间，邹带着何官按照拟订的日程，进行了半个月紧张的采访。邹带着何官先到的是云南民盟。由于有中央民盟的介绍信，又是闻一多的家乡人要写关于先生的电视剧，所以受到云南民盟的领导和学者们的热情接待。何官在那里采访了三十多人，他们都是闻一多先生生前的朋友和当年教过的学生。每个人都饱含深情详细地回忆了他们当年与闻一多先生一起生活、共事、上课、演讲以及闻先生遇难前后的细节。这些被何官紧张地记在本子上，同时在脑海里复活成一幕又一幕的辉煌。那时何官的脑子，就像一台高速运转的计算机，日夜不得空闲。

采访《最后一次讲演》记录者的时候，尤其让人感动。此人是闻一多的学生，那年他还健在，只是白发苍苍。那时他还能眼含热泪背诵《最后一次讲演》的全文。你看他，说着说着就站起来了，就像当年的闻一多先生，用夹杂着浠水口音的北平话，开始了："这几天，大家晓得，在昆明出现了历史上最卑劣最无耻的事情！李先生究竟犯了什么罪，竟遭此毒手？他只不过用笔写写文章，用嘴说说话，而他所写的，所说的，都无非是一个没有失掉良心的中国人的话！大家都有一支笔，有一张嘴，有什么理由拿出来讲啊！有事实拿出来说啊！为什么要打要杀，而且又不敢光明正大地来打来杀，而偷偷摸摸地来暗杀！这成什么话？今天，这里有没有特务？你站出来！是好汉的站出来！你出来讲！凭什么要杀死李先生？杀死了人，又不敢承认，还要诬蔑人，说什么'桃色事件'，说什么共产党杀共产党，无耻啊！无耻啊！这是某集团的无耻，恰是李先生的光荣！李先生在昆明被暗杀是李先生留给昆明的光荣！也是昆明人的光荣！"感情不能中断，你得让他背诵到声音呜咽，不能背下去为止。叫听的人情不能已，陪他流下热泪。

那次最大收获是深入实地。何官与邹在有关方面的安排下，参观了当年西南联大的教室。那教室开始是茅草盖顶，后来才改成铁皮顶，在校园的原址上，作为文物保护着。一排原生的教室，一间间并不大，窄长的木桌子，高脚的木椅子，小小的木窗子，原汤原汁。你走进去，时光倒流，就像回到当年的课堂。想当年闻一多先生就是在这样的教室里讲《楚辞》，空袭警报解除后，电没来时就点蜡烛。在一片烛光里，闻一多先生吸着烟斗，吟诵："痛饮酒，熟读《离骚》，方得为真名士也！"然后授课。那时风来，夜雨敲打顶上的铁皮，哗哗作响，那是何等的悲壮？参观校史陈列馆和建在学校的烈士陵园，尤其让人动容。当年从西南联大毕业的学生，走上抗日前线的有八百多人，在战场上牺牲的有多名。他们的名字一串串，印刻在西南联大那座高大的黑色大理石纪念碑上。前边就是闻一多先生的衣冠墓，让人凭吊，壮怀激烈。到云南大学参观闻一多先生最后一次演讲的会场，现场放的是闻一多先生演讲的录音，让你感受到什么叫悲怆。到李公朴生前开的书店参观，当时夕阳西下，黄花满目，秋风怅然。到西仓坡闻一多先生遭暗杀的地方，让你感受到什么叫残酷与无耻。走进闻一多先生生前住的屋子，睹物思人，让你感受到什么叫压抑，心里不由得喊出一声来："先生！后辈看您来了啊！"总而言之，作为创作之人来说，那是一次空前绝后的精神洗礼。"子规夜半犹啼血，不信东风唤不回！"

那一年邹与何官的中秋节是在昆明过的。正好商教授的外甥女和外甥女婿在云南师大任教，事先商教授将他们的电话告诉了何官，联系上后，二人对邹和何官照顾有加。中秋夜邹和何官在她家吃饭，气氛很好，喝酒，吃月饼，千里共明月，情谊如家乡。此间邹和何官抽空参观过石林和大理。石林的"阿诗玛们"载歌载舞，"远方的客人，请您留下来"的歌声，至今仍在耳边萦绕。大理古城的三塔，洁白入云，叫人仰望，无法忘怀。总而言之，那次远行，忘不了滇池的水，苍山的云，洱海的风，祖国河山皆美好。

回家之后，何官就着手进行《烛魂》的写作。用了半年时间，写成初稿，从下到上征求意见，费尽千辛万苦，反复修改了不知多少遍，总算内部通过了。于是邹就带着何官和稿子，第二次进京当面征求闻家法定代言人的意见。只有他看后，写下同意拍摄，签字后才能拍，否则就是空欢喜一场。

其实打印好的一份稿子，早已事先挂号按地址寄去，通过电话联系，他也收到了，但是过了一个多月，也不见回音。邹觉得大事不好，只得进京当面锣对面鼓了。

又到芳城园闻家二儿子二十七楼的住处，宾主又是面对面地坐着，寒暄，说家乡的事儿，闻老头子就是不提稿子的事。邹忍不住，问："稿子写得怎么样？"闻老头子说："不行。"邹问："哪里不行，我们再修改。"闻老头子沉默不语。邹说："家乡人想搞个电视剧真的不容易，请您明示。"闻老头子这才将本子拿出来，激动起来，指着上面画了记号、打着问号的地方，说："这里，这里，还有这里。"大概有十几个地方，不符合他的意愿。你怎么解释都没有用。试举一例吧。剧本中写到日本人的飞机空袭昆明，闻一多进防空洞时，气愤不过，用手杖指着天骂了一句："他娘的日本兵！"要说这符合闻一多先生性格，在电视中能够出彩。但是闻老头子说："我父亲从来不骂人。"这就令人啼笑皆非。从来不骂人？《最后一次讲演》不是骂吗？他认为这有损他父亲的形象。怎么也说不通。闻老头就叫邹和何官在他家吃饭。吃的什么，什么滋味，一点也不记得了。吃完饭，闻老头子就送客。

邹和何官闷闷不乐回到旅馆。那一夜邹翻来覆去睡不着。何官也没有睡着，只是不敢动。反正没他什么事，奉命写作而已。着急的是邹。邹也不与何官交流。与作者交流有什么用？凌晨三点，邹给闻老头子打电话，半天才通，通了后，邹说："我还是来一下。"就踩着沉沉的夜色出门，又到芳城园去了。没有公交车，打的是出租车。邹回来后，天还没有亮，一身的寒气，叫何官领教了什么叫敬业精神。邹是拿着闻老头批点的稿子回来的，脸上才有了喜色。不知道他用的什么办法打动了闻老头，写了审读意见，签了同意拍摄的。估计离不开慷慨陈情，声泪俱下，让闻老头子动了侧隐之心。签的什么意见？邹不给何官看，何官无从知晓。估计给何官看了后，也会来气。这对事业不利。领导有领导的策略。何官懒得问。闻老头子终于松口，让邹看到了希望。于是邹就带着何官游了一回北戴河，看那美丽的风光和大海的胸怀。这回邹心情不错，路上有时也同何官说说笑笑。不然长路漫漫，乡音难觅，兀的不闷煞人也么戈！

回来之后，电视剧终于开拍了，请的是湖北电影制片厂，导演是王，再没何官什么事了。王导接过本子后，只用一夜的时间，就将拍摄台本搞定了，改名《最后一次讲演》。什么《烛魂》？还是用这名字响亮。上下两集，以家乡、家人为线索展开。王导改了台本后，给何官通了一次电话，说："台本我修改了。编剧我就不署名，还是你们的名字。"高风亮节，你以为很难是吧？到了节点，就这么简单，高手就是高手。拍成之后，先在湖北台放，然后在中央八台播出。后来没有能在中央一台播出，内定的金鹰奖也没有得成。据说还是闻家人有不同的看法。但是在省内还是有影响的，得了省里的"五个一工程"奖。此剧邹立的是汗马功劳。不久之后，组织上让他退到了二线，到县政府当咨政员，他怅然若失。但有一点很欣慰，他凭那个电视剧加入了省作家协会，成为了作家。此是后话。

话说当时，电视剧拍成之后，邹说话还是算数的，让何官当上了县文联副主席。记得县委组织部给升职的副科级们集中谈话的那天是夜晚，何官是参加完商教授前妻的葬礼回到县城接到的通知。商的前妻得了尿毒症，久治不好，生命垂危的前几天，要求她的何大哥陪商教授将她送回家乡。七天之内，何官三次到商的家乡，陪着她咽气，入土为安。何官为她的死写过一篇散文《秋水凌凌》，痛了商教授的心，叫他不敢看第二遍。搞评论的商教授是性情中人，一生虚的见得多，就怕动真的。

空中云涨云消，日子接日子来，生活之中总是有喜有忧。何官升职了，再不是文化馆副馆长、兄弟们唤作的"何官"了，成了"何副主席"。"副"字谁爱听？那就叫"何主席"吧。闲职一个，不必当真。人在笑中叫，你在笑中听，是回事儿就行了。

五

县文联设在县委大院里，看起来是一个正科级单位，但是相当于县委

230

宣传部内部的下属单位。人和钱都归宣传部管着。主席由宣传部副部长兼着。一个"清水衙门"，却设两个官，一个叫秘书长，另一个叫副主席。县里召开的会，一般不会通知你去，有主席参加。除了偶尔抽出去配合县里的中心工作之外，平常闲得很。你不找事，就没有事儿找你。

但是何副主席不是闲得住的人。他创办《红烛》杂志，发本县作者的文艺作品。办杂志要钱，他就得想心思拉赞助。他要辅导作者修改作品，然后发出来，向上推荐。同时写他的作品。这里不像文化馆热闹。文化馆办刊时间长，历史悠久，经常有作者上门求教。所以有作者找到县文联，何副主席就像见了亲人。应该是亲人，全县作者只有那么多，都混熟了，换个地方"亲"而已。所以何主席并不寂寞。有庙摆"菩萨"，来说话的"香客"还是有的。雨行旧路，我道不孤。

这时候是市文联的童主席，让何主席动了想调动的心。那时地区随着形势的发展，通过各方努力建成地级市了，需要招兵买马，扩大阵容。俗话说："人向高处走，水往低处流。"佛家说："旗未动，风也未吹，是人的心自己在动。"心动在所难免。创作之人，谁不想借机调动？树挪死，人挪活。

童主席是那次省文联召开会议期间，在那天夜晚下榻的宾馆表达这个心思的。那时与童主席同坐的有麻城的文联熊主席和他。童主席说："我想调一个人到市文联主办《鄂东文学》。符合条件的有你们两个。你们想调吗？"当时熊主席不想调。他是正主席了，在麻城有房子，老婆有固定的工作，安居乐业，不想找麻烦。何副主席却明确表示，他愿意调。童主席问："你有什么要求吗？"何副主席就将当年群艺馆的馆长想调他，他所提的条件拿出来说了。那就是不升职，不解决老婆的工作，只是要有房子住就行，如此表明他想调动的决心。童主席面带微笑，说："那行，我再考虑考虑。"何副主席知道调动不是一件容易的事，特别是从下面调到上面。只是说说而已，不能当真。那一年长江流域发大洪水，县里抽何副主席到散花江堤上抗洪，他在哨棚里守了二十多天，每天记日记，记了一大本子，为了掌握素材写东西，把调动的事忘记了。

　　没有想到第二年四月间，市文联童主席将他调动的事纳入议事日程。先是向县里发了商调，然后正式调动。这时候何副主席的身价看涨，成了县里的人才，要调动必须经过县委开常委会讨论通过后才能放行。何副主席费了不少周折，后来县里有关领导，终于深明大义，签字放行了。他说："人才是流动的，向上流是好事。"这需要相当高的觉悟。不然，他将你留着，也天经地义。

　　让何副主席没想到的是，从文化馆搬家的那一天早晨，发生了一件令他不愉快的事。事情经过其实很简单。搬家图吉利，他特地起了个大早，通过电话约定时间，何副主席从这边搬，童主席在那边等。何副主席搬家的车，一大早就装好了，停在县文化馆大门外的街沿上，等着从县城出发到黄州。文化馆的兄弟们每家出钱买了一挂长爆竹，放着送行，表达共事多年的情谊。停在文化馆大门口街沿上的货车，被城管执法队的人发现了，照相为证，要罚款。理由是文化馆的大门口刚铺了砖，不能车压，这是规定。何主席没想到好事被搅乱了，说了不少好话，还是行不通，说调动也没有用，人家才不管你调动不调动，你说你是谁，他们也不知道。他才不管你是谁？何副主席只得乖乖到城管执法队交了罚款，然后叫司机赶紧上路。没想到起了个大早，还是赶了个晚集。想讨吉利，却事与愿违，兆头不是很好。家乡总是有办法，让人留下难忘的记忆。

　　车终于开动了，太阳到了半空。何副主席同家人坐在车上。王老师挂着拐棍，追着车喊："记得回来看我呀！我写的诗寄给你，你要给我发啊！"那是老师临别时对学生的嘱托。千言万语凝成两句话。一句是关于人的，一句是关于诗文的。何副主席的心，一下子被扯痛了，涌出了眼泪。

　　怎能忘记？前夜王老师上楼来送给他的送别诗，那诗名叫作《茶姑》。诗云："纤纤指动一山春，茶篓深深按满情。临嫁出勤抒别礼，常留谷雨好清心。"王老师将他比作出嫁采茶的女儿呀！谷雨采的茶就是诗，就是文章哩，告诉他作为创作的后辈，虽然"出嫁"了，不要忘记了"娘家"在哪里。

　　太阳渐渐升高了，车子行驶在浠水丽文大道上，满是人流。对面工人文化宫的录像厅开始营业，放起歌儿。刘欢在唱《千万次的问》："千万里我追寻着你，可是你却并不在意。你不像是在我梦里，在梦里你是我的唯一。"车子随着那歌声驶出县城。

　　车轮卷起风尘，柳界公路两边田园如画，如影相随。浠河远了，巴河近了。率土之滨，水天起雾，红瘦绿肥，布谷声声。

　　那里才是要去的古城，要去方知身是客，希望全在梦儿里。